차 한 잔

캐서린 맨스필드 단편선

코호북스

차 한 잔

A Cup of Tea

캐서린 맨스필드 단편선

구원 엮고 옮김

차례

피곤한 아이 (1909) 7
올드 언더우드 (1912) 18
어린 가정교사 (1915) 24
늦은 밤에 (1917) 45
나는 프랑스어를 못합니다 (1918) 49
해와 달 (1918) 91
환희 (1918) 100
영원한 사랑 (1920) 120
낯선 사람 (1920) 140
미스 브릴 (1920) 159
파커 아주머니의 인생 (1920) 167
만에서 (1921) 177
인형의 집 (1921) 230
차 한 잔 (1922) 241
파리 (1922) 253
결혼한 남자의 이야기 (1921, 미완) 262

옮긴이의 말 283

피곤한 아이

아이가 검고 높다란 나무들이 양옆으로 늘어선 하얀 오솔길을, 어디로도 이어지지 않고 누구의 발길도 닿은 적이 없는 텅 빈 오솔길을 막 걷기 시작했을 때, 손이 아이의 어깨를 움켜쥐고 흔들더니 귀싸대기를 후려쳤다.

"아, 아, 날 붙잡지 마요." 피곤한 아이가 한탄했다. "가게 내버려 둬요."

"당장 일어나, 게으른 것아." 목소리가 말했다. "냉큼 일어나서 오븐에 불을 피워. 안 그럼 흠씬 두들겨 패줄 테니."

피곤한 아이가 어마어마한 노력 끝에 눈을 뜨자 부인이 아기를 겨드랑이 아래 끼고 옆에 서 있었다. 피곤한 아이와 한 침대를 쓰는 다른 아이 세 명은 고함 소리에 익숙한지라 계속 잠만 쿨쿨 잤다. 방 구석에서 남자가 멜빵을 조였다.

"밤새 감자 자루처럼 퍼질러 누워서 잠이나 자고 있었던 거야? 아기가 두 번이나 오줌을 쌌잖아."

피곤한 아이는 대꾸하지 않았지만 차갑고 떨리는 손으로 페티코트의 끈을 묶고 체크무늬 원피스의 단추를 채웠다.

"그 정도면 됐다. 얼른 아기를 데리고 부엌으로 가. 커피를 알코올램프로 끓여서 테이블 서랍에 있는 검은 빵이랑 같이 주인아저씨 드려라. 훔쳐 먹을 생각 하지 마. 다 아는 수가 있으니까."

부인은 비척비척 방을 가로질러 침대에 털썩 드러눕고 길쭉한 분홍색 베개로 어깨를 감쌌다.

부엌은 아직 컴컴했다. 피곤한 아이는 등받이가 있는 목조 벤치에 아기를 누이고 숄로 감싼 다음에 토기 주전자 속의 커피를 냄비에 붓고 알코올램프에 올렸다.

"졸려." 피곤한 아이는 바닥에 꿇어앉아 축축지근한 소나무 장작을 작게 쪼개며 고개를 꾸벅거렸다. "그래서 잠이 안 깨는 거야."

오븐에서 불이 살아나기까지 한참이 걸렸다. 어쩌면 아이처럼 오븐도 춥고 졸렸는지도…. 어쩌면 오븐도 어디로도 이어지지 않는, 검은 나무가 양옆에 늘어선 흰 오솔길을 꿈꾸고 있었는지도 모른다.

그때 벌컥 문이 열리고 남자가 성큼성큼 들어왔다.

"야, 거기 바닥에 앉아서 뭐 하는 거야?" 남자가 소리쳤다.

"커피 내와라. 얼른 나가봐야 해. 이런! 테이블도 아직 안 닦았잖아!"

피곤한 아이는 발딱 일어나서 에나멜 컵에 커피를 따르고 빵과 칼을 남자 앞에 놓고서는 싱크대에서 행주를 집어 까만 리놀륨 테이블을 닦았다.

"거지 같은 하루―거지 같은 인생." 테이블에 앉아 창밖의 우중충한 하늘을 내다보며 남자는 중얼거렸다. 멍으로 얼룩진 듯한 하늘이 음울한 땅을 무겁게 짓누르고 있었다. 남자는 입이 미어지게 빵을 욱여넣고 커피와 함께 삼켰다.

아이는 양동이에 물을 받았다. 성장이 멈춘 나뭇가지처럼 가느다란 팔의 빈약함을 나무라듯이 눈살을 찌푸리며 소매를 걷어붙이고, 바닥을 닦기 시작했다.

"물 튀기니까 그건 내가 나간 다음에 하란 말이야." 남자가 투덜거렸다. "아기 좀 조용히 시켜라. 밤새 칭얼거리던데."

아이는 아기를 무릎에 올리고 흔들면서 얼렀다.

"쉬―쉬―쉬." 아이가 말했다. "어금니가 나고 있어요. 그래서 우는 거예요. 게다가 침은 또 어찌나 흘리는지―이렇게 침을 많이 흘리는 아기는 처음 봐요." 아이는 치마 끝자락으로 아기의 코와 입을 닦아주었다. "어떤 아기들은 이가 났는지도 모를 정도로 쉽게 나는데," 아이가 말을 이었다. "또 어떤 아기들은 이가 날 때마다 고생해요. 죽은 다음에 배를 갈라봤더니 이가 잔뜩 나왔다는 아기 이야기를 들은 적이 있어요."

남자는 일어나서 문 뒤에 걸려 있는 코트를 꿰입었다.

"하나 더 나온다." 남자가 말했다.

"네? 이가 또 난다고요!" 깜짝 놀란 아이는 이날 처음으로 천근만근 자신을 짓누르는 졸음에서 깨어났다. 아이는 얼른 아기의 입속에 손가락을 넣었다.

"아니." 남자가 우울하게 말했다. "아기가 또 나온다고. 이제 일해라. 애들 학교 가라고 깨울 시간이다." 잠시 조용히 서서 아이는 석조 복도를 지나 자갈길을 걸어가는 남자의 무거운 발소리에 귀 기울였고, 마침내 대문이 꽝 닫혔다.

'아기가 또 나온다고! 인제 그만 낳을 때도 되지 않았나?' 아이는 생각했다. '이앓이를 하는 아기 두 명―밤에 잠을 깨우는 아기 두 명—안아주고 더러운 옷을 빨아줘야 하는 아기 두 명!' 아이는 몸서리치며 자신의 품에 있는 아기를 내려다보았다. 그 피곤한 눈에 서려 있는 경멸과 혐오를 느낀 것처럼 아기는 주먹을 그러쥐고 몸에 힘을 바짝 주고서는 빽빽거리며 울기 시작했다.

"쉬—쉬—쉬." 아이는 벤치에 아기를 내려놓고 바닥을 다시 청소했다. 아기가 쉬지 않고 울어댔지만 그 소리에 익숙해진 아이는 일정한 속도로 비질만 계속했다. 아, 너무너무 피곤하다! 아, 빗자루는 무겁고 뜨끔거리는 목뒤가 못 견디게 쑤시는 데다가 허리 뒤쪽이 끊어질 것처럼 이상하게 바들거렸다.

시계가 6시를 알렸다. 아이는 우유를 냄비에 담아 오븐에 넣고 세 아이의 등교 준비를 시키러 옆방으로 갔다. 안톤과 한스는 깨어 있을 때는 결코 볼 수 없는 사이 좋은 모습으로 누워 있었다. 리나는 무릎을 턱 밑까지 올린 채 몸을 둥글게 말고 있어서 일자로 뻗친 말총머리만 베개 위로 보였다.

"일어나." 아이는 대단히 권위적인 목소리로 소리치고 이불을 끌어 내린 다음에 소년들을 여기저기 찔렀다. "삼십 분 동안 계속 깨웠잖아. 늦었어. 당장 일어나서 옷 안 입으면 일러바칠 거야."

안톤은 잠이 깨자마자 돌아누워 한스의 급소를 걷어찼고, 한스는 리나의 말총머리를 잡아당겼으며, 끝내 리나는 엄마를 찾아 비명을 질렀다.

"아, 조용히 좀 해." 아이가 나직이 말했다. "제발 얼른 일어나서 옷 입어. 안 그럼 어떻게 되는지 알지. 자, 내가 도와줄게."

그러나 이미 늦었다. 침대에서 일어난 부인은 단호한 발걸음으로 부엌에 가서, 노끈으로 단단히 묶은 나뭇가지 회초리를 들고 돌아왔다. 부인은 한 명씩 아이들을 무릎에 눕히고 세게 매질한 다음에 마지막 기력을 피곤한 아이에게 쏟아냈고, 그날 하루 어머니로서 역할을 완수했다는 만족감을 느끼며 침대로 돌아갔다. 기죽은 아이들은 피곤한 아이가 세수를 시키고 옷을 입혀주는 동안 얌전히 있었다. 아이는 소년들의 신발 끈까지 묶어주었는데, 스스로 하라고 시키면 발을 올려놓을 곳을 찾는답시고 최소 오 분 동안 깨금발로 뛰어다니고, 손에 침을 뱉은 다음에 결국 신발 끈을 끊어뜨리기 때문이었다.

아침밥을 차려주었을 즈음 아이들은 다시 시끌벅적 떠들고 있었고 아기는 쉬지 않고 울어댔다. 아이는 양철 주전자에 우유를 붓고 고무젖꼭지를 입속에서 적신 뒤 주전자 부리에 끼워서 아기를 살살 달래가며 우유를 먹이려 했지만 아기는 주전자를 바닥에 내던지고 온몸을 떨었다.

"송곳니!" 한스가 빈 컵으로 안톤 머리를 때리며 소리쳤다. "악마 송곳니가 나오고 있어, 내가 다 알지."

"잘난척쟁이!" 리나는 한스에게 혓바닥을 쏙 내밀었는데, 한스가 곧바로 자신을 따라 하자 귀가 찢어지게 소리쳤다. "어머니, 한스 오빠가 나한테 메롱했어요!"

"그래, 잘한다." 한스가 말했다. "계속 꽥꽥거려봐. 오늘 밤에 네가 잠들 때까지 기다렸다가 몰래 가서 팔을 꼬집을 거야. 살을 비틀고 또 비틀어서 팔이 완전히—" 테이블 위로 몸을 내밀고 무시무시한 표정으로 리나를 겁주는 데 골몰하느라 한스는 안톤이 슬그머니 뒤로 다가온 걸 눈치채지 못했다. 안톤은 허리를 숙이고 한스의 빡빡머리에 침을 뱉었다.

"아, 씨!"

피곤한 아이는 두 소년을 간신히 뜯어말리고 코트를 입혀서 집에서 내쫓았다.

"서둘러! 늦었어! 두 번째 종이 벌써 울렸어." 아이는 자신이 이야기를 꾸며내고 있다는 사실을 무척 즐기며 독촉했다. 아이는 아침 식사 그릇들을 설거지한 뒤, 감자와 비트를 가지러 지하실로 내려갔다.

석탄을 보관하는 지하실은 참 괴기하고 추운 곳이다! 한쪽 구석에 감자가 한 무더기 쌓여 있고, 오래된 양초 상자에 비트가 담겨 있었으며 양동이 두 개에 양배추 절임이 가득했다. 얽히고설킨 채로 쌓여 있는 달리아 뿌리가 자기들끼리 뒤엉켜 싸우고 있는 것 같다고 아이는 생각했다.

아이는 껍질을 쉽게 벗길 수 있게 싹이 덜 난 큼직한 감자를 골라서 치마폭에 담았다. 고요한 지하실의 어두침침한 무더기 앞에 앉아 있다보니 어느새 고개가 절로 끄덕거렸다.

"얘! 너 거기 아래서 뭐 하니?" 부인이 계단 꼭대기에서 소리쳤. "아기가 벤치에서 떨어져서 눈 위에 달걀만 한 혹이 났잖아. 당장 올라와! 혼날 줄 알아!"

"내가 그런 거 아니에요—내가 그러지 않았어요!" 복도 끝에서 반대쪽 끝으로 몰리는 내내 두들겨 맞으며 아이는 비명을 질렀다. 치마에서 감자와 비트가 굴러떨어졌다.

조그만 아이의 눈에 부인은 거인처럼 거대했으며, 그 거대한 몸을 무겁게 휘두르는 모습이 이루 말할 수 없이 무시무시했다.

"저기 구석에 앉아서 채소를 깎고 씻어. 내가 빨래하는 동안 아기를 조용히 시키고."

아이는 훌쩍거리며 명령을 따랐지만 아무리 달래도 아기는 울음을 그치지 않았다. 뜨거운 머리에 땀방울이 송골송골 맺힌 아기는 몸에 힘을 주고 계속해서 울어댔다. 피곤한 아이는 채소를 씻어 넣어둘 차가운 물을 담은 양동이와 껍질을 버릴 '오리 여물통' 사이에 아기를 안고 앉았다.

"쉬—쉬—쉬!" 아이는 껍질을 벗기고 싹을 파내며 아기를 달랬다. "아기가 또 나올 텐데, 너희 둘이 같이 울면 안 돼. 대체 왜 잠을 안 자니, 아가? 내가 너라면 실컷 잘 텐데. 내가 꿈 이야기를 해줄게. 옛날 옛적에 하얀 오솔길이 있었는데—"

아이는 고개를 뒤로 젖혔다. 뜨거운 것이 목구멍에 치밀어 오르고 눈물이 뺨을 타고 흘러내려 채소에 떨어졌다.

"이러면 안 돼." 아이가 눈물을 훔쳐내며 말했다.

"이거 다할 때까지만 울음을 참아줘, 아가. 그럼 내가 업어줄게."

그러나 채소를 다 깎고 나서는 곧바로 빨래를 널어야 했다. 바람이 세차게 불기 시작했다. 마당에서 발돋움하고 빨래를 널고 있으니 자신도 바람에 쓸려 날아갈 것 같았다. 두엄물로 가득한 오리장에서 역한 냄새가 풍겨왔지만 저만치 먼 골짜기에서는 풀잎이 초록빛 머리칼처럼 하늘거렸다. 저런 골짜기에서 온종일 놀고 진짜 소시지와 맥주를 점심으로 먹은—전혀 피곤하지 않은 아이에 대한 이야기가 문득 떠올랐다. 누가 그 이야기를 해주었지? 답은 뻔했지만 아이는 기억할 수 없었다.

널고 있는 축축한 빨래가 펄럭거리며 얼굴을 후려쳤다. 빨랫줄에서 빨래가 춤을 추며 나풀거리고, 부풀어 올랐다가 몸을 비틀었다. 아이는 푸르른 골짜기를 애틋하게 바라보며 맥없이 집으로 돌아갔다.

"이제 뭐 할까요?" 아이가 물었다.

"침대를 정리하고 아기 요를 창턱에 널어. 그다음에 수레에 아기를 태우고 나가서 밀어줘라. 절대 집에서 멀리 가지 말고. 내가 볼 수 있는 곳에 있어. 얼빠진 표정으로 서 있지 말고! 내가 부르면 돌아와서 샐러드 만드는 것을 거들어."

아이는 정리를 마친 침대를 내려다보았다. 베개를 부드럽게 쓰다듬고 잠시, 아주 잠시 머리를 베개에 뉘었다. 또다시 목구멍에 뜨거운 것이 치밀었다. 아기에게 옷을 입히고 조그만 수레에 태워 밀어주는 동안 바보 같은 눈물이 또르르 또르르 쉼 없이 흘러내렸다.

한 남자가 소가 끄는 짐차를 몰고 지나갔다. 남자는 모자에 길쭉하고 이상한 깃털을 꽂았고, 휘파람을 불며 지나갔다. 어깨에 보따리를 멘 소녀 두 명이 마을에서 나왔다. 한 명은 머리에 빨간 손수건을, 다른 아이는 파란 손수건을 둘렀다. 두 소녀는 손을 꼭 잡고 웃고 있었다. 이윽고 태양이 잿빛 먹구름을 뚫고 나와 온 세상을 따스한 노란빛으로 적셨다.

'어쩌면,' 피곤한 아이는 생각했다. '이 길을 계속 따라가면 하얀 오솔길이 나올지도 몰라. 검고 높다란 나무가 양옆에 늘어선─작은 길이─'

"샐러드! 샐러드!" 집에서 부인이 외쳤다.

잠시 후 아이들이 학교에서 돌아왔고 점심 식사가 시작됐다. 남자는 자기 것은 물론 부인의 푸딩까지 먹었고, 세 아이는 무엇을 먹든지 간에 전부 질질 흘렸다. 또 설거지하고 또 청소하고 또 아기를 돌보았다. 그렇게 무심한 오후가 느릿느릿 흘러갔다.

늙은 그라트볼 부인이 신선한 돼지고기를 가지고 부인을 찾아왔다. 두 여인이 수다를 떠는 소리가 들려왔다.

"만다 부인이 지난밤에 '로마로 여행'*을 갔다가 딸을 데려왔어요. 몸은 어때요?"

"오늘 아침에 두 번이나 입덧을 했어요." 부인이 말했다. "아이들을 줄줄이 낳으니까 속이 뒤죽박죽 꼬인 것 같아요."

"하녀를 새로 들였네요." 늙은 그라트볼 부인이 말했다.

"세상에." 부인이 목소리를 낮추었다. "저 애 모르시겠어요? 쟤가 그 사생아예요—기차역 식당 웨이트리스 말이에요. 애 머리를 주전자에 쑤셔 넣다 잡혔대요. 그래서인지 애가 좀 모자라요."

"쉬—쉬—쉬." '사생아'가 아기를 얼렀다.

시간이 흐를수록 피곤한 아이는 졸음을 참기가 점점 더 어려워졌다. 행여나 잠이 들까봐 가만히 앉아 있거나 서 있기가 두려웠다. 저녁상에서 부인과 남자가 거대하게 팽창되었다가 인형보다 작게 쪼그라들었다. 그들 목소리는 창밖에서 들려오는 것처럼 작았다. 아기에게 시선을 돌리자 아기 머리가 갑자기 두 개였다가, 다음 순간엔 아예 없어졌다. 아기의 울음소리 때문에 오히려 더 졸렸다. 잠자리에 들 시간이 다가오자 피곤한 아이는 기쁨에 몸을 떨었다. 그러나 막 8시가 되려던 때 밖에서 바퀴 소리가 들렸고, 부인과 남자의 친구들이 우르르 들이닥쳤다.

그다음엔.

"커피 끓여라."

---

* 출산한 것을 돌려 말한 표현.

"설탕통 가져와."

"침실에서 의자들을 가져와."

"상을 차려."

그리고 마침내 부인이 방에 들어가서 아기를 조용히 시키라고 명령했다.

침실의 에나멜 선반에서 작은 양초가 타고 있었다. 아기를 안고 오락가락하던 아이는 벽에 기다랗게 드리운 자신의 거대한 그림자를 보았다. 다 큰 어른이 다 큰 아기를 안고 있는 것 같았다. 아기 두 명을 안으면 과연 어떻게 보일까!

"쉬—쉬—쉬! 옛날 옛적에 한 아이가 하얀 오솔길을 걷고 있었는데—오! 오솔길 양옆에 매우 높다랗고 검은 나무가 있었어."

"애!" 부인이 아이를 불렀다. "문 뒤에 걸려 있는 새 재킷을 가져와." 아이가 재킷을 가지고 따뜻한 방에 들어가자 한 여자가 말했다. "애가 꼭 올빼미처럼 생겼네. 그런 애들은 머리가 정상인 경우가 별로 없더라고."

"아기 조용히 못 시키냐!" 남자가 말했다. 맥주를 마신 덕분에 남자는 자신이 한 집안의 주인이라는 권위감과 용기에 부풀어 있었다.

"조용히 못 시키면 이따 어떻게 될지 너도 잘 알지."

침실로 비틀비틀 돌아가는 아이 뒤에서 왁자한 웃음소리가 터졌다.

"성모님도 애는 조용히 못 시킬 거야." 아이가 중얼거렸다. "예수님도 아기였을 때 이렇게 울었을까? 내가 피곤하지 않으면 조용히 시킬 수 있을지도 몰라. 하지만 내 머릿속은 자고 싶은 생각뿐이라는 걸 아기도 알아. 게다가 아기가 또 나온다고 했지."

아이는 아기를 침대에 떨어뜨리고 공포에 질린 눈으로 가만히 내려다봤다.

옆방에서 잔이 부딪고 웃는 소리가 들려왔다.

그때 기막히게 멋진 아이디어가 떠올랐다.

아이는 이날 처음으로 웃고 손뼉을 쳤다.

"쉬—쉬—쉬!" 아이가 말했다. "잠자코 누워 있어, 바보야. 넌 잠을 자게 될 거야. 더는 울지 않고 밤에 깨지도 않을 거야. 우스꽝스럽고, 조그맣고, 못생긴 아기야."

아기가 눈을 뜨고 피곤한 아이를 보더니 귀가 찢어지게 비명을 질렀다. 옆방에서 부인이 소리쳤다.

"잠시만요—거의 잠들었어요." 아이가 외쳤다.

그리고 소리 없이, 생글거리며, 살금살금, 아이는 부인의 침대에서 분홍색 베개를 가져와 아기의 얼굴 위에 올려놓고, 버둥거리는 아기를 있는 힘껏 눌렀다. '대가리가 잘려나간 오리처럼 꿈틀거리네.' 아이는 생각했다.

긴 한숨을 토해내며 바닥에 쓰러진 아이는 검고 높다란 나무들이 양옆으로 늘어선 하얀 오솔길을 걷고 있었다—어디로도 이어지지 않고 누구의 발길도 닿은 적 없는—텅 빈 오솔길을.

올드 언더우드

바람이 휘몰아치는 언덕을 올드 언더우드는 폭풍처럼 내려갔다. 한 손에는 검은색 우산을, 다른 손에는 꽉꽉 동여맨 빨간색과 하얀색 점무늬 손수건을 들고 있었다. 그는 키잡이처럼 검은색 챙모자를 썼다. 귀에서 금귀고리들이 반짝였고, 작은 두 눈이 불꽃처럼 번뜩였다. 잿빛 수염으로 뒤덮인 얼굴에서 두 눈이 불꽃처럼 타올랐다. 언덕의 한쪽 능선에는 소나무 숲이 바다까지 늘어서 있었고, 반대쪽의 울룩불룩한 풀밭에는 하얀 마누카 관목이 곳곳에 웅크리고 있었다. 소나무 우듬지가 파도처럼 쇄쇄 철썩였고, 밑동은 배의 용골처럼 삐걱거렸다. 하얀 마누카 꽃잎이 바람에 흩날렸다. 아―악! 올드 언더우드는 소리치며, 자신의 몸을 떠밀고 때리고 검은색 코트로 휘감아 조르는 바람을 향해 우산을 흔들었다. 아―악! 수백 배 더 큰 소리로 바람이 포효하며 그의 입과 코를 먼지로 채웠다. 올드 언더우드의 가슴이 망치질하듯 울렸다. 핫, 둘―핫, 둘― 울림은 절대 멈추지도, 절대 변하지도 않았다. 올드 언더우드는 아무것도 할 수 없었다. 울림은 시끄럽지 않았다. 아니, 아무 소리도 나지 않았다―쿵쿵 울리기만 했다. 핫, 둘―핫, 둘― 누군가 감옥의 쇠창살을 두드리듯이, 비밀스러운 곳에서 탈출하려고 쾅―쾅―쾅 두드리듯이. 코트를 만지작거리고, 팔을 휘두르고, 침을 뱉고, 욕을 하고, 무엇을 해도 울림은 멈추지 않았다. 그만! 그만! 그만! 그만! 올드 언더우드는 비틀거리다 뛰기 시작했다.

저 아래, 파도가 후려치는 방파제 바로 너머의 조그만 타운은 잿빛 바다에 대항하기 위해 다닥다닥 모여 있었다. 언덕 반대쪽에는 붉은 벽을 높게 올린 감옥이 있었다. 음산한 하늘이 이 모든 것을 뒤덮었고, 거미줄 같은 검은 구름이 흘러갔다.

타운 어귀에 다다르자 올드 언더우드는 걸음을 늦추었다. 첫 번째 집을 보고는 우산을 전령의 지팡이처럼 현란하게 흔들고 가슴을 쑥 내밀며 재빨리 양옆을 두리번댔다. 시내까지 죽 늘어선 흉측하고 초라한 목조 집들에는 저마다 창문 두 개, 문 하나, 짤따란 베란다, 그리고 조그만 잔디밭이 딸려 있었다. 한 집의 베란다 밑에 노란 암탉들이 모여 바람을 피하고 있었다. 휘이! 올드 언더우드는 소리쳤고, 푸드덕 날아가는 닭들을 보고 웃었으며, 집에서 뛰쳐나와 비눗물에 젖은 빨간 주먹을 흔드는 여자를 보고 또 웃었다. 다른 집 마당에서 어린 소녀가 빨래를 걷고 있었다. 올드 언더우드를 본 소녀는 바지랑대가 쓰러지게 내버려두고 비명을 지르며 뛰어가 "어무이—어무이!" 부르짖으며 문을 두드렸다. 그 소리가 올드 언더우드의 심장에서 망치질을 시작했다. 어무이—어무이! 그들이 그를 끌고 갈 때 창밖으로 고개를 내밀고 끄덕이던 노쇠한 얼굴과 잿빛 머리, 그리고 떨리던 턱이 눈앞을 스쳤다. 어무이—어무이! 올드 언더우드는 언덕 꼭대기의 커다란 붉은빛 감옥을 올려다보고 울음을 터뜨릴 것처럼 얼굴을 일그러뜨렸다. 주점 앞의 구석에 수레 몇 대가 세워져 있었고, 남자들이 포치에 앉아 술을 마시며 이야기하고 있었다. 올드 언더우드는 술을 마시고 싶었다. 흐느적흐느적 바로 들어갔다. 주점은 커다란 코트를 꿰입고 기다란 부츠를 신고, 손에 채찍을 들고 있는 노인들과 젊은이들로 반쯤 차 있었다. 카운터 안쪽에서 통통한 빨간 머리 여자가 맥주를 따르고 손님들과 시시덕거렸다. 올드 언더우드는 고양이처럼 한쪽 구석으로 살그머니 다가섰다. 아무도 그를 보지 않았다. 사람들은 자기들끼리 눈짓했고, 한두 사람은 서로 쿡쿡 찔렀다. 술을 따르던 여자가 손님에게 고개를 끄덕이고 윙크했다. 올드 언더우드는 동여맨 손수건에서 돈을 꺼내 카운터에 살짝 내려놓았다. 손이 덜덜 떨렸다. 그는 아무 말도 하지 않았다. 여자는 못 본 척하며 다른 손님들의 시중을 들고 계속 재잘거리다가 마치 실수인 것처럼 언더우드 앞으로 맥주잔을 밀었다. 바의 카운터에는 빨간색 패랭이꽃이 가득한 커다란 꽃병이 놓여 있었다. 술을 마시는 내내 올드 언더우드는 눈살을 찌푸리고 꽃을 노려보았다. 빨강―빨강―빨강―빨강! 망치질이 울렸다. 후더운 주점의 연못 같은 고요 속에서 두런두런 이야기 소리와 여자 목소리만 들렸다. 여자는 계속해서 웃어댔다. 하! 하! 바로 그것이 남자들이 원하는 바였다. 여자가 고개를 뒤로 젖히고 깔깔거릴 때마다 거대한 젖가슴이 흔들렸다. 한쪽 구석에 외지인이 앉아 있었다. 그가 올드 언더우드를 가리켰다. "박살났어!" 일행 한 명이 말했다. "젊은 시절에, 삼십 년 전이었나, 어떤 사내가 저자 마누라랑 그르코 그런 관계였다네. 그걸 알고 마누라를 죽여부렸지. 언덕 위 감옥에서 이십 년 살았어. 완전히 박살나서 나왔군."

"남잔 누구였는디?"

"몰러. 저자도 모르고 아무도 몰러. 저자는 결혼하기 전엔 뱃사람이었어. 박살났군!" 남자는 바닥에 침을 퉤 뱉고 발로 문대며 어깨를 으쓱했다. "그래도 위험하진 않아." 올드 언더우드는 들었다. 그는 돌아보지는 않았지만, 늙은 손을 불쑥 뻗어 빨간 패랭이꽃을 짓이겼다. "아이! 짐승 같으니! 아! 못된 늙은이!" 여자가 소리를 지르고 카운터 위로 팔을 뻗어 양철 주전자로 올드 언더우드를 때렸다. "나가요! 나가! 다신 여기 오지 마!" 누군가 그를 걷어찼다. 올드 언더우드는 쥐처럼 도망쳤다.

올드 언더우드는 중국인 거리 앞을 지나갔다. 과일과 채소가 가게 창문 앞에 한가득 쌓여 있었다. 나무 상자와 지푸라기와 오래된 신문이 보도에 널려 있었다. 한 여자가 가게 문을 벌컥 열어젖히고 양동이의 구정물을 그의 발치에 뿌렸다. 올드 언더우드는 창문에 얼굴을 붙이고, 나무통에 두세 명씩 둘러앉아서 카드를 치는 중국인들을 들여다보았다. 그들을 보면 웃음이 나왔다. 올드 언더우드는 창에 얼굴을 바짝 들이대고 히죽거리면서 계속 쳐다봤다. 얼굴이 레몬처럼 노란 중국인들은 길게 땋은 머리 다발을 칭칭 말아 올리고 꼿꼿이 앉아 있었다. 몇몇은 벨트에 칼을 차고 있었고, 한 노인은 바닥에 홀로 앉아 길쭉하고 흰 발가락에 새끼를 꼬고 있었다. 중국인들은 올드 언더우드를 적대하지 않았다. 그를 보고도 고개만 끄덕였다. 올드 언더우드는 가게 입구로 가서 조심스레 문을 열었다. 뒤에서 바람이 와락 밀고 들어와 카드를 흩날렸다. "야—야! 야—야!" 중국인들이 소리를 지르자 올드 언더우드는 뛰쳐나갔다. 망치질이 빠르고 거칠게 울렸다. 야—야! 올드 언더우드는 길모퉁이를 돌아 시야에서 벗어났다. 중국인 한 명이 쫓아오는 소리가 난 것 같아서 저목장에 숨어들었다. 올드 언더우드는 헉헉거리며 바닥에 드러누웠다…. 근처 목재 더미 아래 노란 대팻밥이 쌓여 있었다. 그것을 보고 있는데 대팻밥이 움직이더니 작은 회색 고양이가 몸을 쭉 펴고 꼬리를 살랑이며 나왔다. 고양이가 사뿐사뿐 다가와 그의 소매에 몸을 비볐다. 올드 언더우드의 가슴속에서 망치질이 미친 듯이 울렸다. 쿵쿵거리며 목으로 올라와 거기에서 반쯤 멈춘 채로 희미하게, 매우 희미하게 울렸다. "킷! 킷! 킷!" 그가 배에서 데려온 고양이를 그녀는 그렇게 불렀었다. "킷! 킷! 킷!" 그러고서 허리를 숙여 손에서 접시를 내려놓았다. "아! 하느님! 신이여!" 올드 언더우드는 몸을 일으키고 고양이를 안아 올려 얼굴에 꽉 누르며 살살 흔들었다. 따뜻하고 부드러운 고양이가 나직이 야옹거렸다. 올드 언더우드는 고양이 털에 눈을 묻었다. 하느님! 신이여! 올드 언더우드는 고양이를 코트 앞섶에 넣고 저목장에서 빠져나와 부두로 비실비실 내려갔다. 바다에 가까워지자 올드 언더우드는 코를 벌름거렸다. 광분한 바람에 타르와 밧줄과 점액과 소금 냄새가 배어 있었다. 올드 언더우드는 철로를 건너고 부두 창고 뒤를 슬그머니 지나쳐 석탄재를 깔아 만든 좁은 길을 따라 걸었다. 길은 무성한 회향 풀밭을 굽이돌아 하수를 바다로 내보내는 석조 배수관으로 이어졌다. 거기서 올드 언더우드는 부두와 깃발이 펄럭이는 배들을 뚫어지게 응시했다. 오래된, 아주 오래된 욕망이 돌연 올드 언더우드를 사로잡았다. "할 거다! 할 거다! 할 거다!" 올드 언더우드는 중얼거렸다. 그는 코트 속에서 고양이를 끄집어내고 꼬리를 잡고 돌려 배수관 입구에 던져 넣었다. 망치질이 시끄럽고 강하게 울렸다. 올드 언더우드는 고개를 뒤로 홱 젖혔다. 이제 그는 다시 한번 젊은이였다. 그는 계속해서 부두를 걸어, 포장된 양털 자루들과 어슬렁거리는 부랑자들을 지나쳐 부두 맨 끝으로 갔다. 바다가 육지의 무언가를 빨아 마시는 것처럼 부두의 조명탑을 핥았다. 배 한 척이 양털을 싣고 있었다. 크레인이 덜컹거리고 호루라기가 삑삑댔다. 잠시 후 언더우드는 널빤지 하나를 들고 홀로 외진 곳에 묶여 있는 작은 배로 갔다. 주변에는 아무도 없었다—단 한 사람도 없었다. 타운과, 붉은 새처럼 언덕에 웅크리고 있는 감옥과, 느릿느릿 흘러가는 거미줄 같은 먹구름을 그는 딱 한 번 돌아보았다. 그리고 널빤지를 놓고 배에 올랐고, 미끈거리는 갑판에 올라갔다. 그는 씩 웃으며 빨간색과 하얀색이 섞인 손수건을 높이 쳐들고 건들건들 걸었다. 그의 배였다! 내 것! 내 것! 내 것! 망치질이 울렸다. 바람이 부는 반대쪽 갑판에서 걸쇠 달린 문을 열면 '스테이트룸'이라고 표시된 선실로 들어갈 수 있었다. 문을 열고 들여다보았다. 한 남자가 침대에서—그의 침대에서—자고 있었다. 선원용 코트를 입은 건장한 남자의 긴 금빛 턱수염과 머리칼이 빨간 베개에 흐트러져 있었다. 그리고 벽에 걸린 사진에서 환하게 웃고 있는 그녀가—그의 아내가—자고 있는 건장한 사내를 내려다보았다.

어린 가정교사

 아, 이런. 밤이 아니었으면 좋았을 텐데. 낮에 여행하는 편이 훨씬, 훨씬 더 좋았을 것이다. 그러나 가정교사 소개소의 담당 여성은 이렇게 말했다. "저녁 배를 타고 건너가서 기차의 '여성 전용' 객실에서 자면 외국 호텔에서 자는 것보다 훨씬 안전해요. 객실 밖으로는 나가지 마요. 복도에서 어슬렁거리지 말고, 화장실에 가면 반드시 문을 잠가요. 기차는 아침 8시에 뮌헨에 도착할 거예요. 그룬발트 호텔은 기차역에서 일 분 거리라고 아르놀트 부인이 말했어요. 짐꾼이 아가씨를 안내해줄 수 있을 거예요. 부인은 그날 저녁 6시에 도착한다고 했으니까 그때까지 편히 쉬면서 여독을 풀고 독일어 연습도 해요. 배가 고프면 가장 가까운 빵집에서 빵이랑 커피를 사 먹고요. 외국에 처음 나가죠?" "네." "난 아가씨들에게 늘 말해요. 처음 보는 사람을 쉽게 믿지 말고 경계하라고. 또, 사람들이 음험한 의도를 품고 있는 것은 아닌지 의심해야 한다고. 각박하게 들리지만 어쩔 수 없어요. 이 세상에서 우리는 여자로 살아가야 하잖아요."
 여성 전용 선실은 무척 쾌적했다. 친절한 승무원이 환전을 도와주고 발에 담요를 덮어주었다. 어린 가정교사는 꽃이파리 무늬가 그려진 딱딱한 분홍색 소파에 누워서 다른 승객들을 바라보았다. 친절하고 소탈한 인상의 여자들이 모자를 원통형 베개에 핀으로 고정하고 부츠와 치마를 벗은 다음에, 화장품 가방에서 비밀스러운 꾸러미를 바스락거리며 정리하고, 머리를 베일로 감싸고 누웠다. 쿵, 쿵, 쿵. 증기선의 프로펠러가 일정한 속도로 돌아갔다. 승무원은 램프에 녹색 갓을 씌우고 치맛자락을 무릎 위로 포개며 난로 옆에 앉아서 기다란 뜨개질감을 품에 올려놓았다. 승무원의 머리 위쪽 선반에는 물병에 꽃이 빽빽이 꽂혀 있었다. '여행은 참 즐거워.' 어린 가정교사는 생각했다. 그녀는 미소를 짓고, 포근하게 흔들거리는 움직임에 자신을 맡겼다.

그러나 증기선이 멈추고 어린 가정교사가 한 손에는 옷 가방을, 다른 손에는 담요와 우산을 들고 나가자 차갑고 낯선 바람이 모자 아래를 스치고 지나갔다. 어린 가정교사는 초록빛으로 반짝이는 하늘 아래 까맣게 솟은 돛대와 기둥을 올려다보고, 어두운 부잔교에서 웅성거리는 흐릿하고 기이한 형체들로 시선을 내렸다. 졸음에 취한 사람들과 함께 나아가면서 그녀는 자신을 제외한 모두가 어디로 가야 하고 무엇을 해야 하는지 알고 있다는 느낌을 받았고, 덜컥 겁이 났다. 그저 이런 바람이 들 정도로만. 오, 지금이 낮이고 여성용 선실에서 나란히 머리를 매만지다가 거울에서 시선이 마주치자 웃어주었던 여자 중 한 명이 근처에 있었으면 좋겠다고 바랄 정도로만. "표를 꺼내세요. 표를 보여주세요. 미리 꺼내놓으세요." 어린 가정교사는 발뒤꿈치에 힘을 주고 조심스레 승하선 계단을 내려갔다. 그때 까만 가죽 모자를 쓴 남자가 불쑥 다가와서 그녀의 팔에 손을 얹었다. "아가씨, 어디 가요?" 남자가 영어로 물었다. 남자가 쓴 모자로 미루어 경비나 역장임이 분명했다. 어린 가정교사가 무엇이라

대꾸하기 전에 남자는 그녀의 옷 가방을 대뜸 가져갔다. "이쪽이오!" 남자는 무례하고 단호한 목소리로 외치고, 사람들을 마구 밀치며 성큼성큼 걸어갔다. "짐꾼 안 불렀어요." 뭐 저렇게 무례한 남자가 다 있담! "짐꾼 필요 없어요. 내가 들고 갈래요." 남자를 따라잡으려면 뛰어야 했는데, 그녀보다 훨씬 용감한 분노가 앞서 달려가 무례한 남자에게서 가방을 도로 낚아챘다. 남자는 아랑곳하지 않고 어둠에 잠긴 기다란 플랫폼을 건들거리며 걸어가 철로를 건넜다. '강도야.' 어린 가정교사는 석탄재가 발아래 부서지는 기찻길에서 은빛 철로를 건너며 남자가 강도라고 확신했다. 철도 반대쪽에—아, 다행이다!—뮌헨이라고 적혀 있는 기차가 보였다. 남자는 불이 환하게 밝혀진 커다란 객차 앞에서 걸음을 멈췄다. "이등실?" 무례한 목소리가 물었다. "네, 여성 전용 객실요." 어린 가정교사가 숨을 헐떡이며 말했다. 남자가 *Dames Seules*˚이라는 표시가 붙어 있는 텅 빈 객실 선반에 그녀의 옷 가방을 던져 넣는 사이에 어린 가정교사는 조그만 지갑을 열어 이 끔찍한 남자에게 팁으로 줄 만한 작은 단위 동전을 찾았다. 어린 가정교사는 기차에 올라가 남자에게 20상팀을 주었다. "이게 뭐요?" 남자는 소리치고, 돈과 그녀를 차례로 노려보다가 동전을 자기 코 밑에 대고 이따위 푼돈은 손에 쥐기는커녕 본 적도 없다는 듯이 킁킁거렸다. "1프랑이오. 당신도 알잖아. 수고비는 1프랑이라고! 그게 내 수고비요!" 1프랑이라니! 밤에 혼자 여행하는 젊은 여자라고 그런 사기에 호락호락 넘어갈 거라고 생각하는 건가? 절대, 절대 그렇게는 안 돼! 어린 가정교사는 지갑을 꽉 움켜쥐고 남자를 외면했다. 맞은편 벽의 생말로 풍경에 시선을 고정한

˚ 싱글 여성. 여행이라는 문맥에서는 동행이 없는 여성을 뜻한다.

채 귀를 닫았다. "아, 이건 아니지. 이건 안 될 말이야. 4수 줘요. 당신이 잘못 안 거야. 자, 도로 가져가요. 1프랑 달라고." 남자가 기차의 계단을 훌쩍 뛰어 올라와 그녀의 무릎에 동전을 던졌다. 공포에 부들부들 떨며 어린 가정교사는 온몸에 힘을 꽉, 아주 꽉 주고, 얼음장처럼 차가운 손을 뻗어 동전을 쥐고는 자신의 손에 꼭 숨겼다. "난 이것 이상 줄 수 없어요." 그녀가 말했다. 일이 분 동안 그녀는 자신을 구석구석 찌르는 남자의 날카로운 시선을 느꼈다. 남자는 입꼬리를 끌어 내린 채 고개를 천천히 끄덕거렸다. "좋아. *Trrrès bien.**" 남자는 어깨를 으쓱하고 어둠 속으로 사라졌다. 오, 천만다행이야! 무시무시한 경험이었어! 옷 가방이 잘 놓여 있나 확인하려고 일어나다가 어린 가정교사는 거울에 비친 자신의 창백한 얼굴과 커다랗게 뜬 눈을 보았다. 그녀는 얼굴 전체를 가리는 '여행용 베일'을 벗고 녹색 망토의 단추를 풀었다. "그래도 이제 다 끝났어." 어린 가정교사는 왠지 그녀보다 더 겁에 질려 보이는 거울 속 얼굴에 말했다.

    사람들이 플랫폼에 모여들기 시작했다. 사람들은 두세 명씩 제가끔 모여 이야기를 나누었다. 플랫폼 조명의 기이한 불빛이 사람들의 얼굴을 푸르스름하게 물들였다. 빨간색 제복을 입은 소년이 커다란 간식 카트를 덜컹덜컹 밀고 오더니 그것에 기대어 휘파람을 불면서 냅킨으로 부츠를 털었다. 검은색 알파카 앞치마를 두른 여자가 대여용 베개를 실은 수레를 밀고 다녔다. 곤히 잠든 아기를 태운 유모차를 밀며 서성이는 것처럼 멍하고 몽롱한 표정이었다. 어디선가 흰 연기가 구불구불 올라와 기차역의 천장 아래 맺혔는데, 마치 안개에 젖은 덩굴 같았다. '기분이 묘해.' 어린 가정교사는 생

---

* 아주 좋아.

각했다. '게다가 지금은 한밤중이야.' 안전한 기차 안에서 차창 밖을 내다보며 그녀는 이제 두려움 대신 1프랑을 끝까지 주지 않은 것에 대해 자부심을 느꼈다. '난 혼자서도 앞가림을 잘할 수 있어. 물론이지. 중요한 것은—' 갑자기 통로에서 쿵쾅거리는 발소리와 쩌렁쩌렁한 남자 목소리가 들렸고, 요란한 웃음소리가 중간중간 터져 나왔다. 남자들이 그녀가 있는 쪽으로 오고 있었다. 중절모를 쓴 젊은 남자 네 명이 객실 문과 창문을 들여다보며 지나갈 때 어린 가정교사는 구석에 몸을 바짝 붙였다. 그중 한 명이 우스워하며 *Dames Seules*이라는 표시를 가리키자 남자들 모두 허리를 구부리고 객실 구석에 홀로 앉아 있는 어린 아가씨를 들여다보았다. 아, 이런, 그들이 맞은편 객실로 들어갔다. 객실 안이 소란스럽다가 불현듯 잠잠해졌고, 검은 콧수염을 짧게 다듬은, 키가 크고 마른 남자가 그녀 객실의 문을 벌컥 열어젖혔다. "우리와 합석하지 않으시겠어요, 아가씨." 남자가 프랑스어로 말했다. 다른 남자들이 뒤에서 바글거리며 남자의 겨드랑이 아래와 어깨 위로 그녀를 뜯어보고 있었다. 어린 가정교사는 허리를 매우 꼿꼿이 세우고 잠자코 있었다. "합석해주시면 영광이겠습니다." 키 큰 남자가 이죽거렸다. 남자 한 명이 더는 참지 못하고 크게 웃음을 터뜨렸다. "아주 진지한 아가씨야." 젊은이는 고개 숙여 인사하고 인상을 쓰며 끝까지 지분거렸다. 남자는 과장되게 모자를 치켜들었고, 어린 가정교사는 다시 홀로 남겨졌다.

'*En voiture.** *En voi-ture!*' 누군가 기차 옆을 뛰어다니며 외쳤다. '지금이 밤이 아니었으면 좋겠어. 객차에 다른 여자가 있으면 좋을 텐데. 옆칸 남자들이 무서워.' 어린 가정교사가 차창 밖을 내다보니

---

* 탑승하세요.

짐꾼이, 아까 그녀 짐을 들었던 짐꾼이 여행가방을 잔뜩 짊어지고 돌아오고 있었다. 그런데, 그런데 지금 저 남자가 뭘 하는 거지? 남자는 *Dames Seules*이라고 적혀 있는 종이 아래 엄지손톱을 찔러 넣고 단박에 뜯어버린 다음에, 격자무늬 망토를 입은 노인이 높은 계단을 올라오는 동안 옆에 서서 가늘게 뜬 눈으로 그녀를 응시했다. "여긴 여성 객실이에요." "오, 아닌데요, 아가씨. 당신이 잘못 안 거예요. 아닙니다. 확실해요. 감사합니다, 선생님." "*En voi-ture!*" 기적 소리가 귀 따갑게 울렸다. 짐꾼은 의기양양하게 내려갔고, 기차는 출발했다. 어린 가정교사의 두 눈에 커다란 눈물방울이 잠시 맺혔다. 그녀는 눈물 어린 눈으로 노인이 군용 모자의 귀 덮개와 목도리를 푸는 것을 지켜보았다. 남자는 매우 늙어 보였다. 최소한 아흔 살은 되었을 것이다. 콧수염은 하얗고, 금테 안경 뒤로 작고 파란 눈과 주름진 분홍색 뺨이 보였다. 번듯한 얼굴이었다. 게다가 노인은 깍듯이 몸을 기울이고 서투른 프랑스어로 더듬더듬 말했다. "제가 와서 불편하신가요, 아가씨? 제 짐을 다 챙겨서 다른 객실로 가는 편이 나을까요?" 저런! 노인더러 저 무거운 짐을 다 옮기라고 할 수는 없다. 단지 그녀가 불편하다는 이유로…. "아니요, 괜찮습니다. 전혀 불편하지 않아요." "아, 정말 고마워요." 노인은 맞은편 자리에 앉아서 커다란 망토의 단추를 풀고 어깨 뒤로 넘겼다.

역을 떠나서 신이 난 듯 기차는 어둠 속을 빠르게 나아갔다. 가정교사는 장갑을 낀 손으로 차창에 서린 김을 닦았지만 아무것도 보이지 않았다. 검은 부채처럼 가지를 펼친 나무 한 그루, 드문드문 빛나는 불빛, 장엄하고 거대한 언덕의 윤곽이 전부였다. 옆 객실에서 젊은이들이 <*Un, deux, Trois*>* 노래를 부르기 시작했다. 그들은 목청이 터져라 똑같은 노래를 거듭 되풀이하여 불렀다.

'객실에 나 혼자였으면 불안해서 못 잤을 거야.' 가정교사는 생각했다. '발을 올리거나 모자를 벗을 엄두도 못 냈겠지.' 남자들의 노랫소리가 뱃속을 묘하게 휘저었다. 그녀는 떨림을 멈추려고 몸을 감싸안았고, 망토 아래서 팔짱을 끼고서는 객실에 노인이 있어서 다행이라고 생각했다. 시선이 마주치지 않게 조심하며 그녀는 기다란 속눈썹 아래로 노인을 엿보았다. 노인은 가슴을 활짝 펴고 턱은 바짝 끌어당긴 채 꼿꼿한 자세로 무릎은 단정히 모으고 독일 신문을 읽고 있었다. 아마 그래서 프랑스어가 어색했던 모양이다. 노인은 독일인이었다. 군대와 관련된 사람 같았다―어쩌면 장군이나 대령이었을지도 모르지만 지금은 은퇴했을 것이다. 군에서 복무하기엔 너무 늙었다. 노인은 보통 노인들과 달리 매우 깔끔하고 단정했다. 검은 넥타이에 진주 넥타이핀을 꽂았고, 새끼손가락에 검붉은 보석 반지를 꼈다. 더블브레스트 재킷의 주머니 위로 하얀 비단 손수건이 얼핏 보였다. 전반적으로 노인은 왠지 호감을 주는 인상이었다. 대부분 늙은 남자들은 흉했다. 부들거리는 팔다리며 가래 끓는 기침은 도저히 참아주기 어려웠다. 하지만 이 노인은 턱수염이 없는 데다가―그것 하나가 인상을 크게 좌우했다―뺨은 밝은 분홍빛에 콧수염이 새하얗다. 노인이 독일 신문을 내려놓고 아까와 마찬가지로 정중히 물었다. "독일어를 하나요, 아가씨?" "*Ja, ein wenig, mehr als Franzosisch.***" 어린 가정교사가 말하고 얼굴을 붉혔다. 파

---
* 하나, 둘, 셋.
** 네, 조금요. 프랑스어보다는 잘해요.

란 눈이 검게 보일 정도로 진한 분홍색 홍조가 뺨에 천천히 퍼졌다. "아, 그렇군요!" 노인이 품위 있게 고개 숙여 인사했다. "삽화 신문이 있는데 읽고 싶으실지도 모르겠습니다." 노인은 둘둘 말아놓은 신문에서 고무줄을 빼고 건네주었다. "고맙습니다." 어린 가정교사는 그림 보는 것을 매우 좋아했는데, 신문을 보려면 일단 모자와 장갑을 벗어야 했다. 그래서 그녀는 자리에서 일어나 갈색 밀짚모자의 고정핀을 빼고 선반의 옷 가방 옆에 단정히 내려놓은 다음에, 갈색 염소 가죽 장갑을 벗고 깔끔하게 돌돌 말아서 모자의 정수리 부분에 잘 넣었다. 그리고 이제 한결 편한 자세로 앉아서 발목을 꼬고 신문을 무릎 위에 펼쳤다. 신문의 커다란 흰 종이를 넘기는 맨손과, 긴 단어를 입속말로 발음해보며 달싹이는 입술과, 조명 아래 밝게 빛나는 머리칼을 노인은 구석에서 매우 친절한 눈빛으로 주시했다. 이런! 어린 가정교사의 머리칼이 귤과 마리골드와 살구와 얼룩고양이와 샴페인을 연상시키는 것은 큰 비극이었다! 잠시도 눈을 떼지 않고 지켜보는 노인도 바로 그 생각을 하고 있었는지 모른다. 또한, 우중충하고 흉한 옷도 그녀의 앳된 미모를 숨길 수 없다고. 이토록 어리고 여린 아이가 보호자도 없이 밤에 홀로 여행해야 한다는 사실에 대한 분노가 노인의 뺨과 입술을 붉게 물들였는지도 모른다. 어쩌면 노인이 독일인 특유의 감상적인 말투로 이렇게 중얼거리고 있었을지도. '*Ja, es ist eine Tragoedie!** 내가 이 아이의 할아버지였다면!'

"감사합니다. 아주 재밌었어요." 어린 가정교사가 신문을 돌려주며 미소를 띠고 말했다. "독일어 실력이 훌륭하군요." 노인이 말했

---

* 그래, 비극이야!

다. "물론 독일에 살아보았겠지요?" "아니요, 처음 가보는—" 잠시 머뭇거리다가, "외국에 처음 나가봐요." "그럴 리가요! 놀랍군요. 이런 말을 해도 될지 모르겠지만, 여행에 익숙한 아가씨라는 인상을 받았어요." "아, 잉글랜드 안에서는 많이 다녔어요. 스코틀랜드도 한 번 가봤고요." "나도 잉글랜드에 한 번 갔는데 영어를 배우지는 못했어요." 노인은 한 손을 들고 고개를 설레설레 저으며 웃었다. "네, 나한테는 너무 힘들더군요…. 안녕하제여. 레세스테어 스퀘아로 카는 길 부탁캅니다." 어린 가정교사도 웃음을 터뜨렸다. "외국인들이 늘 말하길—" 두 사람은 이것에 대해 잠시 이야기를 나누었다. "뮌헨이 마음에 들 겁니다." 노인이 말했다. "멋진 도시죠. 박물관, 미술관, 갤러리가 많고, 아름다운 건물에 상점과 콘서트장, 극장, 식당, 전부 있어요. 살면서 나는 유럽 전역을 여러 번 여행했는데, 언제나 뮌헨으로 돌아와요. 즐거운 시간을 보낼 거예요." "뮌헨에 머물지는 않을 거예요." 어린 가정교사가 말하고, 수줍어하며 덧붙였다. "전 아우크스부르크에 있는 어떤 의사 집에 가정교사로 들어가요." "아, 그렇군요." 노인은 아우크스부르크를 잘 알았다. 아우크스부르크는—글쎄—아름답지 않았다. 철저하게 제조업에 종사하는 도시다. 하지만 독일에 처음 와보는 것이니 그곳에서도 흥미로운 것들을 발견하길 바란다. "그럴 거라고 믿어요." "그래도 뮌헨을 구경하고 가면 좋을 텐데요. 떠나기 전에 잠시 휴가를 보내요." 노인이 미소를 지었다. "즐거운 추억을 만들고 가면 좋겠죠." "아쉽지만 그건 어려울 것 같아요." 어린 가정교사는 갑작스레 진지하고 의미심장한 표정으로 고개를 저으며 말했다. "게다가 혼자 여행할 때는…." 노인은 말뜻을 잘 이해했다. 노인 역시 진지한 표정으로 고개를 끄덕였다. 그리고 그들은 입을 다물었다. 기차는 시커멓게 타오르는 가슴을 언덕과 골짜기에 드러내고 거칠게 나아갔다. 객실 안은 조금 더웠다. 어린 가정교사는 빠르게 흘러가는 어둠에 기댄 채로 멀리, 아주 멀리 실려 가는 기분이 들었다. 조그만 소리들이 귀를 파고들었다. 통로를 지나가는 발소리, 문이 열리고 닫히는 소리. 속닥거리는 말소리. 휘파람 소리…. 그러다 기다란 빗줄기가 차창을 찌르기 시작했다… 상관없다… 비는 밖에서 내리고 있다… 그리고 그녀에겐 우산이 있었다…. 가정교사는 입술을 오므린 채 한숨을 내쉬고는, 손을 한 번 폈다가 쥐고 금세 잠이 들었다.

"실례합니다! 실례해요!" 객실 미닫이문이 열리는 소리에 그녀는 깜짝 놀라 깨어났다. 무슨 일이지? 누군가 들어왔다가 다시 나갔다. 노인은 구석 자리에서 더없이 뻣뻣이 앉아 양손을 주머니에 찔러 넣고 인상을 구기고 있었다. "하! 하! 하!" 건너편 객실에서 웃음소리가 들려왔다. 잠이 덜 깬 가정교사는 꿈인지 생시인지 헷갈려 머리를 더듬었다. "몹쓸 놈들!" 노인의 중얼거림은 혼잣말에 가까웠다. "천박한, 창피도 모르는 것들 같으니라고! 저자들이 아가씨를 깨운 것 같군요. 남의 객실에 무례하게 벌컥 들어오다니." 아니, 괜찮다. 어차피 일어나려던 참이었다. 어린 가정교사는 은시계를 꺼내 시간을 보았다. 새벽 4시 30분. 차가운 파란 빛이 차창을 메웠다. 김을 닦아내자 이제 푸른 들판과 버섯같이 옹기종기 모여 있는 하얀 집들과, 포플러 나무가 양옆에 늘어선 '그림 같은' 길과 가느다란 강줄기가 보였다. 아름다웠다! 너무나도 아름답고 달랐다! 하늘에 떠 있는 분홍색 구름마저 이국적이었다. 공기가 싸늘했다. 하지만 어린 가정교사는 실제보다 훨씬 추운 척 손을 비비고 몸을 살짝 떨면서 코트의 깃을 여미었는데, 무척 행복했기 때문이었다.

기차가 속도를 줄이기 시작했다. 증기기관에서 새된 소리가 길게 울렸다. 기차가 타운에 들어서고 있었다. 차창을 빠르게 스치고 지나가는 분홍색과 노란색의 길쭉한 집들은 녹색 눈꺼풀을 내리고 곤히 잠들어 있었고, 옆에서 포플러 나무들이 파란 공기 속에서 발끝으로 선 것처럼 흔들거리며 보초를 섰다. 한 집에서 여자가 셔터를 열고, 빨갛고 하얀 요를 창틀에 널고서는 지나가는 기차를 잠시 내다보았다. 창백한 얼굴에 머리는 까맸고, 어깨에 하얀 모직 숄을 두르고 있었다. 잠들어 있는 집들의 문 앞과 창가에 더 많은 여자들이 나타나기 시작했다. 양떼가 지나갔다. 양치기는 파란색 셔츠를 입고 발부리가 뾰족한 나막신을 신었다. 저기 봐! 저렇게 아름다운 꽃들이―게다가 기차역 옆에! 신부 들러리들이 부케로 들 법한 외줄기 장미와 하얀 제라늄, 고향에서는 온실에서밖에 못 보는 반들거리는 분홍색 꽃. 기차가 점점 속도를 줄였다. 한 남자가 물뿌리개로 플랫폼에 물을 뿌리고 있었다. "아아아아!" 누군가 손을 흔들며 뛰어왔다. 뚱뚱한 여자가 딸기가 수북한 쟁반을 들고 기차역의 유리문으로 뒤뚱뒤뚱 들어왔다. 아, 목이 말랐다! 목이 타는 것 같았다! "아아아아!" 아까 그 남자가 반대쪽으로 뛰어갔다. 기차가 섰다.

노인은 망토를 걸치고 그녀에게 미소를 지으며 일어났다. 노인이 무어라고 중얼거렸는데, 그녀는 알아듣지 못했지만 객실에서 나가는 노인에게 웃어주었다. 노인이 자리를 비운 사이에 어린 가정교사는 차창을 거울 삼아, 홀로 여행할 수 있을 정도로 나이가 들었으며 '뒷모습이 단정한지' 확인해줄 사람이 없는 여행자답게 세심하고 정확한 손길로 매무새를 정돈했다. 몹시 목이 말랐다! 공기에서 물맛이 났다. 어린 가정교사가 창문을 내렸는데, 딸기를 파는 뚱뚱한 여자가 의도한 것처럼 때마침 옆을 지나가다 딸기 바구니를 들어 올렸다. "*Nein, danke.**" 어린 가정교사는 윤기 나는 잎사귀에 올려진 큼직한 딸기를 보며 말했다. "*Wei viel?***" 지나가려는 뚱뚱한 여자에게 물었다. "2마르크 50페니히예요, 아가씨." "세상에!" 어린 가정교사는 창문에서 물러나 다시 구석 자리에 앉았고, 잠시 심각하게 생각했다. 하프크라운이라니! "호오오오이이이이이이!" 기차가 다시 출발할 준비를 하며 외쳤다. 어린 가정교사는 기차가 노인을 두고 출발할까봐 걱정이 되었다. 아, 이제는 해가 났다. 갈증이 나지만 않았으면 모든 것이 완벽했을 텐데! 노인은 도대체 어디 있을까―아, 저기 왔구나―어린 가정교사는 그가 오래 알고 지낸 믿음직스러운 친구라도 되는 양 보조개가 파이게 미소 지었고, 노인은 문을 닫고 돌아서더니 망토 안에서 딸기 한 바구니를 꺼냈다. "아가씨가 이걸 받아주면 무척 고맙겠습니다." "네? 저한테 주신다고요?" 그러나 어린 가정교사는 곧바로 몸을 뒤로 빼며 노인이 야생 새끼 고양이라도 안겨주려는 것처럼 양손을 들었다.

"물론입니다. 아가씨 주려고 샀어요." 노인이 말했다. "나는, 딸기를 먹을 엄두를 못 낸 지가 이십 년이 지났어요." "아, 고마워요. *Danke bestens.****" 어린 가정교사가 더듬거리며 말했다. "*Sie sind so sehr schön!*****" "한번 먹어봐요." 노인이 기쁜 표정으로 친근하게

---

* 고맙지만 괜찮습니다.
** 얼마예요?
*** 정말 고맙습니다.
**** 아주 먹음직스럽네요!

말했다. "하나도 안 먹을 거예요?" "아, 아뇨, 먹을게요." 소심하고 귀엽게 어린 가정교사는 손을 내밀었다. 딸기가 너무나도 큼직하고 즙이 풍부해서 반씩 베어 물어야 했다. 딸기즙이 손가락을 타고 줄줄 흘러내렸고—딸기를 먹으면서 처음으로 어린 가정교사는 노인이 할아버지 같다고 생각했다. 얼마나 완벽한 할아버지인지! 책에 나오는 할아버지처럼!

해가 났고, 하늘의 분홍빛 구름이, 딸기 구름이 파란빛에 잡아먹혔다. "맛있었나요?" 노인이 물었다. "보이는 것만큼 맛있나요?"

딸기를 먹고 나자 어린 가정교사는 노인을 오래 알고 지낸 것처럼 친밀감을 느꼈다. 그래서 아르놀트 부인 집에 가정교사 자리를 얻은 경위를 노인에게 말해주었다. 혹시 그룬발트 호텔이라고 들어 보았는지? 아르놀트 부인은 그날 저녁이나 되어야 올 것이다. 노인은 주의 깊게 귀를 기울였고, 끝내 어린 가정교사의 상황에 대해 그녀 자신만큼 빠삭해졌다. 그리고 노인은—시선을 다른 곳에 둔 채로, 그렇지만 갈색 스웨이드 장갑을 낀 손을 맞비비며 물었다. "오늘 내가 뮌헨 관광을 시켜줘도 될까요? 대단한 건 아니에요. 영국 정원과 미술관 정도요. 하루 종일 호텔에 머무른다고 하니까 안타까워서 그래요. 낯선 곳에 있으려면 불편할 테고요…. *Nicht wahr?** 오후 일찍, 아가씨가 원할 때 곧장 호텔에 돌아오기로 해요. 물론, 하루를 함께 보내준다면 이 노인은 참으로 기쁘겠어요."

"네."라고 승낙하고 한참이 지난 후에야—왜냐하면 그녀가 대답하자마자 노인이 고맙다고 인사하고 자신의 터키 여행과 그곳에서 산 장미유에 대해 이야기를 늘어놓았기 때문에—어린 가정교사는

---
* 그렇지 않습니까?

승낙한 것이 실수는 아니었는지 고민하기 시작했다. 어쨌든, 그녀는 노인에 대해 아무것도 모른다. 그렇지만 그는 매우 늙었고 매우 친절했으며—딸기도 사주었다…. 더구나 그녀는 거절할 이유가 마땅히 생각나지 않았고, 어찌 보면 이날이 그녀가 마지막으로 마음껏 자유롭게 지낼 수 있는 날이 아닌가. '잘못했나? 실수였나?' 햇빛 한 줌이 그녀의 손바닥에 떨어져 머물렀다. 햇빛은 따뜻했고, 살짝 떨고 있었다. "내가 아가씨를 호텔에 데려다준 다음에," 노인이 말했다. "10시에 데리러 가지요." 노인은 작은 지갑에서 명함을 꺼내주었다. "*Herr Regierungsrat*…."* 노인은 직위가 있었다! 그러니까, 다 괜찮을 수밖에 없다! 그래서 그때부터는 어린 가정교사도 마음을 놓고 자기가 정말로 외국에 왔다는 흥분에 한껏 빠져들어, 외국어로 적혀 있는 간판을 내다보고 기차가 통과하고 있는 지역에 대한 설명에 귀 기울였는데, 그녀가 흥미를 느끼고 즐거워할 수 있게 배려해주는 친절한 할아버지 덕분에 곱절로 유쾌했다. 어느새 기차가 뮌헨 중앙역에 도착했다. "여기요! 여기!" 노인은 그녀에게 짐꾼을 불러주고 간단한 지시로 자기 짐을 처리했고, 어수선한 인파 속에서 그녀를 이끌어 기차역을 빠져나온 뒤에, 깨끗하고 하얀 계단을 올라가 하얀 도로를 지나 호텔로 갔다. 모든 것이 이렇게 되기로 정해져 있었던 것처럼 노인은 호텔 매니저에게 그녀가 누군지 설명했고, 잠시 그녀의 작은 손이 갈색 스웨이드 장갑을 낀 커다란 손에 파묻혔다. "10시에 데리러 올게요." 그리고 노인은 떠났다.

"이쪽입니다, 아가씨." 매니저 뒤에서 기웃거리며 이 기묘한 커플

---

* 행정관….

을 관찰하고 있던 벨맨이 말했다. 어린 가정교사는 그를 따라 두 층을 올라가 어두운 호텔 방으로 들어갔다. 벨맨은 그녀의 옷 가방을 철퍼덕 내려놓고 철커덩거리는 먼지투성이 블라인드를 걷었다. 세상에! 참으로 흉하고 삭막한 방이다! 가구는 또 왜 저렇게 거대한지! 이 방에서 온종일 머무른다고 생각하면! "아르놀트 부인이 예약한 방이 여기가 맞아요?" 어린 가정교사가 물었다. 벨맨은 마치 그녀에게 이상한 구석이라도 있다는 듯 묘한 눈빛으로 빤히 보았다. 그리고 휘파람을 불 것처럼 입술을 오므렸다가 생각을 바꿨다. "*Gewiss.**" 벨맨이 말했다. 그런데 왜 안 나가지? 왜 저렇게 사람을 빤히 보지? "*Gehen Sie.***" 어린 가정교사가 영국인 특유의 쌀쌀맞고 단도직입적인 어조로 말했다. 까치밥나무 열매처럼 작은 벨맨의 눈이 투실투실한 뺨에서 튀어나올 뻔했다. "*Gehen Sie sofort.****" 어린 가정교사가 다시금 차갑게 말했다. 문가에서 벨맨이 돌아섰다. "신사분은요?" 벨맨이 말했다. "신사분이 오시면 여기로 모실까요?"

은빛 테두리가 둘린 흰 구름이 하얀 거리 위로 떠 있고, 햇빛이 온 세상을 비췄다. 아주 뚱뚱한 마부가 뚱뚱한 마차를 몰았다. 둥그렇고 작은 모자를 쓴 우스꽝스러운 여자들이 전찻길을 청소했다. 사람들이 웃으면서 밀치락달치락 걸어갔다. 거리 양옆으로 가로수가 늘어섰고, 시선을 어디로 돌려도 커다란 분수가 눈에 들어왔다. 보도, 길 한복판, 열린 창문에서 웃음소리가 울려 퍼졌다. 그리고 옆에는 그녀에게 하루를 같이 보내자고 청한 할아버지가 더할 나위 없

---
* 네.
** 나가세요.
*** 당장 나가라고요.

이 말끔한 모습으로, 갈색 장갑 대신 노란색 장갑을 끼고 접은 우산을 들고 있었다. 어린 가정교사는 팔짝팔짝 뛰고 싶었다. 할아버지의 팔에 매달리고 싶었다. 매 순간 외치고 싶었다. '아, 너무너무 행복해요!' 할아버지는 길을 안내하고, 그녀가 '구경'하는 동안 멈춰서 기다리고, 친절한 눈으로 그녀를 바라보며 "하고 싶은 것은 다 해요."라고 말했다. 아침 11시에 어린 가정교사는 하얀 소시지 두 개와 갓 구운 롤빵 두 개를 먹었고, 절대 취하지 않는다고 할아버지가 장담한, 영국 맥주와는 딴판인 맥주를 꽃병처럼 생긴 잔으로 마셨다. 그러고서 그들은 마차를 탔고, 훌륭한 명화를 십오 분만에 몇천 점은 본 것 같았다! '나중에 혼자 있을 때 그림들을 다시 생각해봐야지…' 그런데 미술관에서 나오니 비가 내리고 있었다. 할아버지는 우산을 펴고 어린 가정교사 머리 위로 들어주었다. 그들은 점심 식사를 할 식당으로 걸어가기 시작했다. 어린 가정교사는 할아버지도 우산을 쓸 수 있게 옆에 바짝 붙어서 걸었다. "이렇게 하면 더 편하지 않을까요." 할아버지가 무덤덤하게 말했다. "내 팔을 잡으시죠, 아가씨. 게다가 독일에서는 이것이 풍습이랍니다." 그래서 어린 가정교사는 할아버지와 팔짱을 끼고 나란히 걸었다. 걸으면서도 할아버지는 유명한 조각상들을 가리키며 설명해주었는데, 하도 열중해서 설명하느라 비가 그친 한참 뒤에도 우산을 들고 있었다.

점심 식사를 마친 뒤에 카페에서 집시 악단의 연주를 들었다. 어린 가정교사의 취향에는 전혀 맞지 않았다. 으! 그 남자들은 두상이 달걀 같고 얼굴에 흉터가 있었다. 그래서 어린 가정교사는 의자를 돌리고, 뜨겁게 달아오른 얼굴을 양손에 괴고 나이 든 친구를 대신 바라보았다…. 그다음에 두 사람은 영국 정원에 갔다.

"몇 시나 되었을까요?" 어린 가정교사가 물었다. "시계가 멈췄어요. 어젯밤에 기차에서 깜박 잊고 태엽을 안 감았거든요. 많이 돌아다녔으니까 꽤 늦었을 것 같아요." "늦다니요!" 할아버지가 걸음을 멈추고, 그녀에게 익숙해진 방식으로 고개를 설레설레 저으며 웃었다. "오늘 별로 재미가 없었나보군요. 시간이 늦었다니! 아직 아이스크림도 안 먹었는데요!" "아, 아니에요. 정말 즐거웠어요." 어린 가정교사가 속상해하며 외쳤다. "말로 표현하기가 어려울 정도예요. 정말 멋졌어요! 하지만 아르놀트 부인이 6시에 호텔로 오기로 했고, 전 5시까지 가서 기다려야 해요." "5시까지 갈 거예요. 아이스크림을 먹고 마차를 잡아줄게요. 그럼 편하게 갈 수 있겠죠." 어린 가정교사는 다시 행복해졌다. 초콜릿 아이스크림이 녹아내렸다. 한 방울, 한 방울씩 길게 녹아내렸다. 나무들의 그림자가 테이블보 위에서 춤췄다. 어린 가정교사는 지금 시각이 6시 35분이라고 알리는 선반 위 시계로부터 안전하게 등을 돌리고 앉아 있었다. "정말로, 진심으로," 어린 가정교사가 성심껏 말했다. "제 인생에서 가장 행복한 날이었어요. 이런 날을 보낼 수 있으리라 상상도 못했는걸요." 차가운 아이스크림을 먹으면서도 고마움에 벅찬 아기 심장은 요정처럼 나타난 할아버지에 대한 애정으로 뜨거웠다.

두 사람은 정원에서 나와 기다란 골목길을 내려갔다. "저기 길 건너편에 큰 건물 보이죠." 노인이 말했다. "난 삼층에 살아요. 집안일을 도와주는 가정부와 같이 살죠." 어린 가정교사는 큰 흥미를 느꼈다. "마차를 잡아주기 전에 잠깐 들어와서 내 작은 '집'을 구경할래요? 아까 기차에서 말한 장미유를 선물로 줘도 될까요? 오늘을 추억할 수 있게?" 물론 그녀는 구경하고 싶었다. "혼자 사는 남자 집은 한 번도 본 적 없어요." 어린 가정교사가 웃으며 말했다.

  복도는 꽤 어두웠다. "가정부가 닭고기를 사러 나갔나봅니다. 잠시만요." 노인은 문을 열고 그녀가 지나갈 수 있게 비켜섰다. 어린 가정교사는 조금 수줍어하면서도 호기심을 느끼며 낯선 집에 들어갔다. 무슨 말을 해야 할지 알 수 없었다. 집은 아름답지 않았다. 어떤 면에서 보면 몹시 흉하다고 할 수 있었다. 그래도 깨끗하고, 노인이 살기에는 충분히 편할 것 같았다. "그래서, 어떤 것 같아요?" 노인은 꿇어앉아 찬장에서 분홍색 유리잔 두 개, 그리고 길쭉한 분홍색 병이 올려진 둥근 쟁반을 꺼냈다. "저 뒤에는 작은 침실이 두 개 있어요." 노인이 명랑하게 말했다. "부엌이 있고요. 이 정도면 충분히 살 만하죠?" "오, 물론이에요." "나중에 뮌헨에서 하루 이틀 지내고 싶으면—왜, 여기에 작은 둥지가 있습니다. 닭 날개 요리와 샐러드, 그리고 다시 한번, 아니, 몇 번이라도 당신과 시간을 보내고 싶은 노인이 늘 기다리고 있을 거예요, 사랑스러운 아가씨!" 노인은 병에서 마개를 빼고 작은 분홍색 잔에 포도주를 따랐다. 노인이 손을 떨어서 쟁반에 포도주가 떨어졌다. 방 안은 매우 조용했다. 가정교사가 말했다. "이제 가봐야 해요." "가기 전에 포도주 한 잔은 할 수 있겠죠?" 노인이 말했다. "아뇨, 정말 안 돼요. 전 포도주를 마시지 않아요. 포도주 같은 것은 절대 입에 대지 않기로 했거든요." 노인이 끈질기게 간청하는 데다가 몹시 서운한 기색이어서 어린 가정교사는 무례하게 굴고 있다는 자책감이 들었지만, 그래도 마음을 굳게 먹었다. "아뇨, 정말 괜찮아요." "그럼 내가 아가씨 건강을 위해 한잔하는 동안 소파에 오 분만 앉아 있을래요?" 어린 가정교사는 붉은색 벨벳 소파 끄트머리에 걸터앉았고, 노인은 옆에 앉아 그녀의 건

강을 기원하며 포도주를 한 모금에 해치웠다. "오늘 정말로 재밌었어요?" 노인이 몸을 돌리며 물었는데, 너무나도 가까이 앉아 있었던지라 무릎의 부들거림이 그녀의 무릎에 전달되었다. 어린 가정교사가 미처 대답하기 전에 노인이 그녀의 손을 움켜쥐었다. "떠나기 전에 키스 한번 해줄 거예요?" 노인이 그녀를 끌어당기며 말했다.

꿈이다! 현실이 아니야! 노인이 완전히 딴사람으로 변했다. 아, 끔찍해라! 어린 가정교사는 경악하며 노인을 보았다. "아뇨, 싫어요! 싫어요!" 그녀는 손을 뿌리치려고 버둥거리며 더듬더듬 말했다. "한 번만. 한 번만 키스해줘요. 그게 뭐라고? 그냥 키스예요, 귀여운 아가씨, 아무것도 아니에요." 노인이 환한 미소를 지으며 얼굴을 들이댔다. 작은 파란 눈이 안경 뒤에서 번뜩였다! "싫어요. 절대 싫다고요. 어떻게 이러실 수가 있어요!" 어린 가정교사가 벌떡 일어났지만, 노인은 재빨리 그녀를 벽에 밀어붙이고는 늙고 단단한 몸과 부들거리는 무릎으로 그녀를 누르고, 어쩔 줄 모르며 고개를 양옆으로 젓는 그녀의 입에 키스했다. 입술에! 그녀의 가족 말고는 아무도 키스한 적 없는 곳에….

전찻길이 있는 넓은 도로가 나올 때까지 어린 가정교사는 쉬지 않고 뛰었다. 도로 중앙에 경찰 한 명이 태엽 인형처럼 서 있었다. "중앙역으로 가는 전차를 타야 해요." 어린 가정교사가 흐느끼며 말했다. "아가씨?" 그녀는 맞잡은 손을 절박하게 비틀었다. "중앙역 말입니까. 저기, 저기 오네요." 몹시 놀란 경찰관을 뒤로하고, 어린 가정교사는 옆구리에 모자를 끼고 손수건으로 얼굴을 가리지도 않은 채 울면서 전차에 탔다. 차장의 치켜올린 눈썹도, *hochwohlgebildete*

Dame˚이 충격을 받은 친구와 자기 얘기를 하는 것도 알아차리지 못했다. 어린 가정교사는 몸을 떨면서 소리 내어 울다가 "아, 아!" 하고 손으로 입을 틀어막고 외쳤다. "치과에 다녀왔나봐." 매정하다고 하기엔 너무 아둔한 뚱뚱한 노부인이 새된 목소리로 말했다. "*Na, sagen Sie 'mal.*˚˚ 엄청나게 아픈가 보네! 이를 모조리 뽑았나." 그러는 동안에도 전차는 무릎이 부들거리는 늙은 남자로 가득한 세상을 덜컹거리며 달렸다.

어린 가정교사가 그룬발트 호텔의 로비에 도착했을 때 아침에 방을 안내했던 벨맨이 테이블 옆에 서서 잔을 닦고 있었다. 어린 가정교사를 본 순간 벨맨은 정체를 알 수 없는 득의로 몸이 부풀어 오르는 것 같았다. 벨맨은 그녀의 질문에 대답할 준비가 되어 있었다. 그는 빠르게, 자신감 넘치는 어조로 말했다. "네, 아가씨. 그 부인이 왔었지요. 아가씨가 도착한 뒤에 곧바로 다시 어떤 신사분과 나갔다고 알려드렸습니다. 언제 돌아오냐고 부인이 물어봤지만 물론 저는 모르는 걸 대답할 수 없었죠. 그다음에 부인이 매니저님을 찾아갔습니다." 벨맨은 테이블에서 잔을 하나 들고, 한쪽 눈을 지그시 감고 빛에 비추어보았다가, 앞치마 귀퉁이로 문지르기 시작했다. "…?" "뭐라고요? 아, 아뇨, 아가씨. 매니저도 부인에게 해줄 말이 없었어요. 무슨 말을 하겠습니까." 벨맨은 고개를 젓고, 반짝이는 잔을 보며 웃었다. "부인은 지금 어디에 있어요?" 어린 가정교사가 물었는데, 몸이 너무 심하게 떨려서 손수건으로 입을 막아야 했다. "그걸

˚ 매우 고상한 부인.
˚˚ 아이고, 저거 보게.

제가 어떻게 압니까?" 벨맨은 쏘아붙였다. 그가 새로 도착한 손님을 잡으러 그녀를 지나쳐 뛰어가는데, 심장이 갈비뼈 밑에서 너무나도 거세게 뛰어서 소리 내어 쿡쿡 웃을 뻔했다. '이거지! 바로 이거야!' 벨맨은 생각했다. '따끔한 맛을 보여줬어.' 거인이 깃털을 들듯이 새 손님의 짐을 가뿐히, 이얏, 어깨에 올리며 벨맨은 어린 가정교사가 했던 말을 되씹었다. '*Gehen Sie. Gehen Sie sofort.* 그러죠! 그러죠!' 그는 입속말로 외쳤다.

늦은 밤에

버지니아는 난롯불 앞에 앉아 있다. 겉옷은 의자에 널어놓았다. 벽난로 펜더 앞에 놓고 말리고 있는 부츠에서 희미하게 김이 올라온다.

버지니아(편지를 내려놓으며): 이 편지 정말 마음에 안 들어—정말 별로야. 일부러 모욕을 주려고 쓴 걸까, 아니면 원래 편지를 이따위로 쓰나. (편지를 읽는다.) "양말 고마워요. 최근에 제가 양말을 다섯 켤레나 선물 받는 바람에 당신이 준 양말은 친구에게 주었는데, 물론 당신도 기뻐하리라고 믿어요." 아니, 내가 오해하는 게 아니야. 나를 모욕하려고 이렇게 쓴 거야. 끔찍하게 모욕적이야.

아, 건강 살피라는 편지 괜히 보냈어. 그 편지를 돌려받을 수 있으면 얼마나 좋을까. 하필이면 일요일 저녁에 편지를 썼어. 큰 실수야. 일요일 저녁에는 절대 편지를 쓰면 안 돼. 늘 자제력을 잃거든. 일요일 저녁엔 왜 꼭 그런 기분이 드는지 모르겠어. 누군가에게 편지를 쓰거나—누군가를 사랑하고 싶은 갈망이 솟구쳐. 그래, 바로 그거야. 일요일 저녁에는 슬프면서도 가슴속에 사랑이 충만해. 참 이상하지!

다시 교회에 나가야겠어. 난롯불 앞에 앉아 사색하면 바보 같은 실수를 저지를 가능성이 커. 더구나 교회에 가면 찬송가를 부를 수 있잖아. 찬송가를 부르면서 감정을 실컷 쏟아낼 수 있어. (버지니아가 흥얼거린다.) "우리에게 가장 소중하고 가장 위대한—" (그러나 편지의 다음 문장을 보고 눈을 번쩍 뜬다.) "양말을 직접 떠주다니, 참 친절하군요." 나 참! 나 참, 이건 정말 너무하는군! 남자들은 기막히게 자만해! 설마 내가 양말을 직접 떴다고 진심으로 믿는 거야? 아니, 난 이 사람을 잘 알지도 못하잖아. 몇 번 대화해본 게 전부야. 그런 사람한테 내가 왜 양말을 떠주겠어? 내가 자기한테 홀딱 반했다고 생각하는 게 틀림없어. 그렇지 않고서야 누가 잘 알지도 못하는 사람한테 양말을 떠주겠어. 양말 한 켤레를 사주는 것과는 전혀 다른 문제라고. 아니, 다시는 편지하지 않겠어—절대. 게다가, 무슨 소용이야? 이러다 정말 좋아하게 되어도 이 사람은 나한테 관심 없을 텐데. 남자들은 날 안 좋아해.

왠지 몰라도 사람들은 어느 순간이 지나면 그때부터 날 싫어하기 시작해. 참 이상하지! 처음에는 다들 날 좋아해. 내가 독창적이고 독특하다고들 하지. 그런데 내가 호감을 표하자마자, 아니, 조금이라도 좋아하는 티를 내자마자 사람들은 겁을 집어먹고 연락을 끊어. 시간이 지나 돌이켜보면 정말 서운할 거야. 어쩌면 그들은 내 가슴속에 넘쳐 흐르는 사랑을 감지한 것인지도 몰라. 그래서 두려워하는 거야. 아, 난 너무나도 큰, 무한한 사랑을 품고 있어. 완전하고 절대적인 사랑을 누군가에게 주고 싶어. 돌보아주고, 나쁜 것들로부터 지켜주고, 원하는 건 무엇이든 내게 요구할 수 있다고 느끼게 해주고 싶어. 누군가가 나를 원한다는 확신을, 내가 누군가에게 쓸모가 있음을 느낄 수만 있다면 난 전혀 다른 사람으로 거듭날 거야. 그래, 그것이 바로 내가 인생에서 추구하는 거야—누군가가 나를 사랑하고, 원하고, 나에게 절대적으로, 영원히 의지했으면 좋겠어. 게다가 난 다른 여자들보다 훨씬 강하고, 훨씬 풍요로워. 다른 여자들은 이런 엄청난 열망을 느끼지 않을 거야. 자신을 표현하고 싶은—그래, 마치 꽃으로 피어나고 싶은 듯한 열망을 말이야. 지금 난 꽉 닫힌 봉오리처럼 어둠 속에 있고 아무도 내게 관심을 주지 않아. 어쩌면 그래서 내가 식물이나 아픈 동물, 새에 극진한 애정을 쏟나봐. 넘치는 사랑을 어떻게든 덜어내야 하니까. 더구나, 그것들은 너무도 무력해서 내게 절대적으로 의지하지. 이 또한 내가 바라는 바야. 남자도 진정 사랑에 빠지면 그렇게 무력해질 거라고 생각해. 그래, 남자들은 무척이나 무력할 거야…

오늘 밤에는 왠지 울고 싶어. 절대 이 편지 때문은 아니야. 이건 내게 무의미해. 그렇지만 언젠가는 변화가 생길지, 아니면 내가 채워지지 않는 갈망 속에서 이렇게 늙어갈 것인지 알고 싶어. 사실, 지금도 어린 나이는 아니잖아. 잔주름이 생겼고, 피부도 예전 같지 않아. 애초에 미인은 아니었지만, 어쨌든, 일반적인 의미에서는, 그래도 피부랑 머리는 아름다웠고, 걸음걸이도 우아했어. 오늘 허리를 구부리고 무언가를 찾다가 거울에 비친 내 모습을 우연히 보았는데… 늙고 투박해 보였어. 글쎄, 그렇게까지 나쁘진 않았을지도. 나는 나 자신을 평가할 때 늘 과장하는 버릇이 있어. 그렇지만 요새 난 상당히 까탈스러워졌는데, 그것이야말로 늙어가고 있다는 증거야. 이젠 바람이 부는 게 너무 싫어. 그리고 발이 젖는 것도 질색이야. 예전에는 이런 것들을 싫어하지 않았어—오히려 한껏 즐겼지—자연과 가까워진 기분이 들었거든. 그런데 이젠 짜증이 나서 울고 싶고, 그런 기분에서 벗어나게 해줄 무언가를 간절히 바라. 이래서 여자들이 술에 점점 의존하나봐. 참 이상하지!

난롯불이 꺼지려고 하네. 이 편지를 태워야지. 이게 나한테 무슨 의미가 있겠어? 흥! 상관없어. 내가 신경 쓸 것 같아? 딴 여자 다섯 명이 준 양말이나 신으라지! 그 사람은 내가 상상했던 것과 딴판이야. 귀에 들리는 것 같군. "양말을 직접 떠주다니, 참 친절하군요." 목소리가 매력적이야. 아마 그것 때문에 끌렸나봐. 아니면 그 손 때문인가. 손이 무척 강해 보였어. 남자다운 손이었지. 오, 됐다그래. 제발 감상적으로 생각하지 말자. 태워버려! 아니, 지금은 안 돼. 불이 꺼졌잖아. 이제 자야지. 정말 일부러 모욕을 주려고 쓴 걸까. 아, 피곤해. 요즘은 잠자리에 누우면 이불을 머리끝까지 뒤집어쓰고 울고 싶다는 생각이 자주 들어. 참 이상하지!

나는 프랑스어를 못합니다

 이 작은 카페에 내가 왜 끌리는지 모르겠습니다. 카페는 지저분하고 우울합니다. 매우 우울합니다. 거리에 널린 수많은 다른 카페들로부터 구별되는 개성도 없습니다. 단 하나도 없어요. 그렇다고 구석에서 지켜보다가 알아보고, 충분히는 아니지만 대충 (아니지만에 강세) 이해할 수 있는 별종들이 날마다 들락거리지도 않습니다.
 괄호 속의 문장을 보고 내가 인간의 불가해한 영혼 앞에 겸허함을 고백했다고 착각하지는 마세요. 전혀 그렇지 않습니다. 사실 난 인간의 영혼이라는 것 자체를 믿지 않습니다. 한 번도 믿은 적이 없어요. 난 사람들이 여행가방과 비슷하다고 생각합니다. 이런저런 내용물로 채워진 뒤에 출발해서 던져지고 떠밀리고 떨어지고 분실되었다가 발견되고, 갑자기 반쯤 비워지거나 터질 듯이 꽉꽉 채워지고, 그러다 마침내 궁극의 짐꾼이 궁극의 열차에 던져 넣으면 덜컹덜컹 실려 가는….
 그럼에도 이 여행가방들은 때때로 흥미롭습니다. 오, 굉장히 흥미롭습니다! 내가 이것들 앞에 서 있는 모습을 상상해봅니다. 알잖습니까, 마치 세관원처럼.
 "신고할 품목이 있습니까? 포도주, 증류주, 시가, 향수, 혹은 실크?"

통과하라는 표시를 휘갈기기 직전에 행여 내가 속는 것은 아닌지 망설이는 순간과, 통과시킨 직후에 방금 내가 속은 것은 아닌지 고민하는 순간이 어쩌면 인생에서 가장 짜릿한 순간들이 아닐까요. 어쨌든 내게는 그렇습니다.

꽤 억지스러운 데다가 별로 독창적이지도 않은 말을 늘어놓느라 옆길로 새기 전에 내가 하려던 말은 단지, 이 카페에는 검사할 여행 가방조차 없는데, 그 이유는, 신사 숙녀 여러분, 이 카페 손님들은 테이블에 앉지도 않고 카운터에 서 있기 때문입니다. 이곳에 오는 손님이라고는 밀가루나 횟가루 따위를 하얗게 뒤집어쓰고 강가에서 올라온 인부들, 군인들, 그리고 군인들이 데려오는, 은귀고리를 하고 팔에 장바구니를 낀 수척한 검은 머리 여자들뿐입니다.

카페 마담 역시 말랐으며 머리가 까맣고, 얼굴과 손이 하얗습니다. 어떤 빛에서 보면 거의 투명해서, 새까만 숄과 대비되어 하얗게 빛나는 모습이 꽤나 인상적이죠. 손님을 접대하지 않을 때 마담은 스툴에 앉아서 늘 창문 쪽으로 고개를 돌리고 있습니다. 눈두덩이 거뭇한 눈으로 지나가는 사람들을 바라보고 좇지만 특별히 누군가를 찾고 있지는 않습니다. 어쩌면 십오 년 전에는 찾고 있었을지도 모르죠. 그러나 이제는 버릇으로 굳어진 자세일 뿐입니다. 지치고 절망적인 분위기만 보아도 마담이 적어도 십 년 전에 포기했다는 걸 알 수 있습니다….

카페의 웨이터는 또 어떤 줄 아십니까. 안쓰럽지도 않고—결코 우스꽝스럽지도 않습니다. 시시한 말도 웨이터의 입에서 나오면 사람들은 흥미롭게 여기기 마련인데 (마치 불쌍한 웨이터들은 커피 주전자와 포도주병이 합쳐진 존재라서 그 속에 생각이 들어 있다는 자체가 신기하다는 듯이) 이 웨이터는 그런 잡담을 통 안 합니다. 그는 머리가 희끗희끗하고 매가리가 없으며 평발입니다. 기다랗고 갈라진 손톱으로 손바닥에서 동전을 집어갈 때면 신경이 바짝 곤두섭니다. 더러운 행주로 테이블을 문지르거나 죽은 파리 한두 마리를 튕기고 있지 않을 때면 그는 기다란 앞치마 차림으로 한 손은 의자 등받이에 올리고, 다른 팔에는 삼각형으로 접은 더러운 냅킨을 걸친 채로, 어떤 잔혹한 살인과 연루되어 사진을 찍히는 듯이 서 있습니다. '시신이 발견된 카페 내부.' 이런 웨이터를 여러분도 수백 번 보았겠지요.

아무리 우울한 장소라도 특정한 시간이 되면 활기를 띠고 살아난다고 생각하나요? 아니, 방금 이 표현은 정확하지 않군요. 말하자면 이런 것입니다. 살다보면 순전히 우연으로 당신이 완벽한 타이밍에, 모두가 당신을 기대하고 있는 순간에 무대에 등장한 것처럼 느껴질 때가 있습니다. 모든 것이 당신을 위해 준비되어 있습니다. 모든 상황이 당신의 결정에 달려 있습니다. 당신이 내쉬는 숨결에서조차 중요성이 느껴집니다. 동시에 당신은 은밀히 씩 웃습니다. 언제나 삶이라는 노파는 당신이 이렇게 등장하는 것을 반대하고 기회를 박탈하고 무마시키고, 때를 놓치게 발목을 붙들었는데… 이번만큼은 당신이 그 빌어먹을 노파를 이겼으니까요.

이 카페에 처음 온 날에 난 그런 느낌을 받았습니다. 아마 그래서 자꾸 다시 오나봅니다. 승리의 추억이 서려 있는 곳에, 아니, 마침내 내가 그 몹쓸 것의 목을 거머쥐고 내 뜻대로 해버린 범죄의 현장에 거듭 돌아오는 것입니다.

질문: 나는 왜 이렇게 삶을 미워하는가? 왜 삶을 미국 영화에

나오는, 꼬질꼬질한 숄을 두르고 쭈글쭈글한 손에 지팡이를 들고 다니는 넝마주이로 여기는가?

답: 약해빠진 정신에 미국 영화가 작용한 결과.

어쨌든, 흔히들 말하듯이 '짧은 겨울 오후가 저물어가고 있었습니다.' 집이었는지 어디에 가는 길이었는지 방황하던 나는 이 카페에 들어왔고, 이 자리에 앉았습니다.

나는 영국식 코트와 회색 중절모를 등 뒤의 고리에 걸고, 적어도 스무 명의 사진사가 그의 사진을 욕심껏 찍었을 법한 시간을 기다린 끝에 웨이터에게 커피를 주문했습니다.

웨이터는 표면에 녹색 빛이 떠도는 그 익숙한 자줏빛 음료를 따라준 뒤에 비실비실 걸어갔고, 밖이 몹시 추웠던지라 난 커피잔을 두 손으로 꼭 감싸 쥐었습니다.

내가 무심결에 웃고 있다는 것을 순간 깨달았습니다. 천천히 고개를 들어 반대쪽 거울을 보았습니다. 그렇습니다. 뿌연 김이 피어오르는 커피잔과 각설탕 두 개가 놓인 하얀 잔 받침 뒤에서 내가 테이블에 기대어 짓궂고 의미심장하게 웃고 있었습니다.

나는 눈을 아주 크게 떴습니다. 영겁의 시간 동안 그곳에 있다가 그제야 비로소 살아난 것처럼….

카페 안은 쥐 죽은 듯 고요했습니다. 땅거미가 깔린 하늘에서 눈이 내리기 시작한 것이 창밖으로 아스라이 보였습니다. 가볍게 흩날리는 눈발 속에서 희끄무레해진 사람들과 수레와 말의 형체가 아른거렸습니다. 웨이터가 사라졌다가 짚을 한 아름 안고 돌아왔습니다. 웨이터는 짚을 입구에서 카운터까지 뿌리고, 애정마저 느껴지는 겸손한 손길로 난로 주변에도 뿌렸습니다. 오, 그 순간에 카페 문이 열리고, 당나귀를 탄 성모마리아가 부른 배에 가냘픈 손을 얹고 들어왔어도 놀랍지 않았으리라….

방금 성모마리아에 대한 문장이 꽤 괜찮지 않았습니까? 펜촉에서 참으로 부드럽게 흘러나왔습니다. 게다가 문장 끝으로 갈수록 음이 서서히 떨어지는 효과도 있었죠. 그때도 난 그렇게 생각하고 적어두기로 했습니다. 이런 문장들을 기억해두면 문단을 매듭지을 때 유용하게 쓸 수 있거든요. 아직 '주문'이 풀리지 않았기에, (그런 상태를 아십니까?) 난 몸을 최대한 조심스레 움직여서 옆 테이블의 메모지로 손을 뻗었습니다.

물론 이 카페에 종이나 봉투 같은 메모지가 준비되어 있지는 않습니다. 그저 작은 분홍색 흡묵지가 놓여 있을 뿐인데, 놀랍도록 부드럽고 흐늘거리며 촉촉하기까지 해서 마치 죽은 새끼고양이의 혓바닥을 만지는 것 같습니다―만져본 적은 없지만요.

이런 기대감 속에서 나는 죽은 새끼고양이의 혓바닥을 손가락에 돌돌 감고 머릿속으로는 나의 부드러운 문장을 돌돌 굴려보며 메모지에 낙서되어 있는 여자 이름, 외설적인 농담, 받침이 없는 찻잔과 유리병 그림 들을 훑어보았습니다.

여러분도 아시겠지만 이런 낙서들은 다 거기서 거깁니다. 여자 이름은 늘 똑같고, 찻잔은 언제나 받침 없이 그려져 있습니다. 하트에는 꼭 화살이 꽂혀 있거나 리본이 둘려 있고요.

그런데 그때, 메모지 아래쪽에 초록색 펜으로 쓴, 그 멍청하고 진부한 문장이 눈에 띄었습니다. *Je ne parle pas français.**

---

* 나는 프랑스어를 못합니다.

이럴 수가! 그 순간이 찾아왔습니다! 나를 향한 *Geste!** 만반의 준비가 되어 있었음에도 난 충격을 받고 나동그라졌습니다. 한마디로, 얼이 빠졌습니다. 그때 느낀 신체적 감각은 신기하고 구체적이었습니다. 머리와 팔을 제외하고 테이블 밑에 있는 몸이 전부 녹아 물로 변한 것 같았습니다. 머리와 테이블에 올려놓은 팔만 남았습니다. 그러나, 아! 그 순간의 고통! 그것을 어떻게 표현할 수 있을까요? 난 아무 생각도 할 수 없었습니다. 아무 소리도 낼 수 없었습니다. 그 찰나의 순간에 나는 존재하지 않았습니다. 나는 고통이자 고통이오, 고통이었습니다.

그 순간은 지나갔고, 곧바로 이런 생각이 들었습니다. '세상에! 내가 이렇게 강렬하게 느낄 수 있단 말이야? 난 의식하고 있지도 않았어! 그 순간을 표현할 문장을 생각해놓지도 않았지! 압도되었어! 넋이 나갔었지! 대충이라도 적어놓을 시도조차 안 했다고!'

그렇게 헐떡이다가 나는 끝내 이렇게 내뱉었습니다. "결국, 난 일류가 틀림없군. 이류라면 경험할 수 없었을 거야. 그토록 강렬하고… 순수한 감정을."

웨이터가 빨간색 난로의 불쏘시개로 넓은 등갓 아래 부글거리는 가스등에 불을 붙입니다. 창밖을 봐도 소용없어요, 마담. 날이 꽤 어두워졌군요. 당신의 흰 손이 검은 숄 위로 맴도는 모습이 마치 휴식을 찾아 둥지로 돌아온 두 마리 새 같아요. 한시도 가만히 있지 못하는…. 마침내 그들을 당신의 따뜻하고 조그만 겨드랑이에 끼워 넣는군요.

---

* 손짓!

이제 웨이터가 장대를 가져와 커튼을 칩니다. "다 갔어." 아이들이 이렇게 말하듯이요.

하여간에 난 무언가를 떠나보내지 못하고 매달리는 사람들을 질색합니다. 떠난 것은 떠난 거예요. 다 끝났습니다. 그러니까 잊어버려요! 무시해요. 혹여 위로가 필요하면, 한번 잃어버린 것은 어차피 다시는 되찾을 수 없다는 생각으로 마음을 다독여요. 모든 것은 늘 새롭게 변합니다. 당신 곁을 떠나는 순간 변해요. 심지어 바람에 날아간 모자에게도 적용되는 진실입니다. 허세를 부리려고 한 말이 아닙니다. 심오한 의미로 한 말이에요…. 난 과거를 돌아보거나 후회하지 않는 것을 인생 철칙으로 삼았습니다. 후회는 한심하기 그지없는 기력의 낭비인데, 작가가 되겠노라 결심한 사람은 그렇게 기력을 낭비할 여유가 없습니다. 후회로는 아무것도 빚을 수 없으며, 그 위에 무언가를 세울 수도 없습니다. 그 속에서 뒹구는 것 말고는 달리 쓸모가 없어요. 과거를 곱씹는 것 또한 마찬가지로 예술에 유해합니다. 스스로 가난해지는 길이에요. 예술은 빈곤을 참아줄 수 없으며 참아주지도 않습니다.

Je ne parle pas français. Je ne parle pas français. 이 마지막 페이지를 쓰는 내내 나의 또 다른 자아는 어둠 속을 헤맸습니다. 내가 카페에서 경험한 위대한 순간을 분석하기 시작했을 때 나를 떠나, 간절히 기다리던 주인의 발소리를 들은 길 잃은 개처럼 정신없이 달려갔습니다.

"마우스! 마우스! 어딨어? 가까이 있어? 저기 높은 창문 밖으로 몸을 내밀고 셔터 고리에 손을 뻗고 있는 사람이 당신이야? 부드러운 눈발 속에서 내게 다가오는 흐릿한 형체가 당신이야? 식당의 문을 밀고 있는 어린 소녀가 당신이야? 택시 안에서 몸을 기울이고 있는 검은 그림자가 당신이야? 어딨어? 어딨어? 내가 어느 쪽으로 가야 해? 어느 길로 달려야 해? 내가 여기서 머뭇거리는 동안 당신은 또다시 멀어졌어. 마우스! 마우스!"

측은한 개가 꼬리를 축 늘어뜨리고 터덜터덜 카페로 돌아옵니다.
"소리를 잘못 들었나봐…. 그녀는 어디에도… 보이지… 않아."
"그럼 엎드려! 엎드리라고! 엎드려!"

내 이름은 라울 뒤케트. 스물여섯 살 파리 남자. 진짜배기 파리 남자입니다. 내 가족은—중요치 않습니다. 난 가족이 없습니다. 원하지도 않아요. 난 어린 시절을 전혀 생각하지 않습니다. 잊어버렸습니다.

사실, 기억나는 것은 딱 하나입니다. 문학적 관점에서 보았을 때 나에 대한 중요한 사실로 여겨지므로 꽤 흥미롭다고 할 수 있겠습니다. 바로 이것입니다.

내가 열 살쯤에 우리 집에 아프리카 출신 세탁부가 오곤 했는데, 몸집이 거대하고 피부는 새까맸으며 부스스한 머리에 체크무늬 손수건을 둘렀습니다. 올 때마다 그녀는 내게 관심을 보였고, 빨래를 빼낸 뒤에 바구니에 나를 넣고 흔들어주었습니다. 어린 나는 바구니 손잡이를 꼭 잡고, 재밌기도 하고 무섭기도 하여 소리를 꺅꺅 질렀습니다. 난 나이에 비해 아주 작고 창백했는데, 입을 반쯤 벌리고 있는 모습이 무척 귀여웠겠죠.

어느 날 내가 문가에 서서 그녀가 떠나는 모습을 보고 있는데, 그녀가 돌아서더니 묘하게 비밀스러운 미소를 띠고 고개를 끄덕이며 내게 손짓했습니다. 난 한 치의 주저 없이 따라갔습니다. 그녀는 나를 골목 끝에 있는 작은 헛간으로 데려갔고, 안아 올리고 키스하기 시작했습니다. 아, 키스를 쏟아부었습니다! 특히나 귓속에 키스를 해대서 난 귀가 먹을 것 같았습니다.

그녀는 나직이 신음하며 상의를 벗어젖히고 나를 끌어안았습니다. 나를 내려놓은 다음에는 주머니에서 설탕을 뿌린 동그란 도넛을 꺼내 주었고, 난 비틀비틀 집으로 돌아갔습니다.

이런 일이 일주일에 한 번씩 되풀이되었으므로 내가 생생히 기억하는 것도 당연합니다. 처음 그 일이 벌어진 오후부터 나의 유년 시절은, 시적으로 표현하자면, 입맞춤으로 마침표가 찍혔다고 할 수 있겠죠. 나는 매사에 흥미를 잃고 애무에 집착했으며 헤아릴 수 없이 탐욕스러워졌습니다. 그렇게 일찍 눈을 뜨고 민감해진 나는, 모두가 내 손아귀에 있으며 아무나 골라 원하는 대로 할 수 있다고 느꼈습니다.

어쩌면 내가 신체적으로 꽤 흥분한 상태라는 것을 사람들이 감지하고, 그것에 매료되는지도 모르겠습니다. 왜냐하면, 파리 사람들은 대단히―아, 됐습니다, 그만 얘기하죠. 나의 유년 시절 이야기는 여기서 끝내겠습니다. 비처럼 내리는 장미꽃 대신에 빨래 바구니 아래 묻고, *passions outre.*[*]

그 독신자 아파트 오층의 거주민이 된 날을 나는 내 인생의 출발점으로 여깁니다. 꽤 번듯하고 높다란 그 아파트는 눈에 띌 수도 있고 안 띌 수도 있는 거리에 있었는데, 이건 매우 유용한 특성입니

---

[*] 잊어버리기로 해요.

다…. 그곳에서 난 서재와 침실과 부엌을 등에 이고 촉수 두 개를 내밀고는 햇살 아래로 나왔습니다. 게다가 가구까지 구색을 갖추어 번듯하게 꾸몄습니다. 침실에는 기다란 거울이 달린 옷장과 노란색 푹신한 퀼트 이불을 깐 커다란 침대, 대리석 상판 탁자, 그리고 조그만 사과 무늬 세면도구가 있었습니다. 서재에는 서랍이 달린 영국식 집필용 책상과 가죽 쿠션이 달린 집필용 의자, 안락의자, 장서와 페이퍼나이프, 램프를 올려놓은 탁자가 있었고, 벽에 누드 스케치를 몇 장 걸었습니다. 부엌에는 날짜 지난 신문을 던졌을 뿐, 들어가지 않았습니다.

아, 아파트에 입주한 첫날 저녁 내 모습이 떠오르네요. 가구점 남자들이 떠나고 그 지겨운 관리인까지 내보낸 뒤에—난 발끝걸음으로 돌아다니며 집을 정리하고, 주머니에 손을 찔러 넣은 채로 거울 앞에 서서 그 아름다운 존재에게 말했습니다. "난 자기 아파트가 있는 젊은 작가야. 두 신문사에 글을 기고하고, 진지한 문학의 길을 걷고 있어. 커리어를 시작했다고. 내가 앞으로 출간하는 책들은 평론가들을 깜짝 놀라게 할 거야. 여태 아무도 감히 쓰지 못한 것들에 대해 쓸 거야. 음지의 세계를 다루는 작가로 명성을 떨칠 거야. 그렇지만 이전 작가들과는 다른 방식으로 할 거야. 오, 전혀 다르지! 너무도 자연스럽고 단순한 것처럼 아주 천진하게, 잔잔한 유머를 곁들여서 깊은 내면의 세계를 드러낼 거야. 어떻게 해나갈 것인지 잘 알고 있어. 내가 쓰려는 글은 아무도 쓴 적이 없는데, 다른 사람들은 내 삶을 살아보지 못했기 때문이지. 난 풍요로워—풍요롭다고."

그럼에도 난 지금만큼이나 돈이 없었습니다. 돈 없이도 사람이 어찌나 잘 살 수 있는지, 놀라울 따름입니다…. 옷장 가득한 고급 옷,

실크 속옷, 야회용 정장 두 벌, 가벼운 유광 부츠 네 켤레, 장갑, 분통, 손톱 관리 세트, 향수, 고급 비누 등 내가 소유한 별의별 물건 가운데 내가 돈을 낸 건 없습니다. 행여나 급하게 현금이 필요하면—글쎄요, 아프리카 출신 세탁부와 헛간은 도처에 있고, 일이 끝난 뒤 받는 설탕 뿌린 도넛에 대해 난 매우 노골적인 *bon enfant**랍니다.

여기서 하나 기록해두고 싶습니다. 거들먹거리려는 것이 아니라, 내가 생각해도 좀 신기하기 때문이에요. 단 한 번도 난 여자에게 먼저 접근한 적이 없습니다. 그렇다고 내가 특정한 부류의 여자들과만 어울리는 것도 아닙니다—전혀 그렇지 않습니다. 어린 창녀와 첩, 늙은 과부, 상점 아가씨, 점잖은 신사들의 부인, 심지어 소수의 엄선된 사람들만 초대받은 만찬과 야회(이런 곳에도 난 가봤답니다)에서 만나는 진보적인 현대 문단의 숙녀분들까지, 이들 모두 적극적이기만 한 것이 아니라 대놓고 나를 유혹했습니다. 처음에는 놀랐습니다. 테이블을 건너다보며 이렇게 생각하곤 했죠. '저기 갈색 수염을 기른 신사와 루디야드 키플링을 논하고 있는 유명한 아가씨가 지금 정말로 내 발을 비비적거리고 있나?' 내가 그녀의 발을 비비적거리고서야 비로소 난 믿을 수 있었습니다.

신기하지 않습니까? 어떻게 나는 원하면 아무나 가질 수 있을까요? 난 여자들의 이상형도 아닌데….

난 왜소하고 말랐으며 피부는 올리브색에 눈은 검고 속눈썹이 깁니다. 검고 반지르르한 머리는 짧게 다듬었고, 웃을 때는 조그맣고 반듯한 치아가 드러나죠. 손은 작고 유연합니다. 빵집 여자가 한번은 이렇게 말하더군요. "고급 페이스트리를 잘 빚을 손이에요." 옷

---

* 착한 아이.

을 입지 않은 모습이 꽤 매력적이란 건 고백하겠습니다. 거의 여자처럼 살집이 있고 어깨는 부드러우며, 왼팔 팔꿈치 바로 위에 얇은 금색 팔찌를 차고 있습니다.

잠깐! 내 몸을 이렇게까지 구구절절 묘사하다니, 이상하지 않습니까? 이것은 나의 어두운 삶, 숨겨진 삶에서 비롯된 버릇입니다. 카페에서 사진을 늘어놓고 자기소개를 해야 하는 여자와 다름없군요. "이건 내가 슈미즈를 입고 달걀껍데기에서 걸어 나오는 거예요…. 꽃양배추처럼 뒤에 프릴을 잔뜩 달고 그네에 거꾸로 매달려 있는 것도 보세요…." 여러분도 알잖습니까.

지금 내가 쓰고 있는 것이 전부 실없고 무례하고 싸구려라고 생각한다면, 여러분이 틀렸습니다. 그런 느낌이 물씬 풍긴다는 것은 나도 인정하지만, 사실은 전혀 그렇지 않습니다. 만일 내가 싸구려였다면, 메모지에 초록색 펜으로 적힌 그 진부한 문장을 보고 그토록 강렬하게 느낄 수 있었을까요? 그렇게 느꼈다는 것 자체가 나의 특출남과 위대함을 증명하지 않나요? 내가 느낀 고통이 아주 조금이라도 덜했다면 거짓이었을지 모릅니다. 하지만, 아니! 그건 진짜였습니다.

"웨이터, 위스키 한 잔."

난 위스키를 싫어합니다. 위스키를 입에 댈 때마다 속이 뒤집히는데, 이 카페에서 파는 것은 특히나 역겨울 것이 뻔하죠. 위스키를 주문한 이유는 단 하나. 영국 남자에 관해 쓸 것이기 때문입니다. 어떤 면에서 우리 프랑스인들은 엄청나게 구식이며 시대에 한참 뒤떨어져 있습니다. 위스키를 시키면서 내가 트위드 바지 한 벌과 담배 파이프, 길쭉한 치아와 적황색 구레나룻을 같이 주문하지 않았나 모르겠군요.

"고마워요, *mon vieux*.* 적황색 구레나룻은 없나요?"

"없습니다, 선생님." 웨이터가 안타까워하며 답합니다. "미국 술"은 안 팔아요."

웨이터는 테이블 귀퉁이를 문지르고 인공조명 앞에 사진을 몇 장 더 찍히러 갑니다.

으! 위스키 냄새! 게다가 삼킬 때의 그 끈적한 느낌.

"이걸 마시고 취하면 고생깨나 하지." 딕 하먼이 손가락으로 작은 위스키잔을 돌리고 특유의 느릿하고 꿈꾸는 듯한 미소를 지으며 말합니다. 그렇게 딕은 천천히, 꿈을 꾸듯 위스키에 취해가고, 술이 어느 정도 들어간 뒤에는 저녁 먹을 곳을 찾아 방황하는 남자에 대해 아주 조용히, 아주 조용히 노래를 부르기 시작합니다.

아, 내가 그 노래를 얼마나 사랑했는지요. 딕이 깊고 부드러운 목소리로 느리게, 아주 느리게 부르는 방식도.

"한 남자가 있었네
 저녁 먹을 곳을 찾아
 타운을 정처없이 배회하고 있었어."

그 진지하고 나직한 곡조에 높다란 잿빛 건물과 안개, 끝없이 이어지는 거리와 경찰들의 첨예한 그림자, 즉 영국이 실려 있는 것 같았습니다.

게다가—노래의 내용! '집'이 없기에 어디에서도 환영받지 못하

---
* 형씨.
** 적황색 구레나룻(*ginger whiskers*)을 적황색 위스키(*ginger whiskey*)로 잘못 알아들은 것을 이용한 말장난.

고 정처없이 방황하는 수척하고 굶주린 남자. 이 얼마나 영국적입니까…. 노래 끝에서 마침내 남자는 '적당한 곳'에 들어가 생선튀김을 한 조각 주문하지만, 빵을 달라고 하자 웨이터가 경멸하는 목소리로 "생선튀김 한 조각엔 빵이 같이 안 나옵니다.'라고 핀잔을 놓습니다.

이보다 아름다울 수 있을까요? 얼마나 심오합니까! 인간의 모든 심리가 담겨 있습니다. 게다가 얼마나 프랑스와 다른지! 얼마나 프랑스와 다른지요!

"한 번 더 불러줘, 디익, 한 번 더!" 난 손을 맞잡고 교태스럽게 입술을 내밀며 조르곤 했습니다. 딕은 몇 번이라도 기꺼이 다시 불러주었습니다.

맞아요. 딕과도 그러했습니다. 딕이 내게 먼저 접근했어요.

새로 창설된 문예지의 편집자가 주최한 파티에서 난 딕을 처음 만났습니다. 소수의 사람만 초대받은, 매우 세련된 모임이었죠. 나이 지긋한 남자 한두 명이 있었고, 여자들은 그야말로 *comme il faut**이었습니다. 여자들은 야회복 차림으로 큐비즘풍 소파에 앉아서 남자들이 가져다주는 조그만 잔의 체리브랜디를 마시고 자신들의 시에 대해 담론했습니다. 내가 기억하기로는 여자들 모두 시인이었습니다.

그곳에서 딕은 눈에 확 띄었습니다. 유일한 영국인이었던 딕은 우리 프랑스인들처럼 방 안을 우아하게 돌아다니는 대신 손을 주머니에 넣고 꿈꾸는 듯한 엷은 미소를 띠고 벽에 기대어 있다가 누가 말

---

* 품행이 올바르다.

을 걸면 훌륭한 프랑스어로 나직하고 부드럽게 답했습니다.

"저 사람은 누구죠?"

"영국인입니다. 런던에서 왔어요. 작가랍니다. 현대 프랑스 문학을 전공하고 있다더군요."

그것으로 충분했습니다. 내가 『위조 동전들』이라는 책을 출간한 지 얼마 안 된 때였습니다. 나는 현대 영국 문학을 전공하는 진지한 젊은 작가 아니겠습니까.

그런데 내가 낚싯줄을 던지기도 전에 딕이, 말하자면, 미끼를 따라 물에서 나와 몸을 살짝 털고는 말을 걸었습니다. "제 호텔로 한번 찾아오시겠습니까? 5시쯤 오시면 저녁을 먹기 전에 이야기를 나눌 수 있을 것 같은데요."

"좋습니다!"

딕의 접근에 너무도 우쭐했던지라 난 곧바로 그 자리를 벗어나 큐비즘풍 소파 앞에서 나를 뽐내고 또 뽐내야만 했습니다. 월척을 낚았다! 프랑스 문학을 전공하는 진지하고 조용한 영국인이라니….

그날 밤에 난 『위조 동전들』에 조심스럽게 다정한 인사말을 적어 우편으로 보냈고, 하루 이틀 뒤에 우린 실제로 만나서 저녁을 먹고 이야기를 나누었습니다.

우리가 문학에 대해서만 이야기를 나누지는 않았습니다. 다행스럽게도, 현대 문학의 경향이나 새로운 형태를 창조할 필요나, 우리 젊은 작가들이 그것에 실패하고 있는 듯한 이유들에 화제를 국한할 필요가 없었습니다. 때때로 나는 문학과 무관한 주제를 우연인 척 던진 다음에 딕의 반응을 지켜보았는데, 번번이 딕은 미소를 머금고 꿈을 꾸는 듯한 표정으로 받아주었습니다. 어쩌면 이렇게 중얼거렸는지도 모릅니다. "참 신기하군요." 그렇지만 전혀 신기하지 않다는 말투로 말입니다.

그토록 담담하게 받아주는 딕의 태도에 끝내 난 굴복했습니다. 난 매료되었습니다. 나는 홀린 듯이 말을 이어가다 결국에는 내가 지닌 모든 패를 펼쳐놓고 물러앉았고, 그것들을 딕이 하나하나 주워 담는 모습을 지켜보았습니다.

"무척 신기하고 흥미롭군요…."

이때쯤에 우리는 얼큰하게 취했고, 딕은 저녁 먹을 곳을 찾아 헤매는 남자에 대한 노래를 아주 나직하고 아주 부드럽게 부르기 시작했습니다.

그러나 나는 스스로에게 놀라 심장이 쿵쿵거렸습니다. 타인에게 내 삶의 양면을 보여준 것입니다. 모든 것에 대해 가능한 한 가장 진실하고 솔직하게 말했습니다. 실로 역겹고 어떤 일이 있어도 문단에 드러내서는 안 되는 나의 숨겨진 삶에 대해서 열심히 설명했습니다. 전반적으로 나는 실제보다 훨씬 더 나쁘게 과장해서 말했습니다—더 거만하고 냉소적이고 계산적인 사람으로 나 자신을 묘사한 것입니다.

그리고 내가 마음을 털어놓은 남자가 저기 앉아 미소를 띠고 노래하고 있었습니다…. 너무나도 감격하여 진짜 눈물이 차올랐습니다. 나의 기다랗고 보드라운 속눈썹 끝에 눈물이 맺혔는데—참으로 매력적이었습니다.

그날 이후 난 어디를 가나 딕을 데리고 다녔고, 딕은 내 아파트에 찾아와 안락의자에 나른하게 기대앉아서 페이퍼나이프를 만지작거렸습니다. 딕의 느른하고 몽롱한 모습을 볼 때마다 왠지 난 그가 바다에 나간 적이 있을지도 모른다고 상상했습니다. 그 여유롭고 느릿한 몸가짐은 배의 흔들림에 적응하기 위한 것 같았습니다. 이러한 인상이 머릿속에 하도 강하게 박혀서, 우리가 어울릴 때 딕이 그가 같이 있어주기를 기대하는 여자의 예상을 뒤엎고 불쑥 떠나버리면 난 여자에게 이렇게 설명했습니다. "어쩔 수 없어, 예쁜이. 딕은 배를 타러 가야 해." 여자보다 오히려 내가 그 말을 믿었습니다.

우리가 어울린 시간 동안 딕은 단 한 번도 여자와 관계를 맺지 않았습니다. 이따금 난 그가 완벽하게 순결한 것은 아닌지 궁금했습니다. 왜 물어보지 않았냐고요? 난 딕에게 그 어떤 개인적인 질문도 하지 않았습니다. 그런데 한번은 늦은 밤에 딕이 지갑을 꺼내다 사진을 떨어뜨렸습니다. 내가 주워서 건네주기 전에 슬쩍 보았는데, 여자 사진이었습니다. 여자는 그리 젊지 않았습니다. 머리색은 진하고 수려한 얼굴에 불안한 표정이 비쳤는데, 얼굴의 모든 선에 일종의 병적인 오만함이 서려 있어서, 설령 딕이 얼른 채가지 않았더라도 난 금세 시선을 거두었을 것입니다.

"내 눈앞에서 꺼져, 폭스테리어 같은 프랑스놈아. 향수 냄새가 지독하군." 사진 속 여자가 말했습니다. (자신감이 바닥났을 때 내 코를 보면 폭스테리어를 닮았거든요.)

"우리 어머니야." 딕이 사진을 지갑에 넣으며 말했습니다.

그가 딕이 아니었다면 난 단순히 재미 삼아 성호를 긋고 싶었을 것입니다.

우리는 이렇게 작별했습니다. 어느 밤에 딕이 머무는 호텔 앞에서 관리인이 덧문 걸쇠를 열어주길 기다리는데, 딕이 하늘을 올려다보며 말했습니다. "내일 날씨가 맑았으면 좋겠군. 아침에 영국으로 떠나거든."

"농담이지."

"아니, 농담이 아니야. 돌아가야 해. 여기서 처리할 수 없는 일들이 있어."

"하지만—준비는 다 했어?"

"준비?" 딕은 거의 싱긋 웃기까지 했습니다. "준비할 게 없는걸."

"하지만 *enfin*,* 딕. 영국이 큰길 건너편에 있지는 않잖아."

"그보다 많이 멀지도 않지." 딕이 말했습니다. "몇 시간이면 가잖아." 호텔 문이 삐걱거리며 열렸습니다.

"오늘 저녁에 좀더 일찍 말해주었으면 좋았을 텐데!"

난 상처를 받았습니다. 남자가 시계를 꺼내며 그녀와는 무관하지만 더 중요하게 여기는 약속을 떠올릴 때 여자들이 이런 기분일 테죠. "왜 나한테 말 안 했어?"

딕은 손을 내민 채로 계단에 서서, 마치 호텔 전체가 자신의 배이고 방금 닻을 올린 것처럼 살짝 몸을 기우뚱했습니다.

"깜박했어. 정말이야. 하지만 편지할 거지? 잘 지내게, 친구. 조만간 다시 올게."

그렇게 난 텅 빈 해변에 홀로 남겨졌습니다. 그 언제보다 폭스테리어 같은 몰골로….

"그렇지만 네가 휘파람으로 나를 불렀잖아! 꼬리를 흔들고 네 주변을 팔짝팔짝 뛰면서 어찌나 추잡을 떨었는지. 배가 천천히, 꿈꾸

---

* 내 말은,

듯 떠나고 나면 혼자 남겨지는데…. 빌어먹을 영국인! 아니, 해도 해도 이건 너무 건방져. 날 뭐로 생각한 거야? 돈 받고 파리 밤 문화를 구경시켜주는 안내인? …안 될 말이야, 무슈. 난 현대 영국 문학에 지대한 관심을 갖고 있는 진지하고 젊은 작가라고. 그리고 난 지금 모욕을 받았어! 지독하게."

이틀 뒤에 딕은 지나치게 프랑스적인 프랑스어로 쓴 길고 매력적인 편지를 보냈습니다. 나를 무척 그리워하고 있으며, 우리가 꾸준히 우정을 이어갈 거라 믿는다고 적혀 있었습니다.

나는 (돈을 내지 않은) 옷장 거울 앞에서 편지를 읽었습니다. 이른 아침이었습니다. 흰 새가 수놓인 파란색 기모노 가운을 걸쳤고, 머리는 아직 젖은 상태였습니다. 촉촉이 젖은 머리가 이마에 달라붙어 빛났습니다.

"나비 부인의 초상이군." 내가 말했습니다. "*ce cher Pinkerton**이 온다는 소식을 들었을 때 모습이야."

책에 나오는 이야기들을 따르자면 난 기뻐하고 안심해야 마땅했습니다. '…창문으로 걸어가 커튼을 활짝 젖히고 녹색 싹이 움트기 시작한 파리의 나무들을 내다보았다… 딕! 딕! 나의 영국인 친구!'

그렇지만 그런 기분이 들지 않았습니다. 속이 조금 메슥거릴 뿐이었습니다. 난생처음 비행기를 타본 나로서는, 어쨌든 당장은 다시 타고 싶지 않았습니다.

그렇게 시간이 흘러 몇 달이 지난 겨울에 딕에게 편지가 왔습니

---

* 사랑하는 핑커턴.

다. 파리에 무기한 거주할 생각으로 돌아온다며, 자기가 묵을 호텔을 알아봐줄 수 있냐고 묻더군요. 여성 친구와 함께 온다고, 방을 두 개 구해달라고 했습니다.

물론 알아봐주지. 조그만 폭스테리어는 종종거리며 달려갔습니다. 게다가 내게도 더없이 유용한 기회였습니다. 내가 식사를 해결하는 호텔에 외상값이 많이 밀려 있었는데, 무기한으로 묵을 영국인을 소개하면 신용에 큰 도움이 될 성싶었죠.

방 두 개 중에서 더 큰 방을 호텔 지배인과 둘러보고 "멋지네요."라고 말하면서 내가 딕이 데려온다는 여자를 궁금해했는지도 모르지만, 그저 스쳐 지나간 호기심일 뿐이었습니다. 둘 중 하나일 거라고 생각했습니다. 앞뒤로 판판하고 매우 뻣뻣한 여자이거나, 회녹색 옷을 입고 지나치게 달콤한 라벤더워터 향을 풍기는 키 큰 금발 여자일 거라고—이름은 데이지 같은 것일 테고요.

이때쯤에 난 과거에 연연하지 않는다는 철칙에 따라 딕을 거의 잊고 있었습니다. 심지어 그 딱한 남자에 대한 노래를 흥얼거릴 때 음정을 못 맞출 정도였으니….

그날 난 딕을 바람맞힐 생각까지 했습니다. 재회를 위해 옷을 신중히 골라놓고, 차려입기까지 했지만요. 이번에는 딕과 전혀 다른 관계를 맺을 계획이었기 때문입니다. 속내를 털어놓는다든지, 속눈썹에 맺힌 눈물을 보이는 일 따위는 없으리라 다짐했습니다. 꿈도 꾸지 말게나!

"자네가 파리를 떠난 뒤에," 나는 벽난로 선반 위 (역시 돈을 내지 않은) 거울 앞에서 은색 물방울무늬가 들어간 검은색 넥타이를 매며 말했습니다. "난 대단한 성공을 거두었어. 신간을 두 권 더 준비하고 있고, 『잘못된 문들』이라는 연재소설을 썼는데, 곧 출간되어서 큰 수익을 낼 거야. 게다가 시집도 냈지." 난 옷솔을 움켜쥐고 새로 장만한 남청색 오버코트의 벨벳 깃을 솔질하며 외쳤습니다. "내 작은 시집 『남겨진 우산들』은 정말이지," 그리고 웃음을 터뜨리며 옷솔을 휘둘렀습니다. "엄청난 반향을 일으켰네!"

부드러운 회색 장갑을 끼는 것으로 단장을 마무리하고, 머리부터 발끝까지 자신을 훑어보고 있는 이 남자의 말은 무척 믿음직스러웠습니다. 그는 딱 자기가 말한 인물처럼 보였습니다. 그가 바로 그 인물이었습니다.

어떤 생각이 문득 떠올랐습니다. 난 공책을 꺼내고, 거울 앞에 선 채로 몇 줄 끼적였습니다…. 어떤 사람처럼 보이는데 그런 사람이 아닐 수 있을까? 아니면 그런 사람인데 그렇게 보이지 않을 수 있을까? 껍질이—본질 아닌가? 혹은 본질이—껍질 아닌가? 어쨌든 누가 감히 아니라고 단정할 수 있겠는가?

그때 난 그 생각이 매우 심오하며 꽤나 참신하다고 믿었습니다. 물론, 공책을 덮는데 무언가가 히죽거리면서 속삭이긴 했죠. "네가—작가라고? 넌 딱 봐도 경마장 도박꾼인데!" 그러나 난 들은 체도 하지 않았습니다. 집을 나서면서 나는 관리인에게 들키지 않으려고 문을 조용히 얼른 닫고, 같은 이유로 토끼처럼 빠르게 계단을 뛰어 내려갔습니다.

그러나 아! 늙은 거미가 한발 빨랐습니다. 그녀는 내가 거미줄 끝까지 가기를 기다렸다가 습격했습니다. "잠시만요, 잠시만요, 무슈." 관리인이 혐오스럽게 은밀한 말투로 불렀습니다. "여기로 오세요. 네, 이쪽요." 그리고 관리인은 국물이 뚝뚝 떨어지는 국자로 문을 가리켰습니다. 문 앞까지 갔지만, 그걸로는 만족하지 않더군요. 그녀는 내가 들어올 때까지 기다렸다가 문을 꽉 닫고서야 입을 열었습니다.

땡전 한 푼 없을 때 관리인을 상대하는 방법에는 두 가지가 있습니다. 하나는—관리인을 철천지원수로 여기고 막무가내로 화를 내며 대화하기를 거부하는 것입니다. 다른 하나는—관리인과 사이 좋게 지내며 그녀가 턱에 맨 검은 천 쪼가리의 두 매듭이 풀릴 정도로 살살 달래고 의지하는 척을 해서, 가스 요금 수금원이나 집주인을 대신 상대하게 만드는 것입니다.

난 두 번째 방법을 택했습니다. 그러나 두 방법 모두 똑같이 혐오스럽고 안 통합니다. 어쨌든, 무엇을 택하든지 간에 그것이 둘 중에 더 나쁘고 가망 없는 것이었다고 결국 밝혀지는 법입니다.

이번엔 집주인을 흉내 내더군요…. 관리인은 집주인을 모방하며 나를 쫓아내겠다고 위협했습니다…. 그리고 관리인은 들소를 길들이는 관리인을 흉내 냈고… 그다음엔 관리인의 얼굴에 콧김을 뿜으며 성질을 내는 집주인을 흉내 냈는데, 이 경우에는 내가 관리인 역할이었습니다. 아, 지긋지긋했습니다. 그러는 내내 가스레인지의 검은색 냄비 속에선 아파트 세입자들의 심장과 간이 펄펄 끓으며 넘쳐 흐르고 있었습니다.

"아!" 난 선반 위 시계에 일별을 던지며 외쳤지만, 시계가 멈춰 있음을 곧 깨닫고, 지금 내가 하려는 말이 시계와 전혀 무관하다는 듯이 이마를 철썩 쳤습니다. "마담, 제가 신문사 편집자와 9시 반에 엄청나게 중요한 미팅이 있습니다. 어쩌면 내일 제가…."

밖으로, 밖으로. 전철에 올라타고 만원인 객차에 비집고 들어갑니다. 사람이 많을수록 좋습니다. 전철을 채우고 있는 모든 인간이 나를 관리인으로부터 막아주는 방패막이니까요. 난 신이 났습니다.

"아! 죄송합니다, 무슈!" 까만 옷을 입은 키 큰 미녀가 말했습니다. 여자의 풍만한 젖가슴에서 큼직한 제비꽃 다발이 늘어져 있었는데, 열차가 흔들릴 때마다 꽃다발이 내 눈을 정면으로 찔렀습니다. "아, 죄송합니다, 무슈!"

그러나 난 여자를 올려다보며 히죽거렸습니다.

"마담, 전 발코니에 걸어놓은 꽃을 무척 좋아한답니다."

그렇게 말한 순간에 난 매력적인 여인이 기대 서 있는 모피 코트 차림의 거대한 남자를 보았습니다. 남자가 여자 어깨 위로 얼굴을 내밀었는데, 코까지 하얗게 핏기가 가셨더군요. 사실, 코가 치즈의 푸른곰팡이처럼 파래졌습니다.

"방금 내 아내한테 뭐라고 했소?"

생라자르 역이 나를 살렸습니다. 그러나 제아무리 『위조 동전들』, 『잘못된 문들』, 『남겨진 우산들』을 썼고 신간을 두 권 더 준비하고 있는 작가라도 의기양양한 기분으로 나오지 못했으리라는 것을 여러분도 이해하리라 믿습니다.

마침내, 머릿속에서 수많은 기차가 증기를 뿜으며 지나가고 수많은 딕 하먼이 어슬렁어슬렁 다가온 뒤에 진짜 기차가 도착했습니다. 플랫폼 가림막 뒤에 옹기종기 모여 있던 작은 무리가 앞으로 나아가 목을 빼고 머리 여럿 달린 괴물처럼 입을 모아 소리쳤습니다.

등 뒤의 파리는 피로에 찌든 무지렁이들을 잡으려고 쳐놓은 거대한 덫일 뿐이었습니다.

덫에 들어온 그들은 붙잡히고 끌려가 잡아먹힙니다. 내 먹이는 어딨지?

"세상에!" 내가 입에 걸고 있던 미소와 들고 있던 손이 동시에 떨어졌습니다. 오싹했던 짧은 순간에 난 딕의 어머니라는 사진 속 여자가 딕의 코트를 입고 모자를 쓰고 걸어오는 줄만 알았습니다. 딕은 웃으려고 노력하고 있었는데—얼마나 애쓰고 있는지가 한눈에 보였습니다—사진 속 여자와 똑같이 일그러진 입술에서 지치고 사납고 오만한 분위기가 풍겼습니다.

무슨 일이 있었지? 어쩌다 이렇게 변했을까? 언급해야 할까?

딕이 가까이 오기를 기다렸다가 난 인사했습니다. 인사하면서도 그의 심중을 떠보려고 폭스테리어 꼬리를 살랑이면서요. "잘 왔어, 딕! 어떤가? 괜찮아?"

"좋아, 좋아." 딕은 숨을 헐떡이다시피 말했습니다. "방은 구했나?"

세상에! 스무 번이고 외치고 싶었습니다! 변한 게 아니었어요. 어두운 물에서 빛이 반짝였고, 나의 선원은 익사하지 않았다고 밝혀졌습니다. 너무 기뻐서 공중제비를 돌 뻔했습니다.

물론 딕은 그저 초조해서 그런 것이었습니다. 오랜만에 만났다고 낯을 가리더군요. 그 유명한 영국인들 특유의 진지함 때문 아니겠습니까. 앞으로 얼마나 즐거울까! 난 딕을 껴안고 싶었습니다.

"그래, 방은 구해놨어." 나는 소리치듯 말했습니다. "부인은 어딨어?"

"짐을 가져오고 있어." 딕이 헐떡였습니다. "저기 오네."

설마 저기 늙은 짐꾼과 나란히 걸어오는 귀염둥이는 아니겠지. 마치 짐꾼이 그녀의 유모이고, 짐을 싣느라 아이를 잠시 볼썽사나운 유모차에서 내린 것처럼 보였습니다.

"그리고 부인이 아니야." 딕이 갑자기 발음을 얼버무리며 말했습니다.

여자가 딕을 보고 조그만 머프*를 흔들었습니다. 여자는 유모 곁을 떠나 달려왔고, 아주 빠르게 영어로 말했습니다. 그러나 딕은 프랑스어로 대답했습니다. "아, 알았어. 내가 처리할게."

짐꾼에게 가기 전에 딕은 나를 애매하게 가리키며 무어라 중얼댔습니다. 우리는 서로 소개를 받았습니다. 여자는 영국 여자들에게서 흔히 보이는 소년 같은 태도로 손을 내밀었는데, 턱을 치켜들고 꼿꼿이 서서―그녀 역시―엄청난 흥분을 자제하려고 애쓰고 있더군요. 여자는 내 손을 잡고 흔들며(누구 손을 잡았는지도 몰랐을 거라고 확신합니다.) 말했습니다. *Je ne parle pas français.*

"잘하시는 것 같은데요." 아기의 첫 젖니를 빼려는 치과의사처럼 나는 부드럽게 격려하듯 말했습니다.

"당연히 잘해." 딕이 돌아섰습니다. "자, 이제 마차나 택시를 부르면 안 될까? 빌어먹을 기차역에 밤새 있고 싶진 않겠지?"

너무나도 무례한 말투에 난 잠시 어안이 벙벙했습니다. 딕도 아차 싶었는지, 예전처럼 내게 어깨동무를 하며 말했습니다. "아, 용서해줘, 친구. 하지만 정말 끔찍하고 괴로운 여행이었어. 파리까지 오는 데 수십 년이 걸린 기분이야. 그렇지?" 딕이 물었지만 여자는 대꾸하지 않았습니다. 여자는 고개를 떨구고, 회색 머프를 쓰다듬

---
* 양쪽에 손을 넣는 토시 모양의 방한 용구.

나는 프랑스어를 못합니다 73

기 시작했습니다. 우리 옆에서 걷는 내내 여자는 회색 머프를 쓰다 듬었습니다.

'내가 착각했나?' 난 생각했습니다. '저들이 그냥 얼른 호텔에 가고 싶어 안달이 난 건가? 우리식 표현대로 하면 '침대가 필요한 상태'여서? 여행하면서 힘들었나? 담요 하나를 같이 덮고 바짝 붙어 앉아 있다보니…?' 운전사가 짐을 묶어 고정하는 동안 난 계속해서 생각했습니다. 짐이 다 꾸려졌고—

"이보게, 딕. 난 전철 타고 집에 갈 거야. 여기 자네 호텔 주소. 전부 다 준비되어 있어. 가능한 한 빨리 날 만나러 오게."

맹세코 난 딕이 기절하려는 줄 알았습니다. 입술까지 핏기가 가시더군요.

"우리랑 같이 가야지." 딕이 외쳤습니다. "그러기로 정해진 줄 알았는데. 당연히 같이 가야지. 우리를 버리진 않겠지." 아니, 난 포기한 상태였습니다. 너무 어려웠습니다. 너무 영국식이었습니다.

"그래, 물론이야. 기꺼이. 그저 난 혹시나…."

"같이 가자고!" 딕이 조그만 폭스테리어에게 소리쳤습니다. 그러고서 딕은 어색하게 여자에게 돌아섰습니다.

"타, 마우스.*"

그러자 마우스는 팔에 낀 조그만 회색 마우스를 쓰다듬으며 시커먼 구멍에 들어갔습니다. 그녀는 한마디도 하지 않았습니다.

그렇게 우리는 삶이 희롱하기로 한 작은 주사위들처럼 데굴데굴 굴러갔습니다.

---

* *Mouse*. 귀여운 아이 등의 뜻으로 남자가 아내나 여자친구에게 흔히 사용하던 애칭.

난 고집을 피워서 그들을 마주 볼 수 있는 운전석 뒤쪽 접이의자에 앉았는데, 가로등의 하얀 불빛 아래를 지나갈 때마다 설핏하는 그들의 표정을 죽어도 놓치고 싶지 않아서였습니다.

불빛이 보여준 딕은 코트 깃을 높이 세우고 양손을 주머니에 찔러 넣은 채 구석에 깊숙이 기대앉아 있었고, 챙이 넓은 모자가 신체의 일부처럼 얼굴을 가리고 있어서 자신의 날개 아래 숨어 있는 것 같았습니다. 한편 꼿꼿하게 앉아 있는 마우스의 사랑스러운 얼굴을 보면 진짜 얼굴이 아니라 그림을 보는 듯한 느낌을 받았는데—주변에서 넘실거리는 어둠에서 도드라진 얼굴의 모든 선이 의미심장하고 또렷했기 때문입니다.

실로 마우스는 아름다웠습니다. 우아하면서도 매우 연약하고 섬세해서, 볼 때마다 처음 보는 것처럼 흠칫했습니다. 그녀를 보면, 더 없이 깨끗하고 얇은 잔으로 차를 마시다가 별안간 찻잔 아래에서 반은 나비고 반은 여자인 조그만 생명체가 소매에 팔을 끼고 깊게 인사하는 것을 본 듯한 충격을 받았습니다.

내가 본 바로는 마우스는 머리색이 짙었고, 눈은 파랗거나 까맸습니다. 그녀의 기다란 속눈썹과, 그 위로 곡선을 그리는 날개 같은 눈썹이 가장 눈길을 사로잡았습니다.

마우스는 외국에 나온 영국 여자들의 옛날 사진에서 보이곤 하는 기다란 검은색 망토를 입었습니다. 소맷부리에 회색 모피가 달렸고 목깃에도 모피가 둘렸으며 꼭 끼는 모자도 털모자였습니다.

'마우스라는 애칭에 맞추었나보군.' 난 생각했습니다.

아, 하지만 얼마나 흥미로웠는지—너무도 흥미로웠습니다! 그들의 흥분감이 점차 내게로 흘러왔고, 난 그 속으로 풍덩 뛰어들고 깊이 헤엄쳐 들어가, 끝내 나도 그들만큼이나 흥분을 억제할 수 없었습니다.

그런데 나는 아주 이상하게, 광대처럼 행동하고 싶었습니다. 극적으로 율동을 하며 노래를 부르고, 창문을 가리키며 외치고 싶었습니다. 신사 숙녀 여러분, 우리는 지금 이 순간 *notre Paris**의 지당하게 유명한 명소를 지나치고 있습니다. 나는 달리는 택시에서 뛰어내려 지붕으로 기어 올라가고, 다른 문으로 나가서 창밖으로 몸을 내민 다음에, 기이하게도 빽빽거리는 트럼펫 소리를 내는 망가진 망원경을 거꾸로 들고 호텔을 찾아보고 싶었습니다.

아시겠지요. 난 이런 행동을 전부 하는 내 모습을 지켜보고 있었고, 장갑 낀 손을 살며시 맞대는 것으로 남몰래 박수도 보내면서 마우스에게 물었습니다. "파리에 처음 오시는 건가요?"

"네, 처음이에요."

"아, 그럼 구경할 게 많겠군요."

내가 흥미로운 곳들과 박물관을 가볍게 들먹이려는 순간 택시가 호텔에 도착했습니다.

터무니없지만, 두 사람을 위해 문을 열어주고 계단참에 있는 사무실로 올라가는 길에 왠지 난 호텔 주인 같은 기분이 들었습니다.

그래서 매니저가 그들에게 인사할 때 난 창턱에 올려진 꽃병의 꽃을 매만지고 한 발짝 물러나서 그 효과를 감상하기까지 했습니다. 매니저가 내게 열쇠를 건네주며(벨맨은 그들의 짐을 들고 있

---

* 우리의 파리.

었기 때문에) "뒤케트 씨가 방으로 안내해줄 거예요."라고 말했을 때—난 열쇠로 딕의 팔을 툭 치고 귀엣말하고 싶었습니다. '이보게, 내 친구니까 당연히 할인을 좀 해주고 싶은데….'

위로, 위로, 돌고, 돌며 우리는 계단을 올라갔습니다. 이따금 부츠 한 켤레를 지나치고 (왜 방문 밖에 놓인 신발들은 하나같이 흉측할까요?) 더 많은 계단을 올라갔습니다.

"고생스럽겠지만 방이 높은 층에 있어." 내가 멍청하게 중얼거렸습니다. "그런데도 그 방을 고른 이유는…."

내가 방을 고른 이유에 그들은 확연히 무관심했기에 난 말을 멈췄습니다. 그들은 전부 받아들였습니다. 아무것도 바꾸고 싶어 하지 않았습니다. 모든 것을 자신들이 겪고 있는 일의 과정으로 생각하는 것 같았습니다—어쨌든 난 그렇게 판단했습니다.

"드디어 도착했군." 난 복도 끝에서 반대쪽으로 달려가 불을 켜고 설명했습니다.

"이 방을 자네가 쓰면 좋겠다고 생각했어, 딕. 다른 방은 더 크고, 벽장에 작은 서랍장이 있어."

'주인'의 눈으로 난 깨끗한 수건과 커버, 수가 놓인 빨간 무명 침구를 둘러보았습니다. 꽤 매력적인 방이었습니다. 천장이 비스듬하고 벽에 모서리가 많은, 파리에 안 와본 사람이 파리를 상상하며 떠올릴 법한 침실이었습니다.

딕은 모자를 침대에 내려놓았습니다.

"내가 저 친구를 도와 짐을 같이 날라야 하지 않을까?" 누구한테랄 것 없이 딕이 물었습니다.

"그래, 그래야지." 마우스가 대답했습니다. "엄청 무겁잖아."

그리고 마우스는 처음으로 희미하게 웃으며 나를 돌아봤습니다. "책이에요." 오, 딕이 나가기 전에 얼마나 이상한 눈빛으로 마우스를 보았는지. 딕은 돕는 데 그치지 않고 아예 일을 도맡기로 했는지, 끙끙거리며 들고 온 상자를 바닥에 놓고 또 하나를 가져왔습니다.

"그건 당신 상자야, 딕." 마우스가 말했습니다.

"잠깐 여기에 놓아도 괜찮지?" 딕이 헉헉거리며 숨 가쁜 목소리로 말했습니다. (상자가 무지하게 무거운 모양이었습니다.) 딕은 돈을 한 뭉치 꺼냈습니다. "팁을 줘야겠지."

옆에 서 있던 벨맨은 표정으로 동의했습니다.

"더 필요한 게 있으시나요? 무슈?"

"아뇨! 됐어요!" 딕이 조급히 말했습니다.

그런데 그 순간 마우스가 한 발 앞으로 나왔습니다. 딕을 보지 않고 마우스는 지나치게 힘주어, 특이하게 딱딱 끊어지는 영국 억양으로 말했습니다. "네, 차를 주세요. 석 잔요."

그리고 별안간 마우스는 손이 갇혀 있다는 듯이 머프를 낀 채로 들었는데, 그 몸짓으로 그녀는 자신이 무너지기 일보 직전이니, '차를 부디 당장!' 가져와서 구해달라고 땀에 젖은 창백한 벨맨에게 전했습니다.

그 몸짓이 위기에 처한 영국 여자의 이미지에 너무 들어맞고 딱 예상할 법한 것이었기에, (비록 나는 예상하지 못했지만) 난 손을 들고 항의하고 싶었습니다.

'아냐! 아냐! 그만. 충분해. 여기서 그만. 차를 부디, 에서 끊어. 정말이지 당신의 가장 열렬한 구독자도 질릴 정도로 너무 꾸역꾸역

채워 넣어서, 단어 하나라도 더 추가하면 터질지도 몰라.'

차를 달라는 마우스의 말에 딕도 상념에서 깨어났습니다. 딕은 오랫동안 의식을 잃었다가 깨어난 사람처럼 천천히 고개를 돌리고, 피곤하고 지친 눈으로 마우스를 천천히 보며 꿈꾸는 듯한 목소리로 중얼댔습니다. "그래, 좋은 생각이야." 그리고 딕은 말했습니다. "피곤하지, 마우스. 앉아."

마우스는 팔걸이에 레이스가 달린 의자에 앉았습니다. 딕은 침대에 기댔고 나는 등받이가 직각인 의자에 앉아 다리를 꼰 다음에 무릎에 묻은 가상의 먼지를 털었습니다. (느긋한 파리 남자의 모습.)

잠시 침묵이 흘렀습니다. 딕이 말했습니다. "마우스, 코트 안 벗어?"

"아니, 괜찮아. 지금은 입고 있을래."

나한테도 물어볼까? 아니면 내가 손을 들고 아기 목소리로 칭얼거려야 하나. '나한테 물어볼 차례야.'

아니, 그러면 안 되겠지. 아무도 내게 물어보지 않았습니다.

침묵이 정적으로 변했습니다. 진짜 정적이었습니다.

'…이봐, 나의 파리지앵 폭스테리어! 우울한 영국인들을 재밌게 해줘! 영국인들이 개를 좋아하는 것도 무리가 아니군.'

그렇지만, 결국에—내가 왜 그래야 합니까? 영어식으로 표현하면 '내 일'이 아니었습니다. 그래도 난 마우스에게 폴짝 뛰었습니다.

"오후에 도착하지 않아서 아쉽군요. 두 창문에서 멋진 전망을 볼 수 있습니다. 보시다시피 호텔이 길모퉁이에 있어서, 창문마다 아주 길게 뻗어나가는 도로가 내다보이거든요."

"네." 마우스가 답했습니다.

"아름다운 전망처럼 들리지 않았군요." 내가 웃었습니다. "하지만 활기가 넘칩니다—자전거를 타고 지나가는 우스꽝스러운 소년들과 창가에서 몸을 빼고 내다보는 사람들과—아, 내일 아침에 직접 보시겠지요… 아주 재밌습니다. 생기가 넘쳐요."

"아, 네." 마우스가 말했습니다.

그때 땀에 젖은 창백한 벨맨이 대포알을 든 영화 속 역기 선수처럼 찻상을 한 손으로 높이 받치고 들어오지 않았다면….

그는 찻상을 둥근 테이블에 가까스로 내려놓았습니다.

"테이블을 여기로 가져와요." 마우스가 말했습니다. 마우스는 그 벨맨과만 말하고 싶은 모양이었습니다. 마우스는 머프에서 손을 빼고 장갑을 벗은 다음에 구식 망토를 어깨 뒤로 넘겼습니다.

"우유랑 설탕을 넣나요?

"우유는 됐습니다. 고마워요. 설탕도 안 넣어요."

난 꼬마 신사처럼 차를 가지러 갔습니다. 마우스는 다른 잔에도 차를 따랐습니다.

"이건 딕한테 주세요."

그래서 충직한 폭스테리어는 차를 날라서 딕의, 말하자면, 발치에 내려놓았습니다.

"아, 고마워." 딕이 말했습니다.

그리고 난 자리로 돌아갔고 마우스는 자기 의자에 앉았습니다.

그러나 딕은 다시 일어났습니다. 딕은 열띤 눈으로 찻잔을 보다가 고개를 들고 두리번거리더니, 찻잔을 침대 옆 탁자에 내려놓고 모자를 집어 들고서는 따발총처럼 말하기 시작했습니다. "아, 그건 그렇고, 자네 편지 한 통만 부쳐줄 수 있나? 오늘 밤 우편으로 나갔으면 하는데. 꼭 보내야 해. 급한 편지라서…." 마우스의 시선을 느끼고 딕이 내뱉었습니다. "어머니한테 보낼 편지야." 그리고 내게 말했습니다. "지금 바로 써서 줄게. 편지랑 필기도구는 다 있어. 하지만 반드시 오늘 밤에 보내야 해. 괜찮을까? 오래… 오래 걸리지 않을 거야."

"당연히 내가 부쳐줄게. 기꺼이."

"차부터 마시지 않을래?" 마우스가 조용히 물었습니다.

…차? 차? 아 물론입니다. 차…. 침대 옆 탁자에 놓인 차 한 잔. 어수선한 꿈에 빠져 있는 딕은 가장 매력적이고 환한 웃음을 여주인에게 날렸습니다.

"아니, 고마워. 지금은 괜찮아."

그리고 딕은 나를 성가시게 하는 것이 아니었으면 좋겠다고 다시 한번 말하며 방에서 나가 문을 닫았고, 복도를 걸어가는 발소리가 울렸습니다.

나는 차를 마시다 입을 데었는데, 얼른 찻잔을 내려놓고 이렇게 말하고 싶어서 서두른 탓이었습니다. "제가 주제넘게 나서는 게 아닌지 모르겠습니다만… 너무 단도직입적으로 말하는 것 같지만… 하지만 딕은 감추려고 하지도 않았어요, 그렇죠? 무슨 일이 있습니까? 제가 도울 일이 있나요?"

(잔잔한 음악. 마우스는 일어나 무대를 잠시 거닐다가 의자에 다시 앉아 차를 한 잔 더 따라주는데, 오, 그 차는 너무나 뜨겁고 너무나 가득해서, 씁쓸한 찌꺼기까지 남기지 않고 홀짝이는 친구의 눈에 눈물이 차오른다….)

이와 같은 상황을 내가 머릿속에 전부 그려본 후에야 마우스는 입을 열었습니다. 처음에 마우스는 찻주전자를 보다가 뜨거운 물을 붓고 스푼으로 저었습니다.

"네, 문제가 있어요. 아뇨, 당신이 도울 수는 없어요. 고마워요." 다시 한번 그 희미한 미소가 스쳐 지나갔습니다. "죄송해요. 몹시 불편하시겠어요."

불편하다니, 과연! 내가 이토록 즐거운 것이 얼마 만인지 말해줄 수 있었으면 좋았을 텐데요!

"하지만 당신은 괴로워하고 있어요." 그 모습을 보기가 힘들다는 듯 난 조심스레 말했습니다.

마우스는 부인하지 않았습니다. 고개를 끄덕이고 아랫입술을 깨물었는데, 턱이 떨리는 것 같았습니다.

"제가 해드릴 것이 정말 없나요?" 더 부드럽게.

마우스는 고개를 젓고 테이블을 밀치며 벌떡 일어났습니다.

"아, 금세 괜찮아질 거예요." 마우스는 조용히 말하며 화장대로 걸어갔고, 나를 등지고 섰습니다. "괜찮아질 거예요. 계속 이러진 않을 거예요."

"물론 그렇겠죠." 지금 담배를 피우면 매정해 보일까 고민하면서 난 말했습니다. 갑자기 담배가 몹시 당겼거든요.

어떻게 해서인지 마우스는 내 손이 가슴 주머니로 올라가 담뱃갑을 반쯤 꺼냈다가 다시 넣는 것을 봤습니다. 다음 순간 그녀가 이렇게 말했기 때문입니다. "성냥은… 저기… 촛대에 있어요. 아까 봤어요."

그때 난 마우스가 울고 있다는 것을 알아차렸습니다.

"아! 고마워요. 네, 네. 찾았어요." 난 불을 붙이고 담배를 피우며 방을 거닐었습니다.

마치 새벽 2시처럼 고요했습니다. 시골에 있는 집들처럼 바닥의 나뭇널이 삐걱대는 소리가 들릴 정도로 고요했습니다. 내가 담배를 다 피우고 찻잔 받침에 비벼 끄는데 마우스가 몸을 돌리고 테이블로 다시 왔습니다.

"딕이 너무 오래 걸리는 것 같지 않아요?"

"피곤하시군요. 이제 눕고 싶으실 텐데요." 내가 친절히 말했습니다. (혹시 눕고 싶으면 난 신경 쓰지 말고 누워요, 라고 속으로 말하면서요.)

"하지만 딕이 정말 오래 걸리고 있지 않나요." 마우스가 고집스레 물었습니다.

난 어깨를 으쓱했습니다. "그런 것 같아요."

다음 순간 마우스가 묘한 눈빛으로 나를 보았습니다. 그녀는 귀를 기울이고 있었습니다.

"간 지 한참 됐어요." 마우스가 말했습니다. 그리고 가볍게 걸어가 문을 열고 복도 끝에 있는 딕의 방으로 갔습니다.

난 기다렸습니다. 나도 이제 귀를 쫑긋 세웠습니다. 한마디도 놓치고 싶지 않았거든요. 마우스는 방문을 열어놓고 나갔습니다. 나는 살그머니 방을 가로질러 문 앞에 섰습니다. 딕의 방문도 열려 있었습니다. 그런데—아무 소리도 들리지 않았기에 놓칠 소리도 없었습니다.

어처구니없게도 순간 난 어두운 방에서 그들이 키스하고 있다고—기나긴 키스로 서로를 위로하고 있다고 생각했습니다. 슬픔을 단순히 잠재우는 것이 아니라 달래고 따뜻하게 이불로 덮어주고 고

나는 프랑스어를 못합니다

른 숨소리가 날 때까지 토닥여주는 그런 키스 말입니다. 아, 그것이 얼마나 달콤한지요.

마침내 끝났습니다. 부스럭거리는 소리가 나길래 난 얼른 의자에 다시 앉았습니다.

마우스였습니다. 마우스가 돌아왔습니다. 어두컴컴한 복도에서 그녀는 내가 부쳐야 하는 편지를 들고 벽을 더듬으며 왔습니다. 그런데 편지는 봉투에 들어 있지 않았습니다. 달랑 종이 한 장이었는데, 종이가 젖기라도 한 것처럼 한쪽 귀퉁이로 들고 있었습니다.

고개를 푹 떨군 마우스의 얼굴이 모피 깃에 완전히 가려져 있었으므로 난 알 수 없었습니다. 갑작스레 그녀는 편지를 떨어뜨리더니 자신도 무너지듯이 침대 옆에 주저앉았고, 뺨을 침대에 기대고 손을 축 늘어뜨렸습니다. 마지막 작은 무기까지 잃어버린 지금 자신도 깊은 바다로 순순히 떠밀려 가겠다는 듯한 몸짓이었습니다.

번쩍! 어떤 생각이 뇌리를 스쳤습니다. 딕이 자살했구나. 여러 장면이 눈앞에서 번쩍거렸습니다. 내가 달려간다. 시신을 발견한다. 관자놀이에 파란 구멍이 났을 뿐 생전 모습 그대로인 딕의 얼굴. 호텔에 알리고, 장례식을 준비하고, 장례식에 참석하고, 폐쇄형 마차, 새로 구매한 양복….

난 허리를 숙여 종이를 집었고, 믿을 수 있나요—뼛속까지 *comme il faut*한 파리 남자답게—"실례합니다."라고 중얼거린 후 읽기 시작했습니다.

"마우스, 나의 귀여운 마우스,

못하겠어. 불가능해. 도저히 할 수 없어. 아, 난 당신을 사랑해. 정말 사랑해. 하지만 난 그녀에게 상처를 줄 수 없어. 그녀는 평생 사람들에게 상처받았어. 그런 그녀에게 내가 최후의 일격을 가할 수는 없어. 그녀는 우리 두 사람보다 굳세지만, 몹시 연약하고 자존심이 세. 우리 소식이 전해지면 그녀는 죽을 거야. 죽을 거라고, 마우스. 아, 제발. 내가 어떻게 어머니에게 그런 짓을 하겠어? 당신을 위해서도 그건 불가능해. 우리를 위해서라도 그렇게는 못해. 당신도 이해하지―그렇지?

우리끼리 의논하고 계획할 때는 할 수 있을 것 같았어. 하지만 기차가 출발한 순간 난 환상에서 깨어났어. 나를 잡는 어머니의 손길이 느껴졌어. 어머니가 나를 부르고 있었어. 이 편지를 쓰는 지금도 어머니 목소리가 귓전에 맴돌아. 게다가 어머니는 혼자이고, 아직 아무것도 몰라. 악마가 아닌 이상 어머니에게 그런 말을 못할 거야. 난 악마가 아니야, 마우스. 우리에 대해 어머니는 절대로 알면 안 돼. 오, 마우스. 당신도 마음 한구석에선 동의하지? 너무나도 괴로워서 어떻게 해야 할지 모르겠어. 내가 돌아가고 싶은 걸까? 아니면 어머니가 날 잡아당기는 건가? 모르겠어. 몹시 피곤해. 마우스. 마우스―당신을 어떻게 하지? 하지만 난 더 이상 생각할 수 없어. 감히 생각할 수 없어. 무너지고 말 텐데, 난 지금 무너질 수 없어. 내가 해야하는 일은 단지―당신에게 이 말을 하고 돌아가는 거야. 당신에게 말을 안 하고 갈 수는 없어. 당신이 무서워할 테니까. 무서워하면 안 돼. 무서워하지 않을 거지? 난 견딜 수 없어―하지만 이 얘긴 그만. 나한테 편지 쓰지 마. 어차피 답장할 용기를 못 낼 텐데 당신의 그 구불구불한 필체를 보면―

용서해. 더는 날 사랑하지 마. 아냐, 사랑해줘. 나를 사랑해줘. 딕."

어떻습니까? 이런 희귀한 일이 또 있을까요? 딕이 자살하지 않았다는 안도감이 들뜬 환희와 뒤섞였습니다. 이제야 난 보상받았습니다. '무척 신기하고 흥미롭네요'라던 영국 남자에게 보상을 받고 말고요.

마우스는 이상하게 울었습니다. 상당히 침착한 얼굴에서 꼭 감고 있는 눈꺼풀만 떨렸습니다. 눈물이 볼을 따라 진주처럼 방울방울 흐르는 대로 그녀는 내버려두었습니다.

하지만 내 시선을 느끼자 마우스는 눈을 뜨고 편지를 쥐고 있는 나를 쳐다봤습니다.

"읽었어요?"

그녀의 목소리는 차분했지만 더는 자신의 목소리가 아니었습니다. 짜디짠 바닷물에 실려 해변으로 쓸려 온 차갑고 조그만 조개껍데기에서 날 법한 소리였습니다….

벅찬 심정으로, 이해하시겠죠, 난 고개를 끄덕이고 편지를 내려놓았습니다.

"믿기지 않는군요! 믿을 수 없어요!" 내가 속삭였다.

내 말을 듣고 마우스는 바닥에서 일어났고, 세면대로 걸어가 물주전자로 손수건을 적셔 눈가를 훔치며 말했습니다. "오, 아뇨. 충분히 믿을 수 있어요." 그리고 젖은 수건으로 눈을 누르며 돌아와 레이스가 달린 의자에 털썩 앉았습니다.

"물론 처음부터 알고 있었어요." 짭조름하고 차가운 목소리가 조그맣게 말했습니다. "우리가 출발한 순간부터 알고 있었어요. 온몸으로 느꼈지만 그래도 혹시나 하며 희망을—"

여기서 마우스는 손수건을 내리고 마지막으로 그 희미한 미소를 보여주었습니다. "아시겠지만 사람들은 어리석게도 그런 희망을 놓지 못하죠."

"사람들은 그런 법이죠."

침묵.

"하지만 어떻게 하실 겁니까? 돌아갈 거예요? 딕을 찾아갈 건가요?"

그러자 마우스는 똑바로 앉아 나를 바라다보았습니다.

"어처구니없는 말이군요!" 마우스가 싸늘하게 말했습니다. "당연히 다시는 만나지 않을 거예요. 돌아가는 건―그건 어려울 것 같아요. 난 돌아갈 수 없어요."

"하지만…."

"불가능해요. 일단 내 친구들은 전부 내가 결혼한 줄 알아요."

난 손을 내밀었습니다. "아, 가여운 내 친구여."

그러나 마우스는 물러앉았습니다. (수를 성급히 두었어요.)

당연히 내 마음속에는 질문이 하나 도사리고 있었는데, 난 그것이 싫었습니다.

"돈은 있어요?"

"네, 20파운드 있어요― 어기요." 그녀는 손을 가슴에 얹었습니다. 난 고개를 떨구었습니다. 내가 생각했던 것보다 훨씬 큰 금액이었습니다.

"이제 어떻게 할 계획입니까?"

그래요, 나도 압니다. 그보다 더 멍청하고 서투른 질문은 없었을 것입니다. 그때껏 마우스는 고분고분 속을 털어놓으며 내가, 어쨌든 정신적인 의미에서, 그 작고 떨리는 몸을 한 손에 안고 다른 손으로는 보송보송한 머리를 쓰다듬게 해주었는데—이 질문을 함으로써 난 그녀를 내던진 것입니다. 아, 나 자신을 한 대 때리고 싶었습니다.

마우스가 일어났습니다. "계획 따위 없어요. 하지만—시간이 늦었네요. 이제 그만 가보세요."

어떻게 하면 마음을 되돌릴 수 있을까? 그녀를 되찾고 싶었습니다. 맹세코 난 그때 연기하고 있지 않았습니다.

"절 친구로 생각해주세요." 내가 외쳤습니다. "제가 내일 와도 괜찮을까요? 일찍? 한동안 제가 도와드려도 될까요? 돌봐드려도 될까요? 필요하신 일에 저를 마음껏 이용하세요."

성공했습니다. 그녀가 작은 구멍에서 나왔습니다…. 소심하게… 하지만 나왔습니다.

"네, 참 친절하시군요. 내일 와주시면 고맙겠어요. 여기서 지내기가 꽤 어려울 거 같아요. 왜냐하면—" 그리고 다시 난 그녀의 소년 같은 손을 잡았습니다—*Je ne parle pas français.*"

호텔에서 나와 대로를 절반쯤 걸어가고서야 난 그것을 온전히, 고스란히 느꼈습니다.

아, 그들은 고통받고 있었습니다…. 그 두 사람은… 진정 고통스러워하고 있었습니다. 그들보다 더 고통스러운 두 사람은 다시는 못 보리라 생각했습니다. …그리고… "좋은 밤 보내, 귀여운 고양이." 질척한 길에서 물구덩이를 피해 돌아가고 있는 투실투실한 늙은 창녀에게 난 건방지게 말했습니다…. 대꾸할 시간은 주지 않았죠.

༺༻

그다음에 내가 어떻게 했을지 물론 여러분은 예상했을 것입니다. 지금 내가 쓰려는 말을 정확히 알고 있겠죠. 그렇게 행동하지 않았으면 내가 아니었을 테니까요.

난 다시는 그곳에 가지 않았습니다.

그렇습니다. 그 호텔에 식대를 빚지고 있기도 했지만, 그건 중요치 않습니다. 내가 두 번 다시 마우스를 보지 못했다는 사실과 한입에 담을 가치도 없습니다.

물론 난 찾아갈 생각이었습니다. 길을 나섰고, 문을 열고, 편지를 썼다가 찢었다가―등등 모든 일을 했습니다. 그러나 차마 그 마지막 걸음을 내디딜 수 없었습니다.

그때 내가 왜 그랬는지 지금도 이해하지 못하겠습니다. 물론 내가 그 관계를 이어갈 수 없으리라 내심 알고 있었습니다. 그것이 큰 이유 중 하나였겠죠. 그렇지만, 아주 저속한 관점에서 보았을 때, 호기심 때문에라도 폭스테리어가 어떻게 안 찾아가고 배겼을까요….

Je ne parle pas français. 이것이 그녀가 남긴 마지막 노래입니다.

그렇지만 그녀 때문에 내가 인생 철칙을 어찌나 자주 어겼는지. 오, 여러분도 보았겠지만 난 수많은 예시를 들 수 있습니다.

…저녁에, 우울한 카페에 홀로 앉아 있는데 자동피아노가 '마우스다운' 노래를 연주하기 시작하면, (그녀를 상기시키는 노래는 수없이 많습니다) 난 이런 꿈을 꾸기 시작합니다….

머나먼 바닷가 구석의 작은 집. 미국 인디언풍의 재킷을 걸친 소녀가 집 앞에 나와 있고, 맨발 소년이 램프를 흔들며 해변을 뛰어온다.

"이게 뭐야?"

"물고기." 난 미소를 지으며 건네준다.

…그리고 그 소년 소녀가 다른 옷을 입고—창문을 활짝 열어놓은 창가에 앉아 웃으면서 과일을 먹고 밖을 내다본다.

"산딸기는 전부 당신 거야, 마우스. 난 하나도 안 먹을게."

…비가 내리는 밤. 그들은 우산을 나눠 쓰고 집에 간다. 문 앞에 잠시 서서 젖은 뺨을 서로 맞댄다.

상상이 꼬리에 꼬리를 물다가 웬 지저분한 한량이 내 테이블 맞은편에 앉아 인상을 쓰고 주절대는 소리가 들리며 끝납니다. 이렇게 말하는 내 목소리가 들리네요. "하지만 아가씨를 한 명 준비해놓았는데요, *mon vieux*. 아주 조그마한 아가씨예요. 아주 작아요. 게다가 처녀고요." 난 손끝에 입을 맞추고—처녀요—내 심장에 가져다 댑니다. "신사로서, 현대 영국 문학에 지대한 관심이 있는 매우 진지한 젊은 작가의 명예를 걸고 말합니다."

가야 한다. 가야 한다. 코트와 모자를 집어 듭니다. 마담은 나를 알아요. "아직 식사 안 하셨죠?" 마담이 웃네요.

"네, 아직 안 했습니다, 마담."

사실 난 마담과 식사하고 싶습니다. 그다음엔 같이 잠도 자고 싶습니다. 속살도 온통 저렇게 창백할까요?

하지만, 아니, 마담의 몸엔 커다란 점이 있을 거예요. 저런 피부는 으레 점이 많기 마련인데, 난 그것들을 참을 수가 없습니다. 왠지 그것들은 내게, 역겹게도, 버섯을 상기시키거든요.

해와 달

 오후에 의자들이 잔뜩 배달되었다. 거꾸로 다리를 치켜든 작은 금색 의자들이 수레에 가득 실려 있었다. 뒤이어 꽃이 배달되었다. 발코니에서 내려다보면 사람들이 줄줄이 나르고 있는 화분들이 우스꽝스럽게 고개를 까닥거리는 아주 예쁜 모자 같았다.

 달은 화분이 모자라고 생각했다. 달이 말했다. "봐, 저 남자는 머리에 야자수를 쓰고 있어." 하지만 애초에 달은 진짜와 가짜를 구분할 줄 몰랐다.

 해와 달을 돌볼 사람이 없었다. 유모는 애니와 함께 어머니의 기장이 길고 통은 좁은 드레스를 수선하고 있었고, 어머니는 아버지가 잊지 말아야 할 일들을 전화로 상기시키면서 집 안 곳곳을 돌아다니고 있었다. 어머니는 너무 바빠서 이 말을 할 시간밖에 없었다. "길을 가로막지 말렴, 얘들아!"

 아이들은 물러서 있었다. 적어도 해는 조심했다. 해는 아기방으로 보내지고 싶지 않았다. 달은 눈곱만큼도 신경 쓰지 않았다. 달이 다리 근처에서 걸리적거리면 사람들은 안아 올린 다음에 달이 꺅꺅거릴 때까지 흔들어주었다. 그러나 해는 무거워서 안아주지 않았다. 해는 너무 무거워서 일요일마다 저녁을 먹으러 오는 뚱뚱한 남자가 이렇게 말하곤 했다. "이 녀석 한번 들어볼까." 그리고 남자는 해의 겨드랑이에 엄지손가락을 찔러 넣고 끙끙거리며 애쓰다가 끝내 포기하며 말했다. "꼭 벽돌 자루처럼 무겁구먼!"

다이닝룸에서 가구를 거의 다 뺐다. 한쪽 구석에 커다란 피아노가 있었고 벽을 따라 화분이 늘어서 있었으며 금색 의자가 줄을 맞추어 배열되어 있었다. 콘서트를 위한 것이라고 했다. 해가 들여다보자 얼굴이 허연 남자가 피아노 앞에 앉아 있었는데, 연주를 하는 대신 건반을 쾅쾅 두드리고 피아노 안을 들여다보았다. 남자는 피아노 옆에 도구 가방을 놓고 모자를 벽 앞의 조각상에 씌워놓았다. 때때로 남자는 피아노를 조금 치다가 다시 벌떡 일어나서 안을 들여다보았다. 콘서트라는 것이 저 남자는 아니기를 해는 바랐다.

그렇지만 물론 부엌만큼 멋진 곳은 없었다. 블라망주 푸딩처럼 생긴 모자를 쓴 남자가 그들의 진짜 요리사 미니를 거들고 있었고, 미니는 얼굴이 빨갛게 익은 채로 웃고 있었다. 전혀 짜증을 내지 않았다. 미니는 해와 달에게 아몬드 핑거 과자를 하나씩 주었고, 만찬을 위해 만들고 있는 근사한 요리들을 구경할 수 있게 높은 밀가루 보관함에 앉혀주었다. 요리사가 음식을 가져오면 남자가 접시에 담고 장식했다. 머리와 눈과 꼬리까지 통째로 요리된 생선에 남자는 빨간색과 초록색과 노란색 부스러기를 뿌렸다. 남자는 젤리 위에 구불구불한 선을 그렸고, 햄 아래 돌돌 만 종이를 끼워 넣은 다음에 아주 얇은 포크처럼 생긴 것을 거기에 넣었다. 그리고 아몬드와 아주 조그맣고 동그란 비스킷을 크림에 흩뿌렸다. 새로운 요리가 끊임없이 나왔다.

"아, 너희가 아이스크림 푸딩을 아직 못 봤구나." 요리사가 말했다. "따라오렴." 요리사가 손을 내밀자 해는 그녀가 왜 이토록 상냥하게 자신들을 대하는지 의아해했다. 두 아이는 냉장고 안을 들여다보았다.

오! 오! 오! 작은 집이다. 흰 눈이 쌓인 지붕에 녹색 창문과 갈색 문이 달린 분홍색 집인데, 문손잡이는 조그만 호두였다.

호두를 본 순간 해는 몸에 힘이 빠져서 요리사에게 기대야 했다.

"만져볼래요. 지붕만 살짝 만져볼게요." 달이 춤을 추며 말했다. 달은 늘 음식을 만져보고 싶어 했다. 해는 그렇지 않았다.

"자, 얼른 상 차립시다." 가정부가 들어오자 요리사가 말했다.

"그림처럼 예뻐요, 민." 넬리가 말했다. "와서 한번 봐요." 그래서 그들 모두 다이닝룸에 들어갔다. 다이닝룸을 보고 해와 달은 살짝 겁이 나기까지 했다. 아이들은 곧장 테이블로 다가서지 않았다. 문가에 서서 넋을 잃고 바라보았다.

아직 진짜 밤도 아닌데 다이닝룸은 창문마다 블라인드를 내렸고 램프의 불을 켜놓았다. 불빛 하나하나가 빨간 장미꽃 같았다. 테이블의 네 귀퉁이에 빨간 리본과 빨간 장미 한 다발이 묶여 있었다. 테이블 한가운데에 호수가 있고, 장미 꽃잎이 동동 떠 있었다.

"저기에 아이스크림 푸딩을 놓으면 되겠다." 요리사가 말했다.

날개가 달린 은빛 용 두 마리가 등에 과일을 이고 있었고, 소금통은 그릇에 담긴 물을 마시는 작은 새였다.

거기다 반짝반짝 윙크하는 수많은 유리잔과 접시와 반들반들 광택이 흐르는 나이프와 포크와—온갖 음식. 장미 모양으로 접은 빨간 냅킨….

"사람들이 이걸 먹어요?" 해가 물었다.

"딱 그럴 것 같은데." 요리사와 넬리가 함께 웃음을 터뜨렸다. 달도 웃었다. 달은 늘 다른 사람들이 하는 대로 했다. 그러나 해는 웃고 싶지 않았다. 해는 뒷짐을 지고 테이블을 빙빙 돌았다. 유모가 갑자기 부르지 않았으면 해는 영영 멈추지 않았을 것이다. "자, 애들아. 씻고 옷 입어야지." 해와 달은 아기방으로 내몰렸다.

유모가 아이들 옷을 벗기고 있는데 어깨에 하얀 것을 두른 어머니가 보러 왔다. 어머니는 얼굴에 무언가를 바르고 있었다.

"내가 이따 종을 울리면 애들을 내려보내요, 유모. 사람들한테 인사만 시키고 곧바로 다시 올려보낼 거예요."

해는 거의 발가벗겨졌다가 빨간색과 하얀색 데이지꽃이 수놓인 하얀 와이셔츠와 양쪽에 끈이 달린 바지를 입고, 멜빵을 멘 다음에 흰 양말과 빨간 신발을 신었다.

"러시아 복장으로 차려입었네." 유모가 해의 앞머리를 눌러서 가라앉히며 말했다.

"그래요?" 해가 물었다.

"그래, 이제 의자에 얌전히 앉아서 동생을 보렴."

달은 옷을 입는 데 한참 걸렸다. 양말을 신겨주면 달은 침대에 자빠지는 시늉을 하고는 늘 그러듯 발을 굴렀고, 유모가 손가락과 젖은 브러시로 머리칼을 구불구불하게 말아주려고 할 때마다 휙 돌아서서 유모의 브로치 속에 있는 사진 같은 걸 보여달라고 졸랐다. 마침내 달도 단장이 끝났다. 달은 모피를 덧댄 새하얗고 풍성한 드레스를 입었다. 심지어 속바지 밑단에도 복슬복슬한 것이 달려 있었다. 그리고 커다란 물방울무늬가 있는 하얀 구두를 신었다.

"다 됐다, 아가." 유모가 말했다. "분통에 그려져 있는 예쁜 아기

천사 같구나." 유모는 문으로 달려갔다. "부인, 잠시만 와주세요."

어머니가 머리 한쪽만 어깨에 드리운 채 다시 왔다.

"세상에," 어머니가 외쳤다. "그림처럼 예쁘구나!"

"달이 얼마나 깜찍한지 보세요." 유모가 말했다.

그러자 달은 치마 끝자락을 치켜들고 한쪽 발을 뒤로 뺐다. 해는 관심을 못 받아도 서운하지 않았다—그렇게 많이는….

단장이 끝난 뒤에 아이들은 문가에서 대기하고 있는 유모의 감시를 받으며 테이블에서 깨끗하고 얌전한 놀이를 했다. 마차가 도착했고, 사람들의 웃음소리와 목소리, 치맛자락이 부드럽게 끌리는 소리가 아래층에서 들려오자 유모가 속삭였다. "자, 얘들아. 거기 그대로 앉아 있어." 달이 자꾸 잡아당기는 바람에 테이블보가 달이 앉아 있는 쪽으로 길게 늘어지고 해 앞에는 조금도 남지 않았는데, 달은 일부러 그러지 않은 체했다.

마침내 종이 울렸다. 유모는 헤어브러시로 그들 옷을 털어주고 해의 앞머리를 빗어 납작하게 이마에 붙이고 달의 리본을 세운 뒤에 아이들끼리 손을 잡게 했다.

"내려가렴!" 유모가 속삭였다.

아이들은 내려갔다. 해는 달의 손을 잡는 게 바보 같다고 생각했지만 달은 좋아하는 듯했다. 달이 팔을 앞뒤로 흔들자 산호초 팔찌에서 방울이 딸랑거렸다.

응접실 문께에 어머니가 서서 검은 부채로 부채질을 하고 있었다. 응접실은 부드러운 옷자락을 끌고 다니며 달콤한 향을 퍼뜨리는 여자들과 딱정벌레처럼 우스꽝스러운 꼬리가 뒷면에 달린 검은 재킷을 입은 남자들로 가득했다. 그들 가운데 아버지가 주머니 속 무언가를 짤랑거리며 우렁찬 목소리로 말하고 있었다.

"어머, 예뻐라!" 여자들이 외쳤다. "오, 귀여워라! 오, 깜찍해라! 오, 사랑스러워라! 오, 앙증맞아라!"

달에게 가지 못한 사람들은 모두 해에게 입맞춤했고, 비쩍 마른 노부인이 이를 달그락거리며 말했다. "고놈 아주 진지한 꼬마네." 그리고 딱딱한 것으로 해의 머리를 두드렸다.

해는 아까 그 콘서트가 있나 보았지만 남자는 없었다. 그 대신 정수리가 분홍색인 뚱뚱한 남자가 피아노 위로 몸을 기울이고, 귀밑에 바이올린을 대고 있는 소녀와 이야기하고 있었다.

해는 손님들 가운데 딱 한 사람만 진정 마음에 들었다. 왜소한 잿빛 남자였는데, 잿빛 구레나룻을 길게 길렀고 혼자 돌아다녔다. 남자가 해에게 다가와 매우 친절하게 눈을 굴리고 말했다. "안녕, 친구." 그리고 남자는 가버렸다. 남자는 금세 돌아와서 물었다. "강아지 좋아하니?" 해는 좋아한다고 말했다. 그러나 남자는 곧바로 다시 가버렸고, 해는 남자를 찾아 돌아다녔지만 보이지 않았다. 해는 어쩌면 남자가 강아지를 데리고 돌아올지도 모른다고 생각했다.

"잘 자라, 귀여운 아가들." 어머니가 훤히 드러낸 팔로 껴안아주며 말했다. "어서 둥지로 날아가렴."

그때 달이 또 바보스러운 일을 벌였다. 사람들 앞에서 달은 팔을 활짝 펼치고 말했다. "아빠가 안아서 데리고 가줘야 해요."

그러나 사람들은 달이 한 말을 무척 좋아하는 듯했다. 아빠가 단숨에 달려와서 언제나처럼 달을 번쩍 안아 올렸다.

유모는 어찌나 급했던지 심지어 해의 기도를 도중에 끊고 독촉했다. "얼른 하렴, 애. 얼른." 이내 아이들은 침대에 누웠고, 작은 쟁반에 놓인 야간등만 컴컴한 방에서 빛을 발했다.

"오빠, 자?" 달이 물었다.

"아니." 해가 말했다. "넌?"

"나도 안 자." 달이 말했다.

한참 후에 해는 잠에서 다시 깨어났다. 아래층에서 손뼉 치는 소리가 요란하게 울려서 꼭 비가 내리는 것 같았다. 달이 뒤척였다.

"달아, 일어났어?"

"응. 오빠는?"

"나도. 우리 계단에 가서 구경하자."

두 아이가 계단 꼭대기에 앉자마자 응접실 문이 벌컥 열리더니 사람들이 복도를 지나 다이닝룸으로 가는 소리가 들렸다. 문이 다시 닫혔다. '펑' 터지는 소리와 웃음소리가 들려왔다. 이윽고 그 소리도 멈췄고, 해는 자기가 했던 것처럼 뒷짐을 지고 아름다운 테이블을 빙빙 도는 사람들을 보았다…. 모두 테이블에서 시선을 떼지 않고 빙빙 돌았다. 잿빛 구레나룻을 기른 남자가 작은 집을 가장 좋아했다. 호두 문손잡이를 본 남자는 아까처럼 눈을 굴리더니 해에게 물었다. "호두 봤니?"

"고개 끄덕거리지 마, 달아."

"난 안 끄덕거렸어. 오빠가 그랬어."

"아니야. 난 고개 안 끄덕거려."

"오오, 하거든. 지금도 끄덕이고 있어."

"아니야. 고개 안 끄덕이는 법을 너한테 보여주는 거야."

두 사람이 다시 잠에서 깨어났을 때는 아버지의 우렁찬 목소리와 어머니의 가벼운 웃음소리만 들렸다. 아버지가 다이닝룸에서 나와 계단을 뛰어 올라오다가 그들 위로 넘어질 뻔했다.

"이거 봐라!" 아버지가 외쳤다. "세상에, 키티. 여기 와서 이 녀석들 좀 봐."

어머니가 나왔다. "어머, 말썽꾸러기들." 어머니가 복도에서 말했다.

"아래층으로 데려가서 뭐 좀 먹이지." 아버지가 말했다. 아버지가 이렇게 즐거워하는 모습을 해는 처음 봤다.

"안 돼. 그건 허락할 수 없어." 어머니가 말했다.

"아이, 아빠! 허락해주세요! 내려가게 해주세요." 달이 말했다.

"안 되긴 뭐가 안 돼." 아버지가 외쳤다. "당신이 을러도 소용없어, 키티. 자, 가자." 아버지는 한쪽 팔에 한 명씩 번쩍 들었다.

어머니가 몹시 화가 났으리라고 해는 짐작했다. 그러나 어머니는 화가 나 있지 않았다. 어머니는 아버지를 보며 웃기만 했다.

"오, 개구쟁이!" 어머니가 말했는데, 해를 두고 한 말은 아니었다.

"이리 와라, 얘들아. 와서 좀 먹어라." 즐거워 보이는 아버지가 말했다. 그러나 그때 달이 문득 걸음을 멈췄다.

"어머니, 드레스 어깨 한쪽이 흘러내렸어요."

"그래?" 어머니가 말했다. 아버지가 "그래."라고 말하고 어머니의 흰 어깨를 깨무는 척했지만, 어머니는 밀쳐냈다.

그러고서 그들은 아름다운 다이닝룸에 들어갔다.

그러나—오! 오! 대체 무슨 일이 있었던 거야. 리본과 장미꽃이 전부 흐트러져 있었다. 빨간 테이블 냅킨은 바닥에 떨어져 있었고, 반짝이던 접시와 빛나던 잔은 전부 더러워졌다. 남자가 정성껏 꾸민 아름다운 요리가 온통 망가져 있었고, 뼈와 음식 부스러기와 과일 껍질과 굴 껍데기가 사방에 널려 있었다. 심지어 엎어진 병 하나에서 무언가가 흘러나와 테이블보를 적시고 있었는데 아무도 도로 세워놓지 않았다.

게다가 눈이 쌓인 지붕에 초록색 창문이 달린 분홍색 집은 테이블 한가운데에서 처참하게 무너져 있었다―폭삭 무너지고 반쯤 녹았다.

"이리 와라, 해야." 아버지가 짐짓 아무렇지 않다는 듯 말했다.

달은 잠옷의 바짓부리를 걷어붙이고 테이블로 달려가 꽥꽥거리며 의자에 올라섰다.

"아이스크림 한입 먹어라." 아버지가 지붕을 더 망가뜨리며 말했다.

어머니는 작은 접시를 가져와서 해에게 내밀었다. 그리고 다른 팔로 해의 목을 감쌌다.

"아빠! 아빠!" 달이 외쳤다. "문손잡이가 남아 있어요. 호두요. 내가 먹어도 돼요?" 그리고 달은 손을 내밀어 문손잡이를 문에서 떼어내고 눈을 깜박거리며 아작아작, 세게 씹었다.

"자, 어서 오렴." 아버지가 말했다.

그렇지만 해는 문가에서 한 발짝도 내딛지 않았다. 돌연 해는 고개를 뒤로 젖히고 으앙 울음을 터뜨렸다.

"끔찍해요―끔찍해요―끔찍해요!" 해가 흐느꼈다.

"이거 봐, 내가 뭐라고 했어!" 어머니가 말했다. "이거 보라고!"

"당장 올라가." 더는 즐겁지 않아 보이는 아버지가 말했다. "냉큼 올라가라고!"

엉엉 울면서 해는 아기방으로 뛰어 올라갔다.

환희

 서른 살이 되었지만 지금도 버사 영은 걷기보다는 뛰고, 인도 안 팎을 춤추듯 오르내리고, 굴렁쇠를 굴리고, 무언가를 높이 던졌다가 받고, 가만히 서서 아무 이유 없이—정말 아무 이유 없이—웃고 싶은 순간들이 있었다.

 서른 살이나 먹은 사람이 자기 동네 길모퉁이를 꺾다가 갑작스레 환희에—완전한 환희에!—사로잡히면 어떻게 해야 할까? 늦은 오후의 태양 한 조각을 꿀꺽 삼켰는데 그것이 가슴속에서 타오르며 반짝이는 불꽃을 손가락과 발가락까지 구석구석 쏘아 보낸다면?

 아, 이런 기분을 '음주 소동'처럼 보이지 않고 달리 표현할 수는 없을까? 문명은 얼마나 어리석은지! 몸이 희귀한 바이올린이라도 되는 것처럼 케이스에 고이 모셔두기만 해야 한다면 몸을 가진 게 다 무슨 소용이람!

 '아니야, 바이올린에 대한 표현은 정확하지 않아.' 계단을 뛰어 올라가며, 언제나처럼 잊고 나온 열쇠를 찾아 가방을 뒤적이고 우편함을 흔들며 버사는 생각했다. '그런 뜻이 아니었어, 왜냐하면—'
 "고마워요, 메리." 버사는 복도로 들어왔다. "유모는 돌아왔어요?"
 "네, 부인."

"과일도 도착했고요?"

"네, 전부 배달왔어요."

"과일을 다이닝룸으로 가져다줄래요? 내가 위층에 올라가기 전에 정리할게요."

다이닝룸은 어둑어둑하고 꽤 서늘했다. 그래도 버사는 코트를 벗었다. 갑갑한 느낌을 잠시도 더 견딜 수 없었다. 차가운 공기가 팔을 휘감았다.

그러나 가슴 한구석은 여전히 밝게 빛나며 작은 불꽃들을 뿜어냈다. 견디기 어려울 정도였다. 불길이 더 커질까봐 숨을 들이쉴 엄두가 나지 않았다. 그런데도 버사는 숨을 깊이, 아주 깊이 들이쉬었다. 차가운 거울을 들여다볼 엄두가 나지 않았다. 그래도 버사는 거울을 들여다보았고, 떨리는 입술에 미소를 띠고 커다랗고 검은 눈으로 자신을 바라보고 있는 여자를 보았다. 무언가에 귀 기울이는 표정으로, 틀림없이 일어날… 황홀한 일을…기다리고 있는 여자를.

메리가 과일을 담은 쟁반과 유리그릇, 그리고 우유에 담갔던 것처럼 묘한 광채가 도는 아름다운 파란 접시를 가져왔다.

"불을 켤까요, 부인?"

"아니, 괜찮아요. 잘 보여요."

쟁반에는 귤 여럿, 딸기색 사과, 비단처럼 보드라운 노란 배, 은빛 과분으로 덮여 있는 청포도와 탐스러운 보라색 포도송이가 담겨 있었다. 보라색 포도는 새로 산 다이닝룸 카펫과 어울리기 때문에 샀다. 그렇다, 상당히 어처구니없고 당찮게 들리기는 하지만, 정말 바로 그 이유로 샀다. 가게에서 버사는 이렇게 생각했다. '카펫이 눈에 띄게 보라색 과일을 사야겠어.' 그 순간에는 매우 지당하

환희 101

게 생각되었다.

밝고 둥그스름한 과일들을 피라미드 형태로 쌓아 상차림을 마무리한 뒤에 버사는 식탁에서 멀찌감치 서서, 진열한 과일이 주는 효과를 감상했는데—과연 무척 독특했다. 어두운 식탁이 어스름에 녹아들어서 유리그릇과 파란 접시가 둥둥 떠 있는 것처럼 보였다. 지금 기분으로 봤을 때 이것들은 물론 이루 말할 수 없이 아름다웠다…. 버사는 웃기 시작했다.

"아니, 안 돼. 내가 꼭 히스테리를 부리는 것 같네." 버사는 가방과 코트를 집어 들고 아기방으로 뛰어 올라갔다.

유모가 나지막한 테이블에 앉아서 목욕을 마친 리틀 B에게 저녁을 먹이고 있었다. 아기는 하얀 플란넬 가운과 파란색 모직 재킷을 입었고, 아름다운 갈색 머리칼을 빗어 올려 깜찍한 산봉우리처럼 정수리에 고정했다. 아기는 시선을 들어 어머니를 보고 팔짝팔짝 뛰기 시작했다.

"자, 예쁜 아가. 얌전히 먹어야지." 유모가 말하면서 버사에게 익숙한 표정으로 입술을 바짝 당겼는데, 버사가 아기방에 들어오면 안 되는 시간에 들어왔다는 뜻이었다.

"리틀 B가 착하게 있었나요?"

"오후 내내 얌전했어요." 유모가 속삭였다. "공원에 다녀왔어요. 벤치에 앉아서 유모차에서 내려줬는데, 그때 커다란 개가 다가와서 제 무릎에 머리를 비비는 걸 보고 아기가 개 귀를 잡아당겼어요. 아, 부인이 보셨어야 했는데."

아기가 낯선 개의 귀를 잡게 내버려두면 위험하지 않냐고 버사는 묻고 싶었지만, 감히 소리 내어 말하지 못했다. 인형을 가지고 노는 부잣집 소녀를 부러워하는 가난한 소녀처럼, 버사는 양팔을 늘어뜨리고 우두커니 그들을 바라보았다.

아기가 다시 눈을 들어 그녀를 빤히 쳐다보다가 웃었는데, 그 미소가 너무 사랑스러워서 버사는 자기도 모르게 외쳤다.

"아, 유모. 내가 밥을 마저 먹이게 해줘요. 유모는 목욕 도구를 치우면 되겠네요."

"글쎄요, 부인, 아기가 먹는 중에 사람이 바뀌면 안 돼요." 유모가 계속해서 목소리를 낮추어 말했다. "아기가 동요할 거예요. 불안해할 가능성이 커요."

황당해라! 아기를 희귀한 바이올린처럼 케이스에 간직하지는 않더라도 다른 사람 손에만 맡겨야 한다면, 아기를 왜 낳는단 말인가?

"아뇨, 내가 할래요!" 버사가 말했다.

지독하게 모욕을 당한 표정으로 유모는 아기를 건네주었다.

"저녁 먹인 다음에 아기를 흥분시키지 말아요. 부인이 자주 그러시는 거 알죠. 그럼 전 정말 힘들다고요!"

다행이야! 유모가 목욕 수건을 들고 방에서 나갔다.

"이제 내 품에 왔구나, 내 사랑." 자신에게 기대는 아기에게 버사는 말했다.

아기는 사랑스럽게 먹었다. 숟가락을 향해 입술을 내밀고, 손을 흔들었다. 이따금 아기는 숟가락을 안 놓기도 했고, 가끔은 버사가 음식을 올리자마자 손으로 쳐서 사방에 떨어뜨렸다.

수프를 다 먹인 다음에 버사는 난롯불로 돌아섰다.

"착하지, 얼마나 착해!" 버사는 따뜻한 아기의 몸에 입맞춤하며 말했다. "너를 아낀단다. 너를 좋아해."

정말, 진심으로 버사는 리틀 B를 매우 사랑했다. 고개를 숙인 아기의 목덜미, 난롯불에 비추면 투명한 듯 보이는 아름다운 발가락. 또다시 환희에 사로잡힌 버사는 이 행복감을 어떻게 다뤄야 할지, 어떻게 표현해야 할지 알 수 없었다.

"전화 왔어요." 유모가 의기양양하게 돌아와 그녀의 리틀 B를 붙잡으며 말했다.

아래층으로 날듯이 내려갔다. 해리에게서 온 전화였다.

"아, 여보? 들어봐, 내가 좀 늦을 것 같아. 택시를 타고 최대한 빨리 갈게. 하지만 저녁을 십 분 미뤄야겠어. 그렇게 해줄래? 응?"

"그럼, 물론이야. 아, 해리!"

"왜?"

무슨 말을 하려고 했지? 딱히 할 말은 없었다. 잠시 남편과 연결되어 있고 싶을 뿐이었다. 어처구니없게 이렇게 외칠 수는 없었다. '정말 황홀한 하루였어!'

"무슨 일이야?" 작은 목소리가 날카롭게 물었다.

"아무것도 아니야. *Entendu.**" 수화기를 내려놓으며 버사는 문명은 어리석은 정도를 넘어서 한심하기 짝이 없다고 생각했다.

저녁 식사에 손님들을 초대했다. 노먼 나이트 부부—대단히 모범적인 부부다. 남편은 극장을 설립할 예정이고, 아내는 인테리어 디자인에 조예가 깊었다. 에디 워런이라는 젊은이도 오기로 했는데,

---
* 알았어.

얼마 전에 작은 시집을 출간한 그 젊은이를 모두가 저녁 식사에 초대하고 싶어 안달했다. 또한, 버사가 '발견한' 펄 풀턴이라는 친구도 오기로 했다. 펄이 무슨 일을 하는지 버사는 몰랐다. 버사는 펄을 사교 클럽에서 만났는데, 신비로운 분위기를 풍기는 미인에게 늘 그러하듯 한눈에 반한 것이다.

버사는 펄을 여러 번 만나서 깊은 대화를 나누었는데도 그녀가 어떤 사람인지 알아낼 수 없어서 속상했다. 미스 풀턴은 어느 정도까진 근사하게, 특이할 정도로 솔직했지만, 그 선을 절대 넘지 않았다.

그 선 너머에 무엇이 있긴 할까? 해리는 "아니."라고 했다. 해리는 펄이 따분하며, "금발 여자들이 죄다 그렇듯 차갑고, 뇌에 빈혈기가 있는 것 같다."라고 주장했다. 버사는 동의하지 않았다. 어쨌든 아직은 동의하지 않았다.

"아니야, 미스 풀턴이 고개를 살며시 기울이고 짓는 미소를 보면 그 너머에 무언가 있을 것 같아, 해리. 난 그게 뭔지 반드시 알아내야겠어."

"아마 위장이 튼튼하겠지." 해리가 대답했다.

해리는 이런 대답으로 버사를 당혹스럽게 하곤 했다. "간이 얼어붙었나봐, 여보." 아니면 "배에 가스가 찬 게지." 아니면 "콩팥 질병이야." 등등. 이상하게도 버사는 이런 말들을 좋아했고 감탄하기까지 했다.

버사는 응접실에 들어가서 벽난로에 불을 지폈다. 그리고 메리가 신중히 정리해놓은 쿠션을 하나씩 집어 다시 의자와 소파에 던졌다. 그러자 모든 게 달라졌다. 단숨에 방이 살아났다. 버사는 마지막 쿠션을 던지려다 멈칫하고, 자신이 생각해도 놀랍도록 격렬하게, 열정적으로 쿠션을 끌어안았다. 그래도 가슴속에서 불이 꺼지지 않았다. 오, 오히려 반대였다!

응접실의 창문을 열면 정원을 내다보는 발코니로 나갈 수 있었다. 정원의 맨 끝, 담벼락 바로 앞에 있는 호리호리한 배나무에 배꽃이 화려하게 만개했다. 배나무는 옥빛 하늘에 고정되어 있는 것처럼 완벽하게 꼿꼿이 서 있었다. 먼 거리였지만 나무의 모든 꽃이 만개했고 모든 꽃잎이 싱싱한 빛깔이라는 것을 버사는 알 수 있었다. 나무 아래 꽃밭에서는 빨간색과 노란색 튤립이 무거운 꽃송이를 이고 황혼에 기대고 있는 것처럼 보였다. 회색 고양이 한 마리가 땅에 닿을 정도로 부른 배를 끌고 정원을 살금살금 가로질렀고, 검은 고양이가 그림자처럼 뒤를 쫓았다. 무언가에 집중한 채 빠르게 지나가는 고양이를 보고 버사는 왠지 오싹했다.

"고양이들은 정말 으스스해!" 버사는 중얼거리며 창문에서 돌아섰고, 응접실을 서성이기 시작했다….

따뜻한 응접실에 노란 수선화 향이 자욱했다. 너무 강한가? 아, 그렇지는 않다. 그런데도 마치 향기에 취한 것처럼 버사는 소파에 주저앉아 손으로 눈을 가렸다.

"행복해—너무 행복해!" 버사가 중얼거렸다.

눈앞에 아른거리는, 꽃이 활짝 핀 아름다운 배나무가 그녀의 인생을 상징하는 것 같았다.

정말로—정말로—버사는 모든 걸 가졌다. 그녀는 젊었다. 해리와 그녀는 늘 그래왔듯이 서로를 사랑했다. 부부는 사이가 무척 좋았으며 서로에게 좋은 친구였다. 그녀의 아기는 사랑스러웠다. 그들은 돈 걱정을 할 필요가 없었다. 그들의 집과 정원은 더할 나위 없이 훌륭했다. 친구들은 현대적이고 흥미로운 사람들로, 작가, 화가, 시인, 혹은 사회문제에 민감한, 바로 그들이 원하는 부류의 사람들이었다. 게다가 그들에게는 책과 음악이 있었고, 그녀는 솜씨 좋은 재단사를 찾았으며 여름에는 해외로 여행을 갈 것이다. 또한 새로 고용한 요리사는 오믈렛 만드는 솜씨가 일품이었다….

"난 정말 황당해! 어처구니없어!" 버사는 몸을 일으켰다. 그러나 어지럽고, 취한 듯했다. 봄을 타는 게 틀림없었다.

그렇다, 봄 때문이었다. 이제 노곤함이 몰려와서 옷을 갈아입으러 위층에 올라갈 기력도 없었다.

흰 드레스. 옥구슬 목걸이. 녹색 신발과 스타킹. '일부러' 이렇게 맞춘 건 아니다. 이날 응접실 창문 앞에 서기 오래전에 계획한 옷차림이었다.

버사는 꽃잎같이 부드러운 치맛자락을 끌고 걸어가 노먼 나이트 부인에게 입맞춤했다. 나이트 부인은 앞면과 끝자락을 따라 검은 원숭이가 행진하고 있는 무척이나 익살맞은 주황색 코트를 벗고 있었다.

"…왜! 왜! 중산층 사람들은 왜 그렇게 답답한지―유머 감각이라고는 찾아볼 수가 없어요! 자기, 내가 여기에 무사히 올 수 있었던 건 순전히 행운이었어요. 노먼이 나를 보호한 덕분이죠. 전철에서 사람들이 내 귀여운 원숭이를 보고 언짢았는지 나를 잡아먹을 듯이 노려보더군요. 웃지도 않고, 재밌는 옷이라고 생각하지도 않고요. 웃어주었다면 좋았을 텐데. 아니, 그냥 뚫어지게 보기만 했어요. 몸에 구멍이 나는 줄 알았어요."

"하지만 단연 최고였던 사건은," 노먼이 큼직한 데모갑테 외눈 안경을 눈에 대고 말했다. "이 얘기를 해도 괜찮지, 면상?" (집에서와 친구들이 있는 자리에서 그들은 서로를 면상, 낯짝이라고 불렀다.) "단연 최고였던 사건은 이 사람이 참다못해 옆자리 여자에게 이렇게 쏘아붙인 거예요. '원숭이 처음 봐요?'"

"아 맞아!" 노먼 나이트 부인이 함께 웃음을 터뜨렸다. "단연 최고 아닌가요?"

그보다 더 우습게도, 코트를 벗은 나이트 부인은 실제로 무척 똘똘한 원숭이처럼 보였다. 바나나 껍질로 노란 실크 드레스를 만든 재주 많은 원숭이였다. 나이트 부인의 귀에 달린 호박석 귀걸이가 나무에 매달려 있는 호두처럼 대롱거렸다.

"슬프디슬픈 가을일세!" 낯짝이 리틀 B의 유모차 앞에 멈춰 서서 말했다. "유모차가 복도로 들어올 때—" 그러더니 나머지 인용문은 손짓으로 날려버렸다.

초인종이 울렸다. 홀쭉하고 창백한 에디 워런이 (언제나처럼) 몹시 괴로운 표정으로 들어왔다.

"이 집이 맞죠? 내가 제대로 찾아왔나요?" 에디가 애원하듯 물었다.

"그럼요—맞을 거예요." 버사가 명랑하게 대답했다.

"정말 끔찍한 택시운전사한테 걸렸어요. 최악으로 무시무시한 사람이었어요. 도저히 차를 멈추게 할 수 없었어요. 내가 유리를 두드릴수록 그 사람은 속도를 올렸어요. 그리고 달빛 속에서 머리가 납작하게 눌린 괴기한 형상이 조그마한 핸들 위로 몸을 숙이고…"

에디는 몸을 부르르 떨고 거대한 하얀색 실크 목도리를 풀었다. 버사가 보니 에디의 양말도 흰색이었다—근사해라.

"정말 무서웠겠어요!" 버사가 말했다.

"네, 끔찍했어요." 에디가 버사를 따라 응접실로 들어오며 말했다. "영원한 택시에 갇힌 채로 영생을 달리는 내 모습을 봤어요."

에디는 노먼 나이트 부부와 아는 사이였다. 사실, 나이트 씨가 설립하고 있는 극장이 개관하면 에디가 극본을 하나 써주기로 했다.

"어이, 워런, 어떻게 지내나?" 노먼 나이트가 외눈 안경을 내리고, 눈이 다시 파묻히기 전에 잠시 표면 위로 떠오르게 해주었다.

그리고 노먼 나이트 부인 왈. "아, 워런 씨, 양말이 유쾌하네요!"

"마음에 드신다니 정말 기쁘군요." 에디가 발을 내려다보며 말했다. "달이 뜨니까 양말이 훨씬 더 하얘진 것 같아요." 그리고 에디는 수척하고 우수에 잠긴 앳된 얼굴을 버사에게 돌리며 말했다. "아시다시피, 달이 떴어요."

버사는 이렇게 외치고 싶었다. '그럼요. 달은 자주자주 뜨겠죠!'

에디는 정말 매력적이었다. 그건 바나나 껍질을 두르고 벽난로 앞에 웅크리고 있는 면상도 마찬가지였고, 담뱃재를 떨며 이렇게 말한 낯짝도 마찬가지였다. "신랑은 무슨 연유로 이렇게 늦소이까?"

"지금 왔네요."

현관문이 덜컥 열렸다가 꽝 닫혔다. 해리가 외쳤다. "모두들 안녕하신가요. 오 분 안에 내려오겠습니다." 황급히 올라가는 발소리가 계단에서 울렸다. 버사는 미소를 지을 수밖에 없었다. 해리가 모든 일에 얼마나 격정적인지 버사는 잘 알았다. 사실, 오 분 정도 더 걸린들 무슨 상관인가? 하지만 해리는 이 순간 손님들보다 더 중요한 것은 없다고 자기 자신마저 속일 터였다. 그리고 해리는 대단히 침착하고 차분한 모습으로 응접실에 등장하리라.

해리는 삶에 열정적인 사람이었다. 아, 버사는 해리의 그런 면을 높이 샀다. 그리고 싸움에 대한 해리의 열정—살면서 부딪치는 모든 일을 자신의 힘과 용기에 대한 시험으로 여기는—그것도 버사는 이해했다. 이러한 태도 탓에 그를 잘 모르는 사람들에게는 이따금 다소 우스꽝스럽게 비치긴 했지만…. 해리는 전투가 없을 때도 돌격하곤 했으니…. 해리가 응접실로 내려올 때까지(정확히 그녀가 예상한 모습으로) 버사는 웃고 떠드느라 펄 풀턴이 아직 오지 않았다는 것을 까맣게 잊고 있었다.

"미스 풀턴은 오늘 약속을 잊어버렸나?"

"그런 것 같군." 해리가 말했다. "그 여잔 전화번호부에 등재되어 있어?"

"아! 저기 택시가 들어오네." 자신이 발견한 새롭고 신비로운 여자들을 소개할 때 늘 그러하듯 버사는 소유욕을 보이며 미소 지었다. "미스 풀턴은 택시 안에서 살다시피 해."

"그러다 뚱뚱해질 텐데." 해리가 저녁 식사를 준비하라고 종을 울리며 냉정하게 말했다. "금발 여자에게는 무시무시한 위험 요소지."

"해리! 그러지 마!" 버사가 웃으면서 말했다.

다시 기다리는 찰나의 순간에 그들은 조금 지나치게 허물없이, 조금 지나치게 무심히 웃고 떠들었다. 그때 머리부터 발끝까지 은색으로 차려입고, 은발에 가까운 금발을 은색 리본으로 묶은 미스 풀턴이 미소를 띠고 고개를 기웃하며 들어왔다.

"내가 늦었나요?"

"아니, 전혀 아니에요." 버사가 말했다. "이쪽이에요." 그리고 버사는 미스 풀턴과 팔짱을 끼고 다이닝룸으로 들어갔다.

그 서늘한 팔의 감촉에 무엇이 있었기에 주체할 수 없는 버사의 환희를 부채질해—불을 질러—활활 타오르게 했을까?

미스 풀턴은 버사를 보지 않았다. 그렇지만 평소에도 그녀는 사람을 똑바로 보지 않았다. 무거운 눈꺼풀을 내리깔고 있는 미스 풀턴의 입술에는 그녀가 말하기보다는 들으면서 사는 사람임을 암시하는 듯한 엷고 묘한 미소가 스쳐 지나갔다. 그러나 불현듯 버사는 깨달았다. 마치 두 사람이 오랫동안 친밀하게 서로의 눈을 들여다본 것처럼, 서로에게 "당신도?"라고 물은 것처럼, 그 순간 버사는 회색 그릇에 담긴 아름다운 빨간 수프를 젓고 있는 펄 풀턴도 자기와 똑같이 느끼고 있다는 것을 깨달았다.

그렇다면 다른 사람들은? 면상과 낯짝, 에디, 해리. 숟가락을 입으로 올렸다가 내리고, 냅킨으로 입술을 두드리고, 빵을 부스러뜨리고, 포크와 잔을 만지작거리며 떠들고 있는 그들.

"그 여자를 알파 쇼룸에서 만났어요. 진짜 이상한 사람이에요. 머리카락만 자른 게 아니라 팔다리와 목, 불쌍하게 코까지 싹둑 잘린 듯하더군요."

"그 여자가 마이클 오트와 아주 *liée** 하지 않나요?"

"『틀니 속의 사랑』을 쓴 사람 말이에요?"

"우리 극장에서 공연할 극본을 몇 개 쓰고 싶다고 하더군요. 단막이고 배우는 한 명뿐이에요. 자살하기로 마음먹은 사람이 자신이 자살해야만 하는 이유와 하면 안 되는 이유를 관객에게 읊는 거죠. 그리고 그 사람이 결정을 내린 순간 커튼이 내려와요. 썩 나쁘지 않은 아이디어예요."

---
* 친밀하다.

"제목을 뭐라고 정했습니까? '배앓이'?"

"영국에는 거의 안 알려진 작은 프랑스 평론지에서 똑같은 아이디어를 본 것 같아요."

아니, 저들은 모른다. 그들은 친한—절친한—친구들이었고, 버사는 그들을 자신의 집으로 초대하여 맛있는 음식과 포도주를 대접할 수 있어서 기뻤다. 또한, 그들이 얼마나 유쾌한지, 얼마나 보기에 흥미로운 무리인지, 얼마나 서로에게 큰 자극을 주는 듯하고 그녀에게 체호프의 연극을 연상시키는지 말해주고 싶었다!

해리는 저녁을 즐기고 있었다. 음식에 대해 얘기하고, '바닷가재의 흰 속살에 대한 뻔뻔한 열정'이나 '이집트 무희의 눈꺼풀처럼 차갑고 초록색인 피스타치오 아이스크림'에 희희낙락하는 것은 해리에게 있는—글쎄, 정확히 그의 본성은 아니지만, 그렇다고 허세도 아닌—무언가였다.

해리가 시선을 들고 "버사, 수플레가 매우 훌륭해!"라고 말했을 때 버사는 어린아이 같은 기쁨에 눈물이 날 것 같았다.

아, 오늘 밤에는 왜 이토록 온 세상에 애정이 느껴질까? 모든 것이 좋고—옳았다. 벌어지고 있는 모든 일이 환희의 잔을 거듭 가득히 채우는 것 같았다.

그리고 여전히, 버사의 가슴속 깊은 곳에는 배나무가 있었다. 딱한 에디가 언급했던 달빛 속에서 배나무는 지금 은색으로, 너무 창백해서 마치 빛이 나는 듯한 가느다란 손가락으로 귤을 돌리고 있는 미스 풀턴처럼 은색으로 물들어 있을 것이다.

버사는 자신이 도대체 어떻게 미스 풀턴의 기분을 그토록 정확히, 그것도 순간적으로 감지했는지 설명할 수 없었지만, 놀랍긴 하되 자신이 옳다고 확신했다. 그러나 그렇다고 무엇을 할 수 있단 말인가? 아무것도 할 수 없다. 아니, 그보다 더 무력하다.

'이런 일은 여자 사이에서도 아주, 아주 드물 거야. 남자 사이에서는 절대 있을 수 없어.' 버사가 생각했다. '어쩌면 내가 응접실에서 커피를 끓일 때 미스 풀턴이 '신호'를 보낼지도 모르지.'

그게 무슨 뜻인지 버사는 알지 못했고, 그 후에 어떤 일이 일어날지도 예상할 수 없었다.

이런 생각들이 머릿속을 맴도는 와중에도 버사는 웃고 떠들고 있는 자신을 보았다. 버사는 웃고 싶었기 때문에 떠들어야 했다.

'웃지 않으면 죽고 말 거야.'

그러나 면상이 옷 속에 견과라도 숨겨놓은 양 드레스 앞섶을 자꾸 잡아당기는 것을 보고 버사는 너무 웃지 않으려고 손톱이 파고들 정도로 주먹을 꽉 쥐었다.

드디어 끝났다. 그리고 버사는 말했다. "새 커피메이커 보여드릴게요."

"우리는 새 커피메이커를 보름에 한 번씩밖에 안 사거든." 해리가 말했다. 이번에는 면상이 버사와 팔짱을 꼈다. 미스 풀턴은 고개를 떨구고 뒤에서 따라왔다.

응접실 벽난로의 불이 사그라져 불씨만 빨갛게 깜박였고, 그걸 본 면상이 '새끼 불사조의 둥지'라고 불렀다. "잠깐만 불을 켜지 마요. 정말 아름답군요." 면상이 다시 난로 앞에 쪼그려 앉았다. 면상은 늘 추위를 탔다⋯. '빨간 플란넬 재킷을 안 입었으니까 당연히 춥겠지.' 버사는 생각했다.

그 순간에 미스 풀턴이 '신호'를 보냈다.

"정원이 있나요?" 서늘하고 나른한 목소리가 물었다.

미스 풀턴이 너무나도 우아하게 해냈으므로 버사는 복종할 수밖에 없었다. 버사는 응접실을 가로질러 커튼을 활짝 걷고 길쭉한 창문을 열었다.

"저기요!" 버사가 나직이 말했다.

두 여자는 나란히 서서 꽃이 만개한 늘씬한 배나무를 바라봤다. 비록 나무는 고요히 서 있었지만, 빛나는 달빛 속에서 촛불처럼 몸을 늘이고 치솟고 떠는 듯했고, 그들이 바라보는 동안 점점 높이 자라서 은빛 보름달의 언저리까지 미칠 것 같았다.

얼마나 오래 서 있었을까? 말하자면, 그 신비로운 빛의 원주 속에 사로잡힌 두 사람은 다른 세상의 존재인 상대를 완벽히 이해했고, 가슴속에서 타오르고 머리칼과 손끝에서 은빛 꽃처럼 떨어지는 환희를 이 세상에서 어떻게 안고 살아갈 것인지 고민했다.

영원한 순간이었나―아니면 잠시였나? 그러고는 미스 풀턴이 중얼거렸다. "맞아요. 바로 그거예요." 아니면 버사가 꿈을 꾼 걸까?

그때 불이 번쩍 들어왔고, 면상은 커피를 끓였고, 해리는 말했다. "나이트 부인, 제발 아기에 대해 묻지 마세요. 난 아기를 못 보고 살아요. 아이가 커서 애인이 생길 때까지는 흥미를 못 느낄 거예요." 그리고 낯짝이 눈을 온실에서 잠시 빼주었다가 다시 유리로 덮었고, 에디 워런은 방금 마신 커피에 거미라도 들어 있었다는 듯이 고통스러운 표정으로 머그잔을 내려놓았다.

"젊은이들이 연극을 만들 수 있게 돕고 싶은 거야. 아직 쓰이지 않은 훌륭한 극본이 런던에 넘쳐 흐른다고 생각해. 그들에게 이렇게 말하고 싶은 거지. '여기 극장이 있네. 마음껏 기량을 발휘해봐.'"

"이번에 제이콥 네이던 부부네 방을 꾸며주기로 했어요. 아, 생선튀김을 테마로 삼고 싶어요. 의자 등받이는 프라이팬 모양이고, 커튼 전체에 사랑스러운 감자튀김을 수놓는 거예요."

"우리 시대 젊은 작가들의 문제는 아직도 너무 낭만적이라는 거야. 바다에 나가면 멀미를 하고 양동이를 쓰게 될 수밖에 없다고. 그러니까, 왜 대체 그들은 양동이만큼 용감하지 않은 거야?"

"작은 숲에서 코가 없는 거지에게 당한 소녀에 대한 끔찍한 시를…."

미스 풀턴은 가장 낮고 푹신한 의자에 기대앉았고, 해리가 담배를 나눠주었다.

미스 풀턴 앞에서 은제 담뱃갑을 흔들며 "이집트산? 터키산? 버지니아산? 다 여기 섞여 있어요."라고 불쑥 말하는 모습을 보고 버사는 해리가 미스 풀턴을 지루하다고 생각하는 정도가 아니라 정말 싫어한다는 것을 깨달았다. 그리고 "아뇨, 괜찮아요. 고마워요."라고 말한 미스 풀턴 역시 그의 적대감을 느꼈으며 상처를 받았다고 생각했다.

'아, 해리, 미스 풀턴을 싫어하지 마. 당신이 오해한 거야. 그녀는 멋져. 멋지다고. 게다가 나에게 중요한 사람을 당신이 그렇게 달리 생각할 수는 없어. 오늘 밤에 침대에 같이 누워서 내가 경험한 것을 말해줄게. 나와 그녀가 공유한 것을.'

마지막 단어들을 떠올린 순간 기괴하고 섬뜩하기까지 한 무언가가 버사의 마음으로 달려들었다. 앞을 보지 못하는 이것이 웃으면

환희 115

서 그녀에게 속삭였다. '조금 있으면 사람들이 떠날 거야. 집은 조용해지겠지—조용할 거야. 불이 다 꺼지고, 그러면 너와 그는 어두운 방의 따뜻한 침대에서 단둘이….'

버사는 의자에서 벌떡 일어나 피아노로 달려갔다.

"왜 아무도 연주하지 않는 거예요!" 그녀가 외쳤다. "왜 아무도 연주하지 않는 거예요."

난생처음 버사 영은 남편을 원했다.

아, 버사는 해리를 사랑했다—물론 그를 늘 사랑해왔지만, 모든 방식으로 사랑했지만, 그 방식만은 예외였다. 그리고 물론 마찬가지로, 버사는 해리 역시 다르다는 걸 이해했다. 그들은 이것에 대해 자주 의논했다. 처음에 버사는 자신이 너무 차가운 건 아닌지 가슴을 졸였지만, 시간이 흐르자 크게 중요하지 않은 듯했다. 두 사람은 서로에게 무척 솔직했고—아주 좋은 친구였다. 현대적인 정신의 가장 큰 장점이었다.

그런데 지금은—뜨겁게! 뜨겁게! 그 단어가 버사의 뜨겁게 달아오른 몸에서 욱신거렸다. 그 모든 환희의 감정이 결국 이것으로 이어지는 것인가? 그렇지만, 그렇지만—

"자기," 노먼 나이트 부인이 말했다. "우리의 부끄러운 상황에 대해 알죠? 우리는 시간과 기차에 매여 살아요. 햄프스테드에 살잖아요. 정말 즐거웠어요."

"내가 복도까지 배웅 나갈게요." 버사가 말했다. "오늘 와줘서 고마워요. 하지만 막차를 놓치면 안 되죠. 그럼 정말 난감하겠죠?"

"나이트, 가기 전에 위스키 한잔 어떤가." 해리가 말했다.

"아니, 괜찮네, 친구."

그렇게 말해줘서 고맙다는 뜻으로 버사는 악수할 때 나이트 씨의 손을 꼭 잡았다.

"잘 가요. 잘 가요." 계단 꼭대기에서 외치며 버사는 자신의 이 자아가 그들을 영영 떠나는 것처럼 느꼈다.

버사가 응접실로 돌아오자 나머지 사람들도 떠날 채비를 하고 있었다.

"…그럼 저랑 가는 길 중간까지 택시를 같이 타고 가시죠."

"아까 택시에서 그 끔찍한 일을 겪고 다시 혼자 타지 않아도 된다면 정말 고맙겠어요."

"길 끝에 있는 승차장에서 택시를 잡을 수 있어요. 몇 미터 안 걸어도 돼요."

"다행이네요. 코트를 입고 올게요."

복도로 나가는 미스 풀턴을 버사가 뒤따라가는데 해리가 그녀를 밀치다시피 지나쳤다.

"제가 도와드리죠."

해리가 자신의 무례함을 뉘우치고 있다는 걸 아는 버사는 그를 보내줬다. 이따금 해리는 얼마나 아이 같은지—몹시 충동적이고—몹시—단순하고.

그리고 에디와 버사는 벽난로 앞에 남겨졌다.

"빌크스의 새로운 시 「타블 도트」를 읽어보셨나 모르겠네요." 에디가 부드럽게 말했다. "정말 훌륭해요. 최근에 출간된 선집에 실렸어요. 그 시집 있어요? 꼭 보여드리고 싶은데. 믿을 수 없을 만큼 아름다운 구절로 시작하죠. '왜 항상 토마토 수프여야 하는가?'"

"네, 있어요." 버사가 말했다. 소리 없이 버사는 응접실 문 맞은편에 있는 탁자로 갔고, 소리 없이 에디가 그녀를 따라왔다. 버사는 시집을 에디에게 건네주었다. 그들은 아무 소리도 내지 않았다.

에디가 시를 찾는 동안 버사는 복도 쪽으로 고개를 돌렸다. 그리고 보았다…. 해리가 미스 풀턴의 코트를 팔에 걸치고 있었고, 미스 풀턴은 해리를 등진 채 고개를 숙이고 있었다. 해리가 코트를 떨어뜨리고 양손을 미스 풀턴의 어깨에 올린 뒤에 난폭하게 돌려세웠다. 해리의 입이 말했다. '당신은 사랑스러워.' 그리고 미스 풀턴은 달빛 손가락을 해리의 얼굴에 올리고 특유의 졸린 미소를 지었다. 해리의 콧구멍이 벌렁거렸다. 흉측한 미소로 입술을 당기며 해리가 속삭였다. "내일." 미스 풀턴은 눈꺼풀로 대답했다. '그래.'

"찾았어요." 에디가 말했다. "'왜 항상 토마토 수프여야 하는가?' 정말 심오한 진실이에요. 그렇지 않아요? 토마토 수프는 끔찍하게 영원하죠."

"당신이 원하면," 해리가 복도에서 매우 크게 말했다. "택시를 문 앞까지 불러드리죠."

"아, 아니에요. 그럴 필요 없어요." 미스 풀턴이 말했다. 그러고는 버사에게 다가와 가느다란 손가락을 내밀었다.

"잘 있어요. 고마워요."

"잘 가요." 버사가 말했다.

미스 풀턴은 버사의 손을 잠시 잡고 있었다.

"당신의 아름다운 배나무!" 미스 풀턴이 중얼댔다.

그리고 미스 풀턴은 떠났고, 회색 고양이를 따라가는 검은 고양이처럼 에디가 그녀의 뒤를 따라갔다.

"내가 정리할게." 해리가 대단히 침착하고 차분하게 말했다.

"당신의 아름다운 배나무—배나무—배나무!"

버사는 길쭉한 창문 앞으로 단번에 달려갔다.

"아, 이제 어떻게 될까?" 버사가 외쳤다.

그러나 배나무는 언제나처럼 그 자리에 꼼짝 않고 서서 아름답고 풍성하게 꽃을 피우고 있을 뿐이었다.

영원한 사랑

홀 입구에서 그는 새끼손가락에 낀 무거운 인장 반지를 돌리고, 돌리고, 또 돌리며 유리벽으로 둘러막힌 베란다 곳곳에 놓인 테이블과 둥그런 쿠션 의자들을 냉정하게, 유심히 둘러보았다. 그가 입술을 오므렸다. 휘파람을 불 생각이었는지도 모른다. 그러나 그는 휘파람을 불지 않았고—그저 반지만, 갓 씻은 분홍색 손가락에 낀 반지만 돌리고, 또 돌렸다.

베란다 구석 테이블에서 두 올림머리가 이 시간대에 늘 마시는 엑기스를 유리잔으로 마시며—잿빛이 감도는 희멀건 액체에 씨앗 꼬투리가 둥둥 떠 있었다—종이 포장재가 가득한 비스킷 통을 뒤적거리다가, 얼룩덜룩한 비스킷을 부서뜨려 엑기스에 떨어뜨리고는 숟가락으로 떠먹고 있었다. 쟁반 옆에는 그들의 뜨갯거리가 두 마리의 뱀처럼 똬리를 틀고 수면하고 있었다.

미국 여자는 언제나처럼 같은 자리에 유리벽을 등지고 앉아서, 유리에 납작하게 붙어 보라색 눈을 커다랗게 뜨고 자신을 게걸스레 지켜보고 있는 거대한 담쟁이의 그림자에 묻혀 있었다. 그것의 존재를 미국 여자는 알았다. 그것이 자신을 어떤 눈빛으로 보고 있는지 알았다. 그녀는 그것에 호응해주고, 조금 뽐내었다. 심지어 가끔은 그것을 가리키며 외쳤다. "저렇게 무시무시한 것을 본 적 있나요? <u>으스스</u>하지 않아요?" 하여간에 그것은 유리벽 밖에 있다…. 게다가 그것은 그녀를 건드릴 수 없다. 맞지, 클레이몽소? 그녀는 미국 여자니까. 그렇지, 클레이몽소? 그녀는 곧바로 미국 영사관에 가면 된다. 낡은 골동품 브로드케이드 가방과 꼬질꼬질한 손수건과 함께 미국 여자의 무릎에 앉아 있는 클레이몽소가 고향에서 온 편지 뭉치 아래서 재채기로 대답했다.

다른 테이블들은 비어 있었다. 미국 여자와 올림머리들이 시선을 교환했다. 미국 여자는 외국인 특유의 몸짓으로 어깨를 으쓱했고, 올림머리들은 동감한다고 비스킷을 흔들었다. 그러나 그는 아무것도 보지 않았다. 이제 그는 꼼짝도 하지 않고 서 있었는데, 눈을 보면 그가 귀를 기울이고 있다는 것을 알 수 있었다. "휘이―지징―우우!" 엘리베이터가 도착했다. 철창 우리가 철컹거리며 열렸다. 발을 끌며 걷는 가벼운 발소리가 복도에서 울리며 그에게 다가오고 있었다. 나뭇잎 같은 손이 그의 어깨에 떨어졌다. 조용한 목소리가 말했다. "저기 가서 앉자. 진입로가 보이는 곳에. 나무가 참 예뻐." 나뭇잎 같은 손을 어깨에 얹은 채로 그는 발을 끄는 가벼운 발소리와 나란히 앞으로 나아갔다. 그가 의자를 빼주자 그녀는 의자에 쓰러지듯이 앉아 등받이에 천천히 머리를 기대고 팔을 양옆에 늘어뜨렸다.

"의자를 가까이 가져올래? 너무 멀리 떨어진 기분이야." 그러나 그는 움직이지 않았다.

"당신 숄은 어딨어?" 그가 물었다.

"아!" 그녀는 속상해하며 작게 신음했다. "바보같이 잊어버렸어. 방 침대에 두고 왔어. 신경 쓰지 마. 안 가지러 가도 돼. 필요 없을

영원한 사랑

거야. 확실해."

"가져오는 편이 좋겠어." 곧바로 그는 뒤돌아서 베란다를 신속히 가로질렀고, 어두침침한 홀로 들어가 마술 공연에서나 볼 법한 진홍색 플러시 의자와 금박을 입힌 가구, 영국국교회 예배 안내문, 수신인 미상 편지들이 검은색 격자판을 타고 올라가는 녹색 모직 편지함, 매시 30분에 시각을 알리는 커다란 '선물용' 괘종시계, 지팡이와 우산과 양산 들이 앞발에 깊숙이 꽂혀 있는 갈색 곰 목상을 지나쳤고, 늙은 거지처럼 꼬부라진 야자수 두 그루 사이의 대리석 층계를 한 번에 세 계단씩 성큼성큼 올라가 앞치마에 포도를 수북이 담고 있는 통통한 농부 아이 두 명의 실물 크기 대리석 조각상을 지난 뒤에, 낡은 양철 상자와 가죽 여행가방, 캔버스천 자루가 널려 있는 복도를 걸어 방에 들어갔다.

방에서 하녀가 비눗물을 양동이에 쏟아부으며 큰 소리로 노래하고 있었다. 셔터를 열고 활짝 젖혀놓은 창문을 통해 눈부신 햇빛이 쏟아졌다. 하녀는 카펫과 커다란 흰 베개를 발코니 난간에 널고, 침대의 모기장은 한데 묶어놓았다. 책상에는 먼지 뭉텅이와 다 쓴 성냥개비를 모은 쓰레받기가 놓여 있었다. 그를 보자 하녀는 건방진 작은 눈을 반짝 떴고, 노랫소리가 흥얼거림으로 바뀌었다. 그러나 그는 알은체하지 않았다. 그는 눈이 부신 방을 둘러보고 있었다. 빌어먹을 숄은 대체 어딨는 거야!

"*Vous desirez, Monsieur?**" 하녀가 조롱했다.

아무 대답이 없었다. 그는 숄을 찾았다. 그는 휑하니 방을 가로질러 회색 거미줄을 집어 들고, 방에서 나가며 문을 쾅 닫았다. 한

---

* 무엇이 필요하시나요?

껏 목청을 돋운 하녀의 새된 노랫소리가 복도에서 그를 따라왔다.

"아, 이제 왔네. 무슨 일 있었어? 왜 이렇게 오래 걸렸어? 차가 나왔어. 안토니오한테 뜨거운 물을 가져다달라고 했어. 정말 대단하지 않아? 이제껏 적어도 육십 번은 말했는데, 늘 잊어버려. 고마워. 따뜻하다. 몸을 기울이면 바람이 느껴지는 날씨야."

"고마워." 남자는 차를 받고 다른 의자에 앉았다. "아니, 음식은 됐어."

"조금만 먹어! 한 개만. 점심을 정말 조금 먹었는데 저녁 먹으려면 한참 남았잖아."

그녀는 비스킷을 건네주려고 몸을 기울이다가 숄을 떨어뜨렸다. 그는 비스킷을 받아 찻잔 받침에 놓았다.

"진입로에 늘어선 나무들을 봐." 그녀가 외쳤다. "아무리 봐도 질리지 않아. 저렇게 크고 근사한 나무고사리는 처음 봐. 저기 목피에 회색과 은색이 섞여 있고, 크림색 꽃이 흐드러지게 모여 피어 있는 나무 보이지? 어제 꽃향기를 맡으려고 가지를 아래로 내렸더니 그 향이"—그녀는 향기를 기억하려고 눈을 감았다. 목소리가 가늘고 희미해지며 공기처럼 가벼워졌다—"마치 갓 빻은 육두구 같았어." 잠시 침묵이 흘렀다. 그녀가 그를 보고 미소 지었다. "육두구 향 알지, 로버트?"

이내 그는 미소로 화답했다. "내가 그 향을 안다는 것을 어떻게 증명할 수 있을까?"

안토니오가 뜨거운 물뿐만 아니라 편지와 둘둘 만 신문 세 다발을 쟁반에 날라왔다.

"아, 편지다! 기뻐라! 아, 로버트, 편지가 전부 당신 것은 아니겠지! 편지가 지금 막 도착했어요, 안토니오?" 그녀의 비쩍 마른 손이 팔딱 올라가 안토니오가 허리를 숙이며 내민 편지들 위를 맴돌았다.

"방금 왔습니다, 세뇨라." 안토니오가 싱긋 웃었다. "우편배달부한테서 제가 어—직접 받았어요. 나한테 어—주게 만들었어요."

"훌륭해요, 안토니오!" 그녀가 웃었다. "저기—저것들은 내 편지야. 로버트. 나머지는 당신한테 왔어."

안토니오는 획 돌아선 뒤에 허리를 곧추세우고 얼굴에서 웃음기를 지웠다. 반들거리는 앞머리가 이마에 딱 달라붙고 줄무늬 리넨 재킷을 입고 있는 안토니오는 목각 인형처럼 보였다.

세일즈비 씨는 편지들을 주머니에 넣었다. 신문은 테이블에 그대로 놓여 있었다. 그는 새끼손가락에 낀 인장 반지를 돌리고, 돌리고, 또 돌리며, 정면에 고정한 공허한 눈을 껌벅거렸다.

그러나 그녀는—한 손에는 찻잔을, 다른 손에는 얇은 편지를 들고, 홍조가 감도는 얼굴을 뒤로 살짝 젖힌 채 입술을 벌려 홀짝, 홀짝, 차를 홀짝거렸다….

"로티가 보낸 편지야." 그녀가 나직이 중얼거렸다. "딱해라… 왼발이 말썽인가봐… 신경통 같대… 닥터 블라이스가… 평발이라… 마사지를… 이번 해에는 울새가 많이 보였다네… 하녀가 일을 아주 잘하고… 인도 대령이… 쌀알 하나하나에… 폭설이 왔대." 그녀는 편지에서 시선을 떼고 밝게 빛나는 커다란 눈으로 올려다봤다. "눈이 왔대, 로버트! 얼마나 예뻤을까!" 그녀는 여윈 가슴에 꽂은 암자색 제비꽃을 한 번 쓰다듬고 다시 편지를 읽기 시작했다.

…눈. 눈이 내리는 런던. 이른 아침에 밀리가 차를 내온다. "간밤에 눈이 무섭게 많이 왔어요, 세일즈비 씨." "오, 그랬나요, 밀리?" 커튼이 드르륵 열리며 창백한 빛을 들여보낸다. 침대에서 일어난다. 길 건너편 커다란 주택들이 눈에 덮여 있고, 창턱에 걸어놓은 화분에 하얀 석탄이 가득 쌓였다…. 화장실에 들어가 뒷마당을 내다본다. 온통 눈. 눈세상이다. 눈밭에 고양이 발자국이 구불구불 찍혀 있다. 생크림을 잔뜩 얹은 듯한 뒷마당 테이블. 나도싸리 나무의 말라붙은 꼬투리는 하얀색 술 장식으로 변신했다. 담쟁이덩굴에 진녹색이 간혹 비친다…. 다이닝룸에 들어가서 난롯불에 등을 덥힌다. 신문은 마르라고 의자 등받이에 널어놓았다. 밀리가 베이컨을 가져온다. "아, 세일즈비 씨. 남자아이 두 명이 왔는데, 계단과 앞마당에 쌓인 눈을 1실링에 치워줄 수 있다고 하네요. 그러라고 할까요?" …그리고 사뿐사뿐, 날듯이 가볍게 계단을 내려오는 발소리─지니다. "오, 로버트, 정말 아름다워! 눈이 결국 녹아버리는 게 안타깝지 않아? 고양이는 어딨어?" "밀리랑 있어. 데려올게." …"밀리, 고양이가 거기 있으면 나한테 좀 건네줘요." "알겠습니다, 세일즈비 씨." 손안에서 느껴지는 작은 심장의 박동. "이리 오렴, 이 녀석아. 엄마가 보고 싶어 하잖아." "오, 로버트, 고양이한테 눈을 보여줘─눈을 처음 보는 거잖아. 창문을 열고 앞발로 만져볼 수 있게 눈을 조금 줄까?"

"음, 전반적으로 아주 좋은 소식이야, 아주 좋아. 불쌍한 로티! 귀여운 앤! 이곳 풍경을 편지로 보낼 수 있으면 얼마나 좋을까." 눈부시게 아름다운 정원에 대고 편지를 흔들며 그녀가 말했다. "차를 더 마실래, 로버트? 여보, 차를 더 따라줄까?"

"아니, 괜찮아. 아주 맛있었어." 그가 천천히 말했다.

"글쎄, 내 차는 별로였어. 지푸라기를 잘라 넣은 것 같았어. 아, 저기 신혼부부가 오네."

활기차게 걷고, 뛰면서, 신혼부부가 바구니와 낚싯대와 낚싯줄을 나눠 들고 진입로를 지나 나지막한 계단을 올라왔다.

"어머나! 낚시하고 오는 길이에요?" 미국 여자가 물었다.

신혼부부는 숨이 차서 헐떡거렸다. "네, 네. 보트를 타고 종일 나가 있었어요. 일곱 마리 잡았어요. 네 마리는 먹을 만해요. 세 마리는 아이들에게 주려고요."

세일즈비 부인은 그들을 보려고 의자를 돌렸다. 올림머리들은 뱀을 내려놓았다. 신혼부부는 젊고 매우 까무잡잡했다—머리칼은 검고 피부는 올리브색이었으며 눈과 이가 하얗게 빛났다. 남편은 '영국 패션'에 맞추어 플란넬 재킷에 흰 바지, 흰 신발로 차려입었다. 목에는 실크 스카프를 맸고, 머리는 모자를 쓰지 않고 빗어 넘겼다. 남자는 이마를 연신 훔치며 근사한 손수건으로 손을 닦았다. 여자의 흰 치마는 군데군데 젖어 있었다. 목이 진홍색으로 익었고, 팔을 들자 겨드랑이에 반원 모양 땀 자국이 보였다. 곱슬곱슬한 머리가 젖어서 뺨에 달라붙었다. 마치 젊은 남편이 그녀를 바다에 담갔다가 빼내어 햇볕에 말린 다음에 다시—그녀와 함께 풍덩 들어가서—적시기를 종일 반복한 것 같았다.

"클레이몽소한테 물고기 한 마리 줄까요?" 신혼부부가 외쳤다. 웃음 섞인 들뜬 목소리가 새처럼 날아다니며 그들을 둘러막은 베란다 유리벽에 부딪쳤고, 바구니에서는 묘한 비린내가 풍겼다.

"오늘 밤은 푹 자겠군요." 올림머리가 뜨개바늘로 귀를 후비며 말하자 다른 올림머리가 미소 지으며 고개를 끄덕거렸다.

신혼부부는 서로 시선을 교환했다. 커다란 파도가 그들을 덮친 듯했다. 그들은 숨을 헉, 들이쉬고 꿀떡거리고 휘청거리다가 와락 웃음을 터뜨렸다.

"방에 못 가겠어요. 너무 피곤해요. 지금 이대로 차를 마셔야겠어요. 여기, 커피 주세요. 아니, 차를 줘요. 아니, 커피. 차, 커피. 안토니오!" 세일즈비 부인은 몸을 돌렸다.

"로버트! 로버트!" 어디 갔지? 그가 자리에 없었다. 아, 그는 저기 베란다 반대쪽 구석에서 등을 돌리고 담배를 피우고 있었다. "로버트, 이제 산책하러 갈까?"

"그래." 로버트는 담배를 재떨이에 비벼 끄고 시선을 땅에 고정한 채 천천히 걸어왔다. "따뜻하게 입었어?"

"아, 꽤 따뜻해."

"확실해?"

"글쎄," 그녀는 그의 팔에 손을 얹고, "어쩌면"―아주 살짝 눌렀다―"방까지 안 가도 돼. 홀에 있어―내 망토를 가져다줄래? 벽에 걸려 있어."

그는 망토를 가지고 돌아왔다. 그가 망토를 어깨에 걸쳐줄 때 그녀는 고개를 숙이고 있었다. 그러고서, 매우 뻣뻣하게, 그는 그녀에게 팔을 내밀었다. 베란다에 있는 다른 숙박객들에게 그녀는 상냥하게 묵례했지만 그는 입을 대충 가리고 하품만 했고, 두 사람은 함께 계단을 내려갔다.

"*Vous avez voo ça!**"* 미국 여자가 물었다.

"저자는 사람이 아니에요." 두 올림머리가 말했다. "소예요. 난 동생에게 말한답니다. 아침에도 말하고, 밤에 잠자리에 누워서도 말해요—그 남자는 사람이 아니야. 소야!"

신혼부부의 웃음소리가 유리벽에 부딪치며 베란다를 휘돌고 휘젓고 휩쓸었다.

태양은 아직 하늘 높이 떠 있었다. 정원의 모든 잎사귀와 모든 꽃이 몸을 드러낸 채로 지친 듯이 꼼짝도 하지 않았고, 달콤하고 진하고 구릿한 냄새가 진동하는 대기에 걸려 있었다. 선인장의 두툼하고 영근 잎사귀 사이로 치솟은 알로에 줄기에는 버터를 조각해서 만든 것 같은 연노란색 꽃이 주렁주렁 달려 있었다. 삐죽빼죽하게 치솟은 야자나무 이파리에서 햇빛이 번쩍였다. 커다란 검은 곤충이 '지잉지잉' 날개를 비비며 윤기 나는 암적색 꽃 위를 날아다녔다. 오렌지색에 검은색이 점점이 찍힌 거대하고 화려한 담쟁이넝쿨이 벽을 뒤덮었다.

"망토는 필요 없을 것 같아." 그녀가 말했다. "꽤 덥네." 그래서 그는 망토를 받아서 자기 팔에 걸쳤다. "저 길로 내려가보자. 난 오늘 기운이 넘쳐—몸이 훨씬 좋아진 기분이야. 어머나—저 애들을 봐! 이렇게 따뜻한데 11월이라니!"

정원 구석에 물을 가득 채운 욕조가 두 개 있었다. 어린 여자아이 세 명이 영리하게 속바지를 미리 벗어 덤불에 걸어놓고, 치마를 말아 허리께에 쥐고서 물놀이를 하고 있었다. 머리칼이 얼굴 위로 잔뜩 헝클어진 아이들은 꺅꺅 소리를 지르며 서로 물을 튀겼다. 그

---

* 방금 봤어요!

런데 갑자기, 욕조 하나를 혼자 차지하고 있던 가장 조그만 아이가 시선을 들고 자신을 보고 있는 사람을 보았다. 잠시 아이는 공포에 몸이 굳은 것 같더니, 허둥지둥 어렵사리 욕조에서 빠져나왔고, 치마를 내릴 생각도 못하고 "영국 남자! 영국 남자!" 소리치며 달아났다. 다른 소녀들도 비명을 지르며 따라갔다. 순식간에 아이들이 사라졌다. 순식간에 그곳에는 물이 가득한 욕조 두 개와 덤불에 걸려 있는 속바지만 남았다.

"정말—너무—이상하네!" 그녀가 말했다. "왜 저렇게 겁을 먹었지? 부끄러워하기엔 너무 어린데…." 그녀는 그를 올려다봤다. 그는 창백해 보였지만—길고 뾰족한 가시를 세우고 있는 거대한 열대나무 앞에서 수려한 외모가 돋보였다.

잠시 그는 대꾸하지 않았다. 이윽고 그는 그녀와 시선을 맞추고 천천히 미소를 지었다. "돌돌괴사로다!" 그가 말했다.

돌돌괴사로다! 오, 그녀는 정신이 아찔했다. 저런 말을 한다는 이유로 이렇게까지 사랑할 수 있을까. 돌돌괴사로다! 로버트다운 말이었다. 로버트 말고는 아무도 저런 말을 하지 않았다. 멋지고, 똑똑하고, 박식한 그가 이따금 묘하고 소년 같은 목소리로 저런 말을…. 그녀는 눈물이 날 것 같았다.

"가끔 당신은 정말 엉뚱해." 그녀가 말했다.

"맞아." 그는 대답했고, 두 사람은 다시 걷기 시작했다.

그러나 그녀는 피곤했다. 이제 충분했다. 더는 걷고 싶지 않았다.

"난 여기에 있을 테니 당신은 좀더 걷다 올래? 저기 기다란 의자에 누워 있을게. 당신이 내 망토를 가져와서 다행이야. 담요를 가지러 다시 올라가지 않아도 되니까. 고마워, 로버트. 나는 저 예쁜 페루향수초를 보고 있을게…. 금세 올 거지?"

"물론이야. 혼자 있어도 정말 괜찮아?"

"바보같이! 당신이 갔으면 좋겠어. 아픈 아내 곁에 매순간 붙어 있기를 기대할 수는 없어…. 얼마나 걸릴 것 같아?"

그는 시계를 꺼냈다. "지금 4시 30분이야. 5시 15분까지 돌아올게."

"5시 15분에 온다고." 그녀는 되풀이하고, 기다란 의자에 가만히 누워서 손을 포갰다.

그는 돌아섰다가, 불쑥 돌아왔다. "당신이 내 시계를 가지고 있을래?" 그가 그녀의 눈앞에서 시계를 흔들었다.

"오!" 그녀는 숨을 깊이 들이쉬었다. "그래. 그럼 정말 좋겠어." 그녀는 시계를, 따뜻한 시계를, 아주 따뜻하고 소중한 시계를 손에 쥐었다. "이제 얼른 가봐."

활짝 열려 있는 펜션 빌라 익셀시어의 출입구는 강렬한 색채의 제라늄 꽃밭 앞에 고정되어 있었다. 정면에 시선을 고정한 채 허리를 살짝 구부리고 출입구를 재빨리 지나친 그는 마을의 가옥들을 하나로 둘러맨 동아줄처럼 굽이진 뒷산을 올라가기 시작했다. 길에는 먼지가 잔뜩 쌓여 있었다. 마차 한 대가 익셀시어 쪽으로 빠르게 달려왔다. 마차에는 장군과 백작부인이 타고 있었다. 두 사람은 날마다 하는 산책에서 돌아오는 길이었다. 세일즈비 씨는 한쪽으로 비켜섰지만, 털 뭉치처럼 두껍고 하얗고 숨 막히는 먼지가 풀썩였다. 백작부인이 때를 놓치지 않고 장군을 살짝 팔꿈치로 찔렀다.

"그 사람이에요." 백작부인이 표독스럽게 말했다.

그러나 장군은 칵, 목만 가다듬을 뿐 끝까지 밖을 내다보지 않았다.

"영국 남자입니다." 마부가 돌아보며 미소를 띤 얼굴로 말했다. 백작부인이 양손을 들고 더없이 다정하게 고개를 끄덕이자 마부는 만족스럽게 침을 찍 뱉고 비틀거리는 말을 한 대 휘갈겼다.

앞으로—앞으로, 마을에서 가장 호화로운 저택들과 지구 반대편에서라도 기꺼이 보러 올 만한 웅장한 궁전들을 지나고, 인공 동굴과 조각상과 분수에서 물을 마시는 석조 동물들이 있는 공원을 지나쳐 가난한 동네에 들어섰다. 여기서부터는 더럽고 좁은 길 양옆으로 길쭉하고 얄팍한 건물이 늘어섰고, 그 건물들의 일층에는 마구간과 목수의 가겟집들이 동굴처럼 쑥 들어가 있었다. 앞에 보이는 분수에서 노파 두 명이 이불을 다듬질하고 있었다. 궁둥이를 땅에 대고 쪼그려 앉은 노파들은 지나가는 그를 빤히 쳐다보았다. 노파들이 '아학각각' 외치며 바위에 널어놓은 이불을 처덕처덕 두드리는 소리가 등 뒤에서 울렸다.

그는 언덕 꼭대기로 올라갔다. 꼭대기에서 방향을 꺾어 마을이 보이지 않는 쪽으로 갔다. 깊은 골짜기와 물이 말라버린 곡저를 내려다보았다. 언덕 능선의 이쪽저쪽에 황폐하고 작은 집들이 촘촘히 모여 있었고, 망가진 목조 베란다에서 건조시키는 과일과 앞마당의 토마토밭, 대문에서 문까지 뒤덮은 담쟁이덩굴이 눈에 들어왔다. 늦은 오후의 짙은 황금색 햇빛이 골짜기에 괴어 있었다. 공기에서 목탄 냄새가 났다. 정원에서 남자들이 포도를 따고 있었다. 푸르스름한 그늘 속에서 한 남자가 한 손에 검은 포도송이를 들고 허리를 펴고, 다른 손으로 벨트에 꽂혀 있던 칼을 뽑아 줄기를 자른 다음에 포도를 보트 모양의 납작한 바구니에 던져 넣었다. 남자는 여유롭게, 조용히, 늑장을 부리며 일하고 있었다. 길 건너편 산울타리에서는 베리처럼 조그만 포도가 바위 틈새로 마구 자랐다. 그는 벽에 기대서서 파이프에 담배를 채워 넣고 불을 붙였다….

 대문 쪽으로 몸을 기울이고 레인코트의 깃을 세웠다. 비가 내리기 시작했다. 상관없다. 대비하고 나왔다. 11월에는 날이 맑으리라 기대할 수 없다. 그는 황량한 들판을 건너다보았다. 대문 한쪽 구석에서 무성하게 자란 스웨덴순무의 냄새가 코를 찔렀다. 축축히 젖은 스웨덴순무는 썩은 빛깔이었다. 두 남자가 사방으로 뻗어나가는 마을로 걸어가며 그를 지나쳤다. "좋은 하루 보내쇼!" "네, 그쪽도요!" 이런! 집에 갈 기차를 타려면 서둘러야 한다. 쏟아지는 빗줄기와 내려앉는 땅거미 속에서 대문을 지나고 들판을 가로지르고 울타리 디딤대를 뛰어넘어 마당길로…. 저녁 식사 전에 간신히 몸을 씻고 옷을 갈아입을 수 있는 시간에 돌아왔다. 지니는 응접실의 벽난로에 거의 들어가다시피 불에 가까이 앉아 있다. "아, 로버트, 당신이 들어오는 소리를 못 들었어. 좋은 시간 보냈어? 당신한테서 달콤한 향이 나네! 선물이야?" "당신 주려고 블랙베리를 따 왔어. 색이 곱지." "정말 예쁘다, 로버트! 데니스랑 비티가 저녁 먹으러 오기로 했어." 저녁 식사—냉육, 껍질째 구운 감자, 보르도 적포도주, 집에서 구운 빵. 모두 즐겁다—모두 웃고 있다. "에이, 로버트가 어떤지 우리 다 알잖아." 데니스가 안경에 입김을 불고 닦으면서 말한다. "그나저나, 데니스. 내가 새로 출간된 멋진 개정판을 샀는데—"

 시계 종소리가 울렸다. 그는 홱 돌아섰다. 몇 시지. 5시? 5시 15분?

길을 되밟아 호텔로 돌아갔다. 호텔 출입구에 들어서자 그를 찾고 있는 그녀가 보였다. 그녀가 일어나서 손을 흔들고, 천천히, 두꺼운 망토를 끌면서 걸어왔다. 페루향수초를 한 다발 들고 있었다.

"당신 늦었어." 그녀가 쾌활하게 외쳤다. "삼 분 늦었어. 여기 당신 시계. 당신이 가 있는 동안 아주 즐겁게 보냈어. 당신도 즐거웠어? 풍경이 아름다웠어? 말해줘. 어디 갔었어?"

"나는—일단 이걸 입어." 그는 망토를 그녀에게서 받으며 말했다.

"응, 그럴게. 공기가 차가워졌네. 방에 돌아갈까?"

엘리베이터에 다다랐을 즈음에는 그녀가 기침을 하고 있었다. 그는 눈살을 찌푸렸다.

"별거 아니야. 늦게까지 나와 있지도 않았잖아. 화내지 마." 그녀는 빨간색 플러시 의자에 앉았고, 그는 초인종을 계속해서 울리다가 아무도 나오지 않자 손가락으로 종을 아예 누르고 있었다.

"아, 로버트, 꼭 그래야 해?"

"뭘?"

호텔 살롱의 문이 열렸다. "뭡니까? 누가 이 소란을 피우는 거예요?" 안에서 소리가 들려왔다. 클레이몽소가 짖기 시작했다. "칵, 칵, 칵." 장군이 목을 가다듬었다. 올림머리가 한 손으로 귀를 막고 달려 나와 직원실 문을 열었다. "퀴트 씨! 퀴트 씨!" 올림머리가 외쳤다. 그 소리에 매니저가 황급히 달려 나왔다.

"세일즈비 씨, 선생님이 종을 울리셨습니까? 엘리베이터가 필요하신가요? 알겠습니다. 제가 모시죠. 안토니오가 조금 전까지 여기 있었는데, 옷을 갈아입으러 간 모양이에요—" 싹싹한 매니저는 두 사람을 올려보낸 뒤에 살롱 입구로 갔다. "손님들, 성가시게 해드려

죄송합니다." 철창 우리 안에서 세일즈비는 볼을 홀쭉하게 빨아들인 채로 천장을 올려다보며 새끼손가락에 낀 인장 반지를 돌리고, 돌리고, 또 돌렸다….

방에 들어가자마자 세일즈비는 얼른 세면대로 가서 약병을 흔들고 잔에 복용량을 따라서 가져왔다.

"앉아. 마셔. 말하지 말고." 그녀가 시키는 대로 하는 동안 그는 앞에 서 있었다. 그리고 잔을 다시 받아 물로 씻은 다음에 케이스에 넣었다. "쿠션 줄까?"

"아니, 괜찮아. 이리 와. 내 옆에 잠깐 앉아줄래, 로버트? 아, 좋다." 그녀는 몸을 돌리고 페루향수초를 그의 코트 라펠에 꽂아주었다. "완벽해." 그녀가 말했다. "정말 잘 어울려." 그녀가 그의 어깨에 머리를 기대자 그는 두 팔로 그녀를 감쌌다.

"로버트—" 한숨—한 가닥 숨결 같은 목소리.

"그래—"

그들은 오랫동안 그렇게 앉아 있었다. 하늘이 타올랐다가 빛을 잃었다. 어둠 속에서 흰 침대 두 개가 둥둥 떠 있는 배처럼 보였다. 마침내 그는 뜨거운 물을 가지고 복도를 걸어오는 하녀의 발소리를 들었고, 조심스레 그녀를 놓고 램프의 불을 켰다.

"아, 몇 시야? 아름다운 저녁이야, 로버트, 아까 당신이 산책하러 갔을 때 생각했는데—"

그들은 손님들 가운데 마지막으로 식당에 들어갔다. 백작부인은 오페라글라스와 부채를 들고 있었고, 장군은 자신의 특별석에서 에어 쿠션을 등에 받치고 작은 담요로 무릎을 덮고 있었다. 미국 여자는 클레이몽소에게 〈새터데이 이브닝 포스트〉를 보여주고 있었다.

"…우리 시대에는 이성이 축제를 벌이며 영혼이 넘쳐 흐른다." 올림머리들은 자기들 접시의 복숭아와 배를 눌러보고, 설익었거나 농익었다고 생각되는 것들은 매니저에게 보여주려고 따로 모아두고 있었다. 신혼부부는 테이블에서 가까이 몸을 기울이고 웃음을 꾹 참으면서 속닥거렸다.

평상복을 입고 흰 캔버스 신발을 신은 퀴트 씨가 수프를 따르면, 머리부터 발까지 야회복으로 차려입은 안토니오가 테이블로 날랐다.

"아니." 미국 여자가 말했다. "됐어요, 안토니오. 우리는 수프를 못 먹어요. 질척한 건 아무것도 못 먹어요. 맞지, 클레이몽소?"

"도로 가져가서 가득 채워와요!" 올림머리가 말한 뒤에 매니저에게 그 말을 전달하러 가는 안토니오를 지켜보았다.

"이게 뭐죠? 쌀? 푹 익었나요?" 백작부인이 오페라글라스로 수프를 들여다보며 말했다. "잘 익었으면 장군님께서 드실 수 있을 거예요, 퀴트 씨."

"알겠습니다, 백작부인."

신혼부부는 자신들이 잡은 물고기를 저녁으로 먹고 있었다.

"저거 줘봐. 내가 잡은 거야. 아니, 아니야. 맞아, 그래. 아니, 아니라니까. 왜냐하면 저 생선 눈알이 나를 보고 있으니까. 그러니까 확실해. 히히히!" 테이블 밑에서 그들은 발을 겹치고 있었다.

"로버트, 또 밥을 안 먹네. 무슨 문제 있어?"

"아니야. 별로 입맛이 없어서. 그게 다야."

"오, 큰일이네. 달걀이랑 시금치가 나오는데. 당신, 시금치 안 좋아하잖아. 다음부터는 시금치 요리를 내오지 말라고 말해야겠어…"

달걀과 으깬 감자가 장군 앞에 나왔다.

"퀴트 씨! 퀴트 씨!"

"네, 백작부인."

"장군님 달걀이 또 너무 완숙이에요."

"칵! 칵! 칵!"

"죄송합니다, 백작부인. 장군님, 새로 해드릴까요?"

…그들은 식당에서 제일 먼저 나온다. 그녀는 숄을 여미며 일어났고, 그녀가 먼저 지나가게 비켜선 그는 새끼손가락의 인장 반지를 돌리고, 돌리고, 또 돌린다. 복도에서 퀴트 씨가 서성이고 있다. "엘리베이터를 곧바로 타고 싶으실 것 같아서요. 안토니오는 펑거볼을 준비하고 있습니다. 종이 울리지 않아서 죄송합니다. 고장 났어요. 왜 고장 났는지 모르겠네요."

"오, 부디—" 그녀가 입을 연다.

"타." 그가 말한다.

퀴트 씨는 그들 뒤에서 엘리베이터 문을 세게 닫는다….

"…로버트, 오늘 내가 아주 일찍 자도 괜찮을까? 당신은 살롱이나 정원에 갈래? 아니면 발코니에서 시가를 피우거나. 발코니에서 보는 전망이 아름다워. 나도 시가 냄새를 좋아하고. 늘 좋아했어. 하지만 당신이 나가고 싶으면…."

"아냐, 방에 있을게."

그는 의자를 발코니에 놓고 앉는다. 방에서 그녀가 가볍게, 가볍게, 바스락거리며 돌아다니는 소리가 들린다. 그녀가 발코니로 나온다. "잘 자, 로버트."

"잘 자." 그는 그녀의 손을 잡고 손바닥에 입을 맞춘다. "감기 걸리지 말고."

 하늘은 옥빛이다. 별이 가득하다. 거대한 하얀 달이 정원 위에 떠 있다. 머나먼 곳에서 번갯불이 파닥거리며 번쩍인다—새의 날개처럼 파닥거린다—날아올랐다가 다시 떨어지기를 반복하며, 계속해서 버둥거리는 다친 새처럼 파닥거린다.

 살롱에서 불빛이 새어 나와 정원의 산책로를 비추고, 피아노 소리가 흘러나온다. 미국 여자가 프랑스식 창문을 열어 클레이몽소를 정원에 내보내주고 외친다. "세상에, 저 달 좀 봐요!" 그러나 아무도 대답하지 않는다.

 발코니에 앉아서 난간을 뚫어지게 보고 있는 동안 몸이 차갑게 식었다. 마침내 그는 방으로 들어간다. 달이—달빛으로 방을 하얗게 칠해놓았다. 달빛이 거울에서 파르르 흔들린다. 두 침대가 둥실 떠오르는 것처럼 보인다. 그녀는 자고 있다. 침대에 쳐놓은 모기장을 통해서 그는 높이 쌓은 베개에 기대듯이 누운 채로 흰 손을 이불 위에 포개고 있는 그녀를 본다. 그녀의 흰 뺨에도, 베개에 흩어진 밝은 머리칼에도 은빛이 감돈다. 그는 재빨리 옷을 벗고 침대로 올라간다. 머리 뒤에서 깍지를 끼고, 그렇게 누워서…

 …그의 서재. 늦여름. 담쟁이덩굴이 빨갛게 물들기 시작한 무렵…. "글쎄, 친구. 그렇게 됐네. 더 말할 것도 없어. 자네 부인이 앞으로 이 년 정도 기후가 온화한 곳에서 요양하지 않으면 안타깝지만 가망이 없어…. 이런 건 곧이곧대로 말하는 편이 좋겠지." "오, 물론이네." "힘내게, 친구. 자네가 같이 가지 못할 이유도 없잖은가? 우리 봉급쟁이들처럼 매일 출근해야 하는 것도 아니고. 자네 원하는 대

로 하게—" "이 년이라고." "그래, 그 정도로 예상해. 이 집은 세 놓기가 무섭게 나갈 거야. 사실…"

…그는 그녀와 함께 있다. "로버트, 가장 괴로운 건—물론 내가 아프다는 사실이 가장 괴롭지만—난 혼자 못 가겠어. 그러니까—당신은 내 전부야. 당신은 내게 빵이고 포도주야, 로버트. 빵과 포도주라고. 아, 여보. 내가 지금 무슨 소리를 하는 거지? 물론 혼자 있을 수 있어. 나랑 같이 가달라고 하지 않을게…."

그녀가 부스럭거린다. 필요한 게 있나?

"부글스?"

맙소사! 그녀는 잠결에 말하고 있다. 벌써 수년간 부르지 않은 애칭이다.

"부글스, 당신 깨어 있어?"

"그래, 뭐가 필요해?"

"아, 당신을 귀찮게 해야 할 것 같아. 미안해. 괜찮아? 모기장 안에 모기가 들어왔어. 윙윙거리는 소리를 들었어. 잡아줄 수 있어? 난 심장 때문에 움직이고 싶지 않아."

"그래, 움직이지 마. 그대로 있어." 그는 불을 켜고 모기장을 걷었다. "그 녀석이 어딨지? 어디 있는지 봤어?"

"응, 저기. 구석에 있었어. 당신을 일어나게 해서 너무 미안해. 화났어?"

"아니, 물론 아니야." 잠시 그는 파란색과 흰색이 섞인 잠옷 차림으로 서성인다. 이윽고, "잡았다." 그가 말했다.

"아, 잘됐다. 통통한 녀석이었어?"

"엄청나게." 그는 세면대로 가서 손을 씻었다. "이제 괜찮아? 불을 끌까?"

"그래, 꺼줘. 아니, 부글스! 잠깐 여기로 와. 내 옆에 앉아. 당신 손을 줘." 그녀가 그의 인장 반지를 돌린다. "왜 안 자고 있었어? 부글스, 할 말이 있어. 가까이 와. 가끔 난 걱정돼—당신, 여기에 나랑 있는 게 많이 힘들어?"

그는 몸을 기울여 그녀에게 입을 맞춘다. 이불을 덮어주고, 베개를 정돈한다.

"쓸데없이!" 그가 나직이 속삭인다.

낯선 사람

 부두에 모여 있는 사람들이 보기에는 배가 두 번 다시 움직이지 않을 것 같았다. 거대한 배가 잘게 주름진 회색 바다에 미동 없이 떠 있었다. 배 위로 구불구불한 연기가 피어올랐으며, 거대한 갈매기떼가 요란하게 우짖으며 기선 뒤쪽 조리실에서 떨어지는 것들을 따라 바다로 다이빙했다. 몇몇 사람들이 둘씩 짝을 지어 걸어다니는 것이 아주 조그맣게 보였는데, 마치 구겨진 회색 테이블보에 올려진 접시를 기어 다니는 파리 같았다. 다른 파리들은 가장자리에 바글바글 모여 있었다. 방금 하층 갑판에서 하얀 것이 아른거렸다—요리사의 앞치마, 혹은 선실 승무원인지도 모른다. 조그만 검은 거미가 선교 사다리를 빠르게 기어 올라갔다.

 부두에 모인 인파의 앞줄에 건장한 체격의 중년 남자가 있었다. 회색 오버코트와 회색 실크 스카프, 두꺼운 장갑과 짙은 중절모로 세련되게 차려입은 남자는 접은 우산을 빙빙 돌리며 잰걸음으로 오락가락했다. 남자는 부두의 인파를 이끄는 동시에 한 자리에 모아두고 있는 것처럼 보였다. 양치기와 양치기 개의 중간쯤이라고나 할까.

 그렇지만 바보같이! 쌍안경을 가져올 생각을 못 했다니! 그 많은 사람들 가운데 아무도 쌍안경을 가져오지 않았다.

"참 이상하죠, 스콧 씨, 아무도 쌍안경을 안 가져왔어요. 서두르라고 재촉할 수 있었을지도 모르는데요. '걱정하지 말고 얼른 정박하시오. 원주민들은 순합니다.' 혹은, '환영합니다. 모두 용서하겠습니다.' 안 그래요, 음?"

해먼드 씨는 몹시 불안하면서도 매우 친근하고 허심탄회한 눈으로 부두에 모인 사람들 모두를 재빨리, 초조히 둘러보면서, 계단식 승하선 설비에 기대어 빈둥거리고 있는 일꾼들까지 눈에 담았다. 그곳에 있는 사람들 모두 알았다. 해먼드 씨의 부인이 저 배에 타고 있으며, 너무도 들뜬 해먼드 씨는 부인이 돌아왔다는 멋진 소식이 남들에게는 별 의미가 없을지 모른다고 상상할 수도, 믿을 수도 없다는 사실을. 해먼드 씨는 이곳에 있는 모든 사람에게 따뜻한 애정을 느꼈다. 더없이 선량한 사람들이라고 확신했다. 저기 승하선 설비 근처의 일꾼들도 강하고 성실한 사람들이다. 저 널쩍한 가슴을 보라, 세상에! 해먼드 씨는 자신의 가슴을 활짝 펴고 두꺼운 장갑을 낀 손을 주머니에 찔러 넣은 다음에, 발뒤꿈치에서 발가락으로 체중을 옮겨놓으며 몸을 흔들었다.

"예, 아내가 지난 열 달간 유럽에 가 있었습니다. 작년에 결혼한 우리 맏딸을 보러 갔어요. 떠날 때 제가 직접 오클랜드까지 데려다주었죠. 그래서 오늘도 데리러 나오는 편이 좋겠다고 생각한 겁니다. 네, 네. 맞습니다." 기민한 잿빛 눈이 다시금 가늘어지며 움직임 없는 배를 빠르게, 불안하게 훑어보았다. 해먼드 씨의 오버코트 단추가 다시 풀렸다. 버터처럼 노랗고 얇은 시계가 다시 모습을 드러냈고, 해먼드 씨는 스무 번째—오십 번째—백 번째로 시간을 계산

낯선 사람 141

했다.

"어디 보자. 의사를 태운 배가 2시 15분에 떠났지. 2시 15분. 지금은 정확히 4시 28분이야. 그러니까 의사가 저 배에 두 시간 하고도 십삼 분 있었단 말이지. 두 시간 십삼 분! 휘이이오오오!" 해먼드 씨는 휘파람 비슷한 묘한 소리를 내고 다시 시계를 닫았다. "배에서 무슨 일이 있었으면 우리에게 알려주었겠지요, 개이번 씨?"

"오, 그럼요, 해먼드 씨! 우리가 걱정할 일이 있는 것 같진 않습니다. 천만에요." 개이번 씨가 파이프를 다시 구두 뒷굽에 대고 털면서 말했다. "그렇더라도—"

"맞아요! 맞습니다!" 해먼드 씨가 외쳤다. "정말 답답하군요!" 해먼드 씨는 빠르게 오락가락하다가, 스콧 씨 부부와 개이번 씨 사이에 다시 섰다. "게다가 날이 어두워지고 있어요." 염치가 있으면 좀 기다리라고 황혼을 야단치듯이 해먼드 씨는 접은 우산을 쳐들고 흔들었다. 그러나 황혼은 계속해서 내려와 천천히 번지는 얼룩처럼 바다를 물들였다. 어린 소녀 진 스콧이 어머니 손을 잡아당겼다.

"차 마시고 싶어요, 엄마!" 진이 칭얼댔다.

"물론 그렇겠지." 해먼드 씨가 말했다. "여기 숙녀분들 모두 차를 마시고 싶을 거다." 그리고 해먼드 씨는 친절하고 열띤, 안쓰럽기까지 한 눈으로 다시 한번 사람들을 쭉 둘러보았다. 해먼드 씨는 제이니가 기선 살롱에서 마지막 차를 마시고 있을지 궁금했다. 그러길 바랐다. 그러나 제이니는 차를 마시고 있지 않을 것이다. 끝까지 갑판에 남아서 기다리는 것이 제이니다운 행동이었다. 만일 정말 그러고 있다면 갑판 승무원이 제이니에게 차를 가져다주었을지도 모른다. 함께 배에 타고 있었으면 해먼드 씨가 가져다주었을 것이다—무슨 수를 써서라도. 그 순간 해먼드 씨는 갑판의 아내 곁에 서서 그 작은 손이 늘 하던 대로 찻잔을 감싸 쥐고 있는 것을 보고 있었고, 제이니는 배에서 구할 수 있는 단 한 잔의 차를 마시고 있었다…. 그러나 다음 순간 해먼드 씨는 다시 부두에 서 있었고, 빌어먹을 선장이 대체 언제 배를 정박할지는 아무도 알 수 없었다. 해먼드 씨는 또 한 번 뒤돌아서, 왔다 갔다, 왔다 갔다, 서성였다. 해먼드 씨는 마차 대기장까지 가서 마부가 기다리고 있는지 확인하고, 다시 몸을 돌려 바나나 수송 상자 옆에 안전히 모여 있는 무리에게 돌아왔다. 진 스콧은 아직도 차를 달라고 칭얼대고 있었다. 불쌍한 것! 해먼드 씨는 아이에게 줄 초콜릿이라도 없는 것이 아쉬웠다.

"얘, 진!" 해먼드 씨가 불렀다. "높이 올라갈래?" 해먼드 씨는 조심스러운 손길로 가뿐히 여자아이를 안아 더 높은 상자에 올려주었다. 아이를 안고 중심을 잡게 도와주고 있자니 초조함이 가라앉고 마음이 놀랍도록 가벼워졌다.

"꼭 잡아라." 해먼드 씨가 여자아이에게 팔을 두른 채로 말했다.

"진은 신경 쓰지 마세요, 해먼드 씨!" 스콧 부인이 말했다.

"괜찮습니다, 스콧 부인. 별거 아니에요. 저도 즐거운걸요. 진은 제 친구예요. 그렇지, 진?"

"맞아요, 해먼드 씨." 진이 말하고, 그의 중절모에서 우묵한 부분을 만지작거렸다.

갑자기 진이 해먼드 씨의 귀를 잡고 크게 소리쳤다. "봐요, 해먼드 씨! 배가 움직이고 있어요! 배가 들어오고 있어요!"

세상에! 사실이었다. 드디어! 증기선이 천천히, 아주 천천히 돌고 있었다. 바다 저 멀리서 뱃고동이 울렸고, 거대한 증기가 하늘로 솟구쳤다. 갈매기들이 날아올랐다. 갈매기들은 하얀 종잇조각처럼 흩어졌다. 저 깊은 울림이 배의 엔진에서 나는 소리인지 자신의 심장이 두근대는 소리인지 해먼드 씨는 알 수 없었다. 그게 무엇이든지 간에, 해먼드 씨는 견디기 위해 마음을 굳게 다잡았다. 그때 항만장 존슨 선장이 가죽 서류가방을 겨드랑이에 끼고 부두를 빠르게 걸어왔다.

"진은 걱정하지 마세요." 스콧 씨가 말했다. "제가 안고 있지요." 스콧 씨가 그렇게 말해주어서 다행이었다. 해먼드 씨는 진을 까맣게 잊고 있었다. 해먼드 씨는 존슨 선장에게 뛰어가서 인사했다.

"아이고, 선장님." 다급하고 불안한 목소리가 다시금 튀어나왔다. "드디어 우리를 가엾이 여기셨군요."

"저를 탓하셔도 할 말이 없습니다, 해먼드 씨." 존슨 선장이 배에 시선을 고정한 채 헐떡거리며 말했다. "부인이 배에 타고 계시죠?"

"네, 네!" 해먼드가 말했다. 그는 항만장 옆에 바짝 다가섰다. "제 부인이 저기 있습니다. 아휴, 이제 곧 만날 수 있겠죠!"

전화가 띠링띠링 울리고 스크루 프로펠러가 쿵쿵거리며 돌아가는 소리가 대기에 울려 퍼지는 가운데 거대한 증기선이 검은 물을 날카롭게 가르고 흰 파도를 일으키며 다가왔다. 해먼드와 항만장이 맨 앞줄에 서 있었다. 해먼드는 모자를 벗고, 갑판을 샅샅이 훑어보았다. 갑판에 사람들이 가득했다. 해먼드는 모자를 흔들며, 커다랗고 이상한 목소리로 "어서 와요!"라고 외치고, 돌아서서 웃음을 터뜨리고는 존슨 선장에게 무슨 말을—아무 의미도 없는 말을 지껄였다.

"부인을 보셨어요?" 항만장이 물었다.

"아뇨, 아직요. 가만—잠시만요!" 그때 갑자기 덩치 큰 멍청이 두 명 사이에서—"거기 비키라고!" 해먼드는 우산을 휘두르며 소리쳤다—손 하나가 위로 올라왔다. 흰 장갑을 낀 손이 손수건을 흔들고 있었다. 이윽고, 그래. 하느님, 감사합니다! 감사합니다! 그녀가 보였다. 제이니가 보였다. 해먼드 부인이 저기 있었다. 그래, 왔구나, 왔어. 난간 앞에서 해먼드 부인이 미소를 띤 얼굴로 고개를 끄덕이며 손수건을 흔들고 있었다.

"그래, 저기가 일등실이지—일등실! 그래, 그래, 그래!" 해먼드는 발을 구르다시피 했다. 그는 번개처럼 빠른 속도로 시가 케이스를 꺼내 존슨 선장에게 권했다. "한 대 피우시죠, 선장님! 품질이 꽤 좋습니다. 몇 개 가져가세요! 여기요." 그리고 해먼드는 케이스에 남아 있는 시가를 모조리 항만장에게 주었다. "호텔에 몇 상자 더 있거든요."

"고맙습니다, 해먼드 씨!" 늙은 존슨 선장이 헐떡거렸다.

해먼드는 시가 케이스를 집어넣었다. 손이 떨리기 시작했지만 애써 정신을 다잡았다. 제이니를 맞이할 준비가 되었다. 제이니는 난간에 기대어 어떤 여자와 이야기를 나누면서 그를 보고 있었고, 그를 위해 준비되어 있었다. 가까이 오는 배를 바라보던 해먼드는 저 거대한 배에서 제이니가 얼마나 작아 보이는지, 순간 충격을 받았다. 감정이 북받쳐 올라서 소리를 지르고 싶었다. 저토록 자그마한 여자가 그 먼 길을 혼자 다녀오다니! 그렇지만 제이니는 그런 여자였다. 제이니는 용감했다. 이제 선원들이 승객들을 헤치고 앞으로 나와 승하선 설비를 설치할 난간을 내리고 있었다.

육지와 바다에서 목소리가 울리며 서로를 반겼다.

"별일 없었어요?"

"전부 좋았어요."

"어머니는 어때요?"

"훨씬 나아지셨어요."

"안녕, 진!"

"안녕하세요, 에밀리 숙모!"

"여행은 즐거웠어요?"

"아주 좋았어요!"

"이제 곧 내리겠군요!"

"금세 가요!"

엔진이 멈췄다. 천천히, 배가 부두 쪽으로 몸통을 붙였다.

"비켜주세요! 자, 자, 길을 내주세요." 부두 일꾼들이 무거운 승하선 설비를 들고 빠르게 뛰어왔다. 해먼드는 배에 있으라고 제이니에게 손짓했다. 늙은 항만장이 앞으로 나갔다. 해먼드는 항만장을 따라갔다. '숙녀 먼저' 따위 헛소리는 그의 뇌리에 스치지도 않았다.

"먼저 가시죠, 선장님!" 해먼드가 친절하게 말했다. 늙은 선장 뒤에 바짝 붙어서 사다리를 성큼성큼 올라간 해먼드는 갑판에 올라서자마자 제이니에게 한달음에 달려갔고, 다음 순간 제이니는 그의 품에 안겨 있었다.

"그래, 그래! 드디어 우리가 다시 만났군!" 해먼드가 더듬거렸다. 다른 어떤 말도 할 수 없었다. 제이니가 얼굴을 들고 그녀의 작고 차분한 목소리로—온 세상에서 유일하게 의미 있는 목소리로—말했다.

"여보, 오래 기다렸어?"

아니, 오래 기다리지 않았다. 어쨌든, 이제 만났으니까 상관없다. 기다림은 끝났다. 항구 밖에서 마차가 기다리고 있다는 것만이 중요하다. 떠날 준비가 되었을까? 짐은 다 꾸렸나? 그렇다면 그녀의 여행가방을 들고 곧바로 떠날 수 있고, 다른 일들은 내일까지 생각도 하지 않을 것이다. 해먼드가 고개를 숙여 내려다보자 제이니는 특유의 엷은 미소를 지으며 그를 올려다봤다. 제이니는 똑같았다. 조금도 변하지 않았다. 그가 아는 바로 그 모습이었다. 제이니가 작은 손을 그의 팔에 얹었다.

"존, 아이들은 잘 있어?" 제이니가 물었다.

(아이들은 알 게 뭐람!) "아주 잘 있어. 더할 나위 없이 잘 있어."

"애들이 나한테 편지를 쓰지 않았어?"

"아, 물론 썼지! 당신이 나중에 천천히 읽을 수 있게 호텔에 두고 왔어."

"지금 바로 갈 수는 없어." 제이니가 말했다. "사람들에게 인사해야지. 선장님한테도 감사 인사를 드리고 싶어." 해먼드의 얼굴에 낙담의 그늘이 드리우자 부인은 이해한다는 듯이 그의 팔을 살짝 잡았다. "선장님이 선교에서 내려오면 당신 아내를 잘 살펴줘서 고맙다고 인사하면 좋겠어." 글쎄, 어쨌든 이제 제이니가 곁에 있다. 작별 인사에 십 분 정도 필요하다면—해먼드가 물러서자마자 사람들이 부인을 에워쌌다. 일등실 승객들 모두 제이니에게 인사하고 싶은 모양이었다.

"잘 가요, 친애하는 해먼드 부인! 시드니에 오면 꼭 연락해요!"

"사랑스러운 해먼드 부인! 잊지 않고 편지 써줄 거죠?"

"해먼드 부인, 부인과 여행해서 너무 즐거웠어요!"

낯선 사람 147

누가 보아도 해먼드 부인은 배에서 가장 인기가 많았다. 그리고 언제나처럼—제이니는 전부 받아들였다. 완벽하게 침착했다. 그녀는 그저 자기 자신—제이니답게 행동했다. 베일을 머리 뒤로 넘기고 서 있는 제이니. 평소에 해먼드는 부인의 옷차림에 주의를 기울이지 않았다. 무엇을 입든지 간에 제이니는 제이니였다. 그런데 오늘은 부인이 검은색 의복을—그것이 사람들이 쓰는 용어였나—입고 있는 것을 알아보았다. 목과 소맷부리에 흰색 프릴과 장식이 달린 까만 드레스였다. 그런 생각을 하는 와중에도 그는 사람들을 소개 받고 인사하고 있었다.

"존, 여보!" 그리고, "여기 소개할게요—"

마침내 그들은 사람들에게서 벗어났다. 제이니가 자신이 쓰던 개인 선실로 앞장섰다. 제이니에게는 매우 익숙하지만 그에게는 완벽히 낯선 복도를 그녀 뒤에서 걷고 있자니 묘한 기분이 들었다. 그녀를 따라 초록색 커튼을 열고 그녀가 머문 선실에 들어선 순간 해먼드는 아찔한 환희를 느꼈다. 하지만—제길! 승무원이 바닥에 쪼그려 앉아 담요를 정리하고 있었다.

"이것만 정리하면 끝이에요, 해먼드 부인!" 승무원이 일어나서 소맷부리를 끌어 내리며 말했다.

해먼드는 또 소개를 받았고, 이내 제이니는 승무원과 복도로 나갔다. 속닥거리는 말소리가 복도에서 들려왔다. 아마도 제이니가 팁을 계산하고 있는 모양이었다. 해먼드는 줄무늬 소파에 앉아서 모자를 벗었다. 제이니가 집에서 가져간 담요였다. 담요는 새것처럼 깨끗했다. 제이니의 짐은 전부 깨끗하고 완벽했다. 이름표에 제이니의 아름다운 필체로 깔끔하게 적혀 있었다. '존 해먼드 부인.'

"존 해먼드 부인!" 해먼드는 만족의 한숨을 깊이 내쉬고 소파에 기대앉아 팔짱을 꼈다. 이제 긴장이 풀렸다. 이곳에 앉아서 안도의 한숨을 영원히 내쉴 수 있을 듯한 기분이었다―심장을 옥죄고, 비틀고, 쥐어짜던 손에서 드디어 풀려난 듯한 안도감. 정말 그런 기분이었다. 이제 그들은 안전했다.

그런데 그때 제이니가 벽 모서리에서 고개를 빼꼼 내밀고 말했다. "여보, 의사한테 인사하고 올게. 괜찮겠어?"

해먼드가 놀라 일어났다. "같이 갈게."

"아니, 아니야!" 제이니가 말했다. "그럴 필요 없어. 혼자 가는 편이 좋겠어. 금세 올게."

그가 대답하기도 전에 제이니는 가버렸다. 따라갈까 잠시 생각했지만, 해먼드는 다시 앉았다.

정말 금세 오려나? 지금 몇 시지? 해먼드는 시계를 꺼냈지만 아무것도 눈에 들어오지 않았다. 방금 좀 이상하지 않았나? 의사한테 인사를 전해달라고 승무원한테 부탁하면 되지 않았을까? 선상 의사를 왜 굳이 찾아가서 인사하지? 중요한 일이었으면 호텔에서 메시지를 보내도 됐을 텐데. 중요한 일? 설마―제이니가 여행 중에 아팠나?―그에게 무언가를 숨기고 있나? 그렇군! 해먼드는 모자를 움켜쥐었다. 의사를 찾아가서 실토하게 만들 것이다, 무슨 수를 써서라도! 그러고 보니 아까부터 이상한 낌새가 느껴졌다. 제이니는 다소 너무 차분했다―너무 침착했다. 처음 재회한 순간부터―

커튼이 드르륵 열리고 제이니가 돌아왔다. 해먼드는 벌떡 일어났다.

"제이니, 여행 중에 아팠어? 그랬군!"

낯선 사람 149

"아팠냐고?" 제이니가 가볍게 그를 놀렸다. 제이니는 담요를 넘어 다가와서 그의 가슴에 손을 얹고 올려다보았다.

"여보," 제이니가 말했다. "놀랐잖아. 물론 안 아팠어! 왜 그런 생각을 했어? 내가 아파 보여?"

그러나 해먼드는 그녀를 보지 않았다. 해먼드는 자신을 올려다보고 있는 그녀의 눈길과, 아무것도 걱정할 필요 없다는 안도감만 느꼈다. 제이니가 돌아왔으니 이제 모든 일을 살펴봐줄 것이다. 다 괜찮다. 전부 다 괜찮다.

제이니가 손으로 살짝 누르는 느낌이 너무나도 큰 위안이었기에 해먼드는 그녀의 손에 자기 손을 포개고 그대로 잡고 있었다. 그러자 제이니가 말했다.

"가만히 있어봐. 당신을 보고 싶어. 아직 제대로 못 봤잖아. 수염을 멋지게 다듬었네. 그리고—젊어 보여! 살도 많이 빠졌고! 총각 생활이 잘 맞나봐."

"잘 맞다니!" 해먼드는 사랑에 신음하며 그녀를 다시 바짝 끌어안았다. 그러자 다시, 늘 그러하듯이, 오롯이 자기 것이 아닌 무언가를 안고 있는 느낌이 엄습했다—너무나도 섬세하고 너무나도 귀하며, 품에서 놓는 순간 날아가버릴 것만 같았다.

"자, 얼른 호텔로 가자. 우리끼리 있을 수 있게!" 해먼드는 종을 거칠게 눌러 짐을 신속히 날라줄 사람을 불렀다.

나란히 부두를 걸으며 제이니는 그와 팔짱을 꼈다. 제이니가 다시 그의 품에 있다. 제이니와 함께 있으니 모든 것이 어찌나 다르게 느껴지는지. 제이니를 따라 마차에 타는 것도, 빨간색과 노란색 줄무늬 담요를 함께 두르는 것도, 두 사람 다 차를 아직 못 마셨으니 서둘러달라고 마부에게 말하는 것조차 특별하게 느껴졌다. 이제 차를 거르거나 혼자 마시지 않아도 된다. 제이니가 돌아왔다. 해먼드는 부인 쪽으로 몸을 돌리고 손을 꼭 잡으며 다정하게, 놀리듯이, 그녀에게만 쓰는 '특별한' 목소리로 말했다. "집에 돌아와서 좋아, 여보?" 제이니가 미소를 지었다. 제이니는 굳이 대답하지도 않았지만, 불빛이 환한 거리로 들어설 때 그의 손을 살며시 잡아당겼다.

"호텔에서 제일 좋은 방을 잡았어." 해먼드가 말했다. "꼭 제일 좋은 방을 달라고 당부했지. 그리고 당신이 추울지도 모르니까 미리 불을 지펴놓으라고 하녀에게 말했어. 성실하고 착한 아가씨야. 어차피 여기에 왔으니까 내일 곧장 집에 가는 대신 하루 동안 관광하고 모레 아침에 출발하면 어떨까 생각했어. 서둘러 돌아갈 필요 없잖아, 그렇지? 집에 가면 아이들이 금세 당신을 차지할 텐데…. 하루 정도는 구경하면서 쉬어도 좋겠지. 어떻게 생각해, 제이니?"

"내일모레 출발하는 표를 벌써 샀어?" 제이니가 물었다.

"물론이야!" 해먼드는 오버코트의 단추를 풀고 터질 듯한 지갑을 꺼냈다. "여기! 네이피어로 가는 일등석을 예약했지. 여기 봐. '존 해먼드 씨, 그리고 존 해먼드 부인.' 이왕 가는 거 편하게 가지. 다른 사람들한테 방해받는 것도 싫잖아, 그렇지? 물론 당신이 여기에 며칠 더 머무르고 싶으면?"

"아, 아니야!" 제이니가 황급히 말했다. "전혀 아니야! 내일모레 가기로 해. 아이들은—"

그러나 그때 마차가 호텔에 도착했다. 눈부시게 조명을 밝힌 넓은 포치에 서 있던 호텔 매니저가 그들을 맞이하러 왔다. 벨맨은 가

낯선 사람 151

방을 받으러 로비에서 뛰어나왔다.

"아, 아놀드 씨! 제 아내가 드디어 왔습니다!"

호텔 매니저는 몸소 그들을 안내하고 엘리베이터를 잡아주었다. 해먼드는 사업 친구들이 호텔 로비에서 식전주를 마시고 있다는 것을 알았지만 방해받고 싶지 않았다. 그래서 고개를 돌리지 않고 정면만 보고 걸었다. 마음대로 생각하라지. 그 정도도 이해 못 한다면 그들이 어리석은 거다. 엘리베이터에서 내린 해먼드는 그들 객실의 문을 연 다음에 제이니를 앞세워 들어갔다. 방문이 닫혔다. 이제야, 드디어, 단둘이 있다. 해먼드는 불을 켰다. 창문에는 커튼이 쳐져 있었고, 벽난로에서는 불이 타오르고 있었다. 해먼드는 거대한 침대에 모자를 던지고 아내에게 다가갔다.

그런데—어처구니가 없군!—그들은 또다시 방해를 받았다. 벨맨이 가방을 가져왔다. 두 번 오르내리며 짐을 나르는 동안 벨맨은 문을 활짝 열어놓고, 잇새로 휘파람을 불며 복도에서 느긋하게 걸었다. 해먼드는 방 안에서 오락가락하며 장갑과 목도리를 차례로 사납게 잡아 뺐다. 마지막으로 해먼드는 코트를 침대 옆에 던졌다.

마침내 얼간이가 사라졌다. 문이 닫혔다. 두 사람은 이제야 정말 단둘이 있었다. 해먼드가 말했다. "다시는 당신과 단둘이 있지 못하나 싶었지. 지긋지긋한 사람들! 제이니—" 해먼드는 활활 타오르는 열렬한 눈빛을 그녀에게 고정했다. "방에서 저녁 식사를 하자. 식당에 내려가면 또 방해를 받을 테고, 듣기 싫은 음악을 연주하고 있겠지." (불과 어젯밤만 해도 해먼드는 음악이 좋다며 요란하게 손뼉까지 쳤었다.) "시끄러워서 대화하기도 힘들 거야. 음식을 주문해서 여기 난로 앞에서 먹지. 차를 마시기엔 시간이 너무 늦었으니까. 내가 저녁을 주문해도 될까? 어떻게 생각해?"

"그렇게 해, 여보!" 제이니가 말했다. "당신이 내려가 있는 동안 난 아이들 편지를—"

"아, 아이들 편지는 나중에 읽어!" 해먼드가 말했다.

"읽고 나면 더는 신경 쓰지 않아도 되잖아." 제이니가 말했다. "게다가 난 먼저—"

"아, 내가 직접 내려가서 주문할 필요는 없어!" 해먼드가 설명했다. "방으로 사람을 불러서 주문할 거야…. 날 내보내고 싶은 건 아니지?"

제이니는 고개를 젓고 미소를 지었다.

"그런데 당신 딴생각에 빠져 있네. 걱정스러운 표정이야." 해먼드가 말했다. "무슨 일이야? 여기 와서 앉아. 불가로 와서 내 무릎에 앉아."

"모자 먼저 벗고." 제이니는 말하고 화장대 앞으로 걸어갔다. "아!" 제이니가 조그맣게 소리를 질렀다.

"왜 그래?"

"아니야, 여보. 아이들 편지가 여기 있네. 괜찮아! 기다릴 수 있어. 서두를 필요 없지!" 제이니가 편지를 들고 그를 돌아보았다. 제이니는 편지를 프릴 블라우스 속에 넣었다. 이윽고 제이니가 명랑하게 외쳤다. "오, 이 화장대는 정말 당신다워!"

"왜? 뭐가 잘못됐어?" 해먼드가 말했다.

"이 화장대가 영생에서 둥둥 떠다니고 있으면 난 '존!' 이렇게 부를 거야." 제이니는 웃음을 터뜨리며 커다란 헤어 토닉 병, 고리버들 향수병, 머리빗 두 개, 분홍색 끈으로 묶은 새 목깃 한 다스를 보았다. "당신 짐은 이게 전부야?"

"내 짐이 뭐가 중요하겠어!" 해먼드가 말했다. 하지만 해먼드는 제이니에게 놀림을 당하는 것이 즐거웠다. "이야기나 하자. 어떻게 지냈는지 말해줘. 제이니." 제이니가 무릎에 앉자 해먼드는 등받이에 기대며 그녀를 흉측하고 깊숙한 의자로 끌어당겼다. "돌아와서 정말 기쁘다고 말해줘."

"그래, 기뻐, 여보." 제이니가 말했다.

그러나 끌어안는 순간 제이니는 날아갈 것 같았다. 그래서 해먼드는 결코 알 수 없었다. 제이니가 자신만큼 기쁘다고 확신할 수 없었다. 그걸 어떻게 알 수 있겠는가? 평생 알지 못할 수도 있다! 그녀의 아주 작은 부분도 달아나지 못하게 완전히 자신의 일부로 만들고 싶은, 굶주림처럼 통렬한 갈망을 평생 품고 살아야 하는 건가? 해먼드는 모든 사람을, 모든 것을 지우고 싶었다. 불을 끌 걸 그랬다고 후회했다. 그랬으면 그녀가 더 가까이 왔을지도 모른다. 아이들의 편지가 제이니의 블라우스 속에서 바스락거렸다. 기꺼이 해먼드는 편지를 불 속에 던져버렸을 것이다.

"제이니." 해먼드가 속삭였다.

"응, 여보?" 제이니는 그의 가슴에 기대 누워 있었지만, 너무나도 가볍게, 너무나도 멀게 느껴졌다. 그들의 숨결이 함께 오르내렸다.

"제이니!"

"왜?"

"나를 돌아봐." 해먼드가 속삭였다. 해먼드의 이마에 짙은 홍조가 천천히 퍼졌다. "키스해줘, 제이니! 당신이 내게 키스해!"

찰나의 망설임이 느껴진 것 같았다—아주 짧은 순간이었지만 그에게는 고문이나 다름없었다. 그녀의 입술이 그의 입술에 단호하게, 가볍게 와 닿았다―제이니는 언제나 같은 방식으로 입맞춤했는데 이것은 마치―무엇이라고 표현할 수 있을까?―그들이 말하고 있는 것을 확인하고 계약서에 서명하는 듯했다. 그러나 해먼드는 이런 것을 원하지 않았다. 그는 전혀 다른 것을 원했다. 갑자기, 해먼드는 몹시, 끔찍하게 피곤했다.

"당신은 상상도 못 할 거야." 해먼드가 눈을 뜨며 말했다. "오늘 내가 어떤 심정으로 기다렸는지 말이야. 배가 영영 들어오지 않을 것 같았어. 우리는 부두에서 하염없이 기다리고 있었지. 왜 그렇게 오래 걸렸어?"

제이니는 대답하지 않았다. 제이니는 그에게서 고개를 돌리고 불을 보고 있었다. 불길이 황급히, 황급히 석탄 위로 타오르고 요동치다 떨어졌다.

"잠든 건 아니지?" 해먼드가 묻고 그녀를 위아래로 흔들었다.

"아니." 제이니가 말했다. 그리고 덧붙였다. "그렇게 흔들지 마, 여보. 그냥 생각하고 있었어. 사실," 제이니가 말을 이었다. "간밤에 승객이 죽었어―어떤 남자가. 그래서 배가 지연된 거야. 우리가 그 사람을 안치했어―그러니까, 바다에 수장한 건 아니고. 그래서 선상 의사랑 육지에서 보낸 의사가―"

"사인이 뭐였는데?" 해먼드가 불편해하며 물었다. 그는 죽음에 대해 듣고 싶지 않았다. 그런 일이 일어났었다는 자체가 싫었다. 마치 그와 제이니가 호텔로 오는 길에 장례식을 마주친 것 같은 기괴한 느낌이 들었다.

"아, 전염병 같은 건 아니었어!" 제이니가 말했다. 제이니의 목소리는 숨소리처럼 나직했다. "심장이 문제였어." 잠시 침묵이 흘렀다. "불쌍해라!" 제이니가 말했다. "아직 젊었는데." 그리고 제이니는 가물거리다 스러지는 불을 보았다. "그 사람이 내 품에서 죽었어." 제이니가 말했다.

너무나도 갑작스런 충격에 해먼드는 순간 기절할 것 같았다. 움직일 수 없었다. 숨을 쉴 수도 없었다. 몸에서 기운이 흘러나가 커다랗고 어두운 의자로 스며드는 것 같았고, 커다랗고 어두운 의자가 그를 단단히 움켜잡고 버티도록 강요했다.

"뭐라고?" 해먼드가 멍하니 물었다. "그게 무슨 뜻이지?"

"임종의 순간은 평화로웠어." 작은 목소리가 말했다. "그 사람은 그저―" 제이니가 손을 살짝 드는 것이 보였다. "마지막 숨을 내쉰 거야." 그녀의 손이 떨어졌다.

"또 누가―누가 거기 있었어?" 해먼드가 간신히 목소리를 끌어내 물었다.

"아무도 없었어. 난 그 사람과 단둘이 있었어."

아, 세상에, 제이니가 대체 무슨 이야기를 하는 거지? 그에게 무슨 짓을 하는 거지? 이런 이야기는 그를 죽일 것이다! 계속해서 제이니는 말을 이었다.

"끝이 가까워진 것을 보고 내가 승무원에게 의사를 불러달라고 했어. 하지만 의사가 너무 늦게 왔어. 어차피 손을 쓸 수도 없었겠지만."

"하지만, 왜 당신이, 왜 당신이?" 해먼드가 신음했다.

그 말에 제이니는 재빨리 고개를 돌려 그의 안색을 살폈다.

"신경 쓰지 않지, 존? 그렇지?" 제이니가 물었다. "그럴 리 없지―

이건 우리 사이와는 무관한 일이야."

 가까스로 해먼드는 미소 비슷한 것을 짜냈다. 가까스로 해먼드는 더듬더듬 중얼거렸다. "아나—말해. 말해줘! 당신이 내게 말해주면 좋겠어."

 "하지만, 존, 여보—"

 "제이니, 말해줘!"

 "말할 것도 없어." 제이니가 곰곰이 생각에 잠겨 말했다. "일등실 승객 중 한 명이었어. 처음 배에 탔을 때부터 몹시 아픈 사람이란 걸 눈치챘어…. 하지만 오는 길에 제법 기운을 차린 것 같았어. 적어도 어제까지는. 그러다 어제 오후에 심한 발작을 일으켰어. 흥분하고—불안했던 것 같아. 도착하는 것에 대해서. 그러고서 두 번 다시 일어나지 못했어."

 "하지만 왜 승무원이 지켜보지 않고—"

 "오, 여보. 승무원이라니!" 제이니가 말했다. "승무원한테 맡기면 그 사람 기분이 어땠겠어? 게다가… 그 사람이 무슨 말을 남기고 싶어 했을지도…."

 "그랬어?" 해먼드가 중얼거렸다. "무슨 말을 남겼어?"

 "아니, 여보. 한마디도 안 했어!" 제이니가 고개를 살랑살랑 저었다. "내가 곁을 지키는 내내 그 사람은 너무 기운이 없었어. 손가락 하나 움직이지 못할 정도로…."

 제이니가 입을 다물었다. 하지만 제이니가 한 말은, 너무나 가볍고 너무나 부드럽고 너무나 차가운 그 말은 공기 중에 떠 있는 듯하다가 해먼드의 가슴에 눈송이처럼 내려앉았다.

 불이 빨갛게 변했다. 불꽃이 탁탁, 날카로운 소리를 내며 떨어졌고, 방에 추위가 감돌았다. 찬기가 해먼드의 팔을 타고 올라왔다. 호텔 방은 거대하고, 너무나도 거대하고, 빛났다. 호텔 방이 해먼드의 세계를 가득 메웠다. 거대한 침대는 어둠에 묻혀 있었고, 그 위에 코트가 걸쳐진 모습이 마치 머리 없는 몸통이 침대가에 꿇어앉아 기도를 올리고 있는 것처럼 보였다. 여행가방이 눈에 들어왔다. 여행가방은 언제든지 어디로든지 옮겨질, 기차에 던져지고 배에 실릴 준비가 되어 있었다.

…"그 사람은 너무 기운이 없었어. 손가락 하나 움직이지 못할 정도로…." 그런데도 그 남자는 제이니의 품에서 죽었다. 그녀가—그 오랜 세월 동안 단 한 번도—절대—

아니, 이런 생각을 하면 안 된다. 이런 생각을 하다가는 미쳐버릴 거다. 아니, 마주하지 않을 것이다. 참을 수 없었다. 도저히 견딜 수 없었다!

제이니가 손가락으로 그의 넥타이를 만지작거렸다. 그러고는 넥타이 양쪽 가장자리를 접었다.

"내가 이런 말을 해서—속상한 건 아니지, 여보? 슬퍼하는 건 아니지? 우리의 저녁을, 단둘이 함께하는 시간을 망친 건 아니지?"

그 말을 듣고 해먼드는 표정을 숨길 수밖에 없었다. 그는 제이니의 가슴에 얼굴을 묻고 그녀를 껴안았다.

저녁을 망쳤냐고! 단둘이 있는 시간을 망쳤냐고! 두 번 다시 그들은 단둘이 있지 못할 것이다.

미스 브릴

 날이 눈부시게 청명했지만—파란 하늘에는 금가루가 뿌려진 것 같았고 공원은 큼직한 백포도주 방울이 곳곳에 맺힌 것처럼 반짝였다—미스 브릴은 모피 목도리를 두르고 나오길 잘했다고 생각했다. 대기에는 바람 한 줄기 일지 않았지만 입을 열면 얼음물을 마시기 직전의 서늘함이 와 닿았고, 이따금 낙엽 한 장이 홀연히, 하늘에서 떨어진 것처럼 날아왔다. 미스 브릴은 한 손을 들어 모피를 쓰다듬었다. 사랑스러워라! 모피를 다시 만지는 기분이 좋았다. 이날 오후에 미스 브릴은 모피를 상자에서 꺼내 방충제를 털어내고 꼼꼼히 빗질한 다음에 생기가 돌아올 때까지 뿌연 눈을 문질렀다. '나한테 무슨 일이 있었던 거죠?' 슬픔이 서린 작은 눈이 물었다. 붉은 솜털 이불 위에서 다시 초롱초롱 그녀를 보는 눈이 얼마나 반갑던지! …그러나 검은 물질로 만들어진 코는 헐거웠다. 어디에 부딪힌 모양이었다. 괜찮다—때가 되면, 꼭 필요해지면 그때 검은색 접착제를 살짝 발라주면 된다…. 귀여운 개구쟁이! 그렇다. 미스 브릴은 자신의 모피를 이토록 귀여워했다. 왼쪽 귀 바로 아래서 입으로 꼬리를 물고 있는 귀여운 개구쟁이. 무릎에 올려놓고 쓰다듬을 수 있을 정도로 애착을 느꼈다. 순간 손과 팔이 찌릿했지만, 많이 걸어서 그런 것이려니 미스 브릴은 짐작했다. 그리고 숨을 쉴 때 무언가 가볍고 슬픈 것이—아니, 슬프다는 표현은 정확하지 않다—무언가 부드러운 것이 그녀의 가슴속에서 꿈틀거렸다.

이날 오후에는 공원에 사람이 많았다. 지난 일요일보다 훨씬 북적거렸다. 악단도 더 크고 활기차게 연주했다. 마침내 시즌이 시작되었기 때문이다. 악단은 이 공원에서 일 년 내내 일요일마다 공연했지만, 시즌이 아닐 때는 분위기가 자못 달랐다. 가족들만 있는 자리에서 연주하는 것 같았다. 청중에 모르는 사람들이 포함되어 있지 않으면 연주가 무성의해지는 법이다. 지휘자도 새 코트로 빼입지 않았나? 지휘자가 새 코트를 입었다고 미스 브릴은 확신했다. 지휘자는 울음소리를 뽑아내려는 수탉처럼 발을 움칫대고 팔을 퍼덕였다. 녹색 원형 정자에 둘러앉은 연주자들은 악보에 시선을 고정하고 볼을 부풀렸다. 다음 순간 '플루트 같은' 선율이 흘러나왔다—예뻐라! 반짝이는 물방울들을 엮은 것 같다. 그 선율이 되풀이될 거라고 미스 브릴은 확신했다. 되풀이되었다. 미스 브릴은 고개를 들고 웃었다.

미스 브릴의 '특석'에는 그녀 말고 두 명뿐이었다. 벨벳 코트를 입은 점잖은 노신사는 커다란 지팡이의 세공된 손잡이 위에 양손을 포개고 있었고, 덩치 큰 노부인은 수가 놓인 앞치마에 뜨갯감을 놓고 꼿꼿이 앉아 있었다. 두 사람은 아무 말도 하지 않았다. 실망스러웠다. 미스 브릴은 어떤 대화를 듣게 될지 늘 기대하며 왔기 때문이다. 미스 브릴은 남들 이야기를 안 듣는 척하면서 듣는 것에, 타인의 삶에 아주 잠시 머무르는 것에 본인이 생각해도 꽤 노련해졌다.

미스 브릴은 노부부를 곁눈질했다. 어쩌면 그들이 금세 떠날지도 모른다. 사실 지난주 일요일도 평소만큼 흥미롭지 않았다. 영국인 부부였는데, 남자는 볼썽사나운 파나마모자를 썼고 여자는 단추가 달린 장화를 신고 있었다. 대화의 시작부터 끝까지 여자는 안경이 필요하지만 사도 소용없느니, 안경은 흘러내리거나 망가지기 마련이라느니, 라며 툴툴거렸다. 남자는 참을성이 대단했다. 남자는 별의별 제안을 다 했다―금테를 하면 어떨까, 귀에 둥글게 걸리는 모양은 괜찮지 않을까, 코에 걸치는 부분에 패드를 댄 것도 있던데. 아니, 아무것도 여자의 성에 차지 않았다. "툭하면 코에서 흘러내릴 거예요!" 미스 브릴은 여자를 한바탕 흔들어주고 싶었다.

노부부는 동상처럼 미동도 없이 벤치에 앉아 있었다. 상관없다. 구경할 사람은 많다. 악단이 자리를 잡은 원형 정자와 꽃밭 앞에서 커플들과 삼삼오오 모인 사람들이 걸어 다니고, 멈춰서 이야기를 나누고 인사하고, 난간에 통을 고정해놓은 거지에게서 꽃을 사기도 했다. 그들 사이로 어린아이들이 깔깔거리며 날쌔게 뛰어다녔다. 소년들은 큼직한 흰색 실크 나비넥타이를 맸고, 소녀들은 프랑스제 인형처럼 벨벳과 레이스로 차려입었다. 가끔은 갓 걸음마를 땐 듯한 아이가 나무 아래서 갑자기 비틀비틀 걸어나오다가 문득 멈추고, 빤히 앞을 보다가 돌연 '털썩' 주저앉으면, 어린 암탉처럼 조그맣고 쌩쌩한 어머니가 잽싸게 달려와 야단을 치며 안아 올렸다. 다른 사람들은 벤치와 녹색 접이의자에 앉아 있었는데, 일요일마다 어김없이 보이는 얼굴들이었다. 이들 대부분에게 어딘가 이상한 구석이 있다고 미스 브릴은 자주 생각했다. 거의 노인으로만 구성된 이 무리는 조용하고 공원에 어울리지 않았으며, 사람들을 구경하는 눈빛을 보면 마치 어둡고 좁은 방이나 심지어―심지어 찬장에서 나온 게 아닐까 하는 생각마저 들었다!

둥근 정자 뒤에 늘어선 앙상한 나무들은 노란 나뭇잎을 늘어뜨리고 있었고, 그 틈새로 수평선이 설핏했으며, 그 뒤로 파란 하늘과 금빛 테두리가 둘린 구름이 보였다.

빰빰빰 삐리리 삐리리! 빰빠라 빰빠! 음악이 울렸다.

빨간색 옷을 입은 어린 아가씨 두 명이 나타나 파란색 군복을 입은 어린 군인 두 명과 만났고, 그들은 짝을 지어 팔짱을 끼고 가버렸다. 우스운 밀짚모자를 쓴 진지한 농부 아낙 둘이 아름다운 잿빛 당나귀를 끌고 갔다. 창백한 수녀가 찬바람을 일으키며 급히 걸어갔다. 아름다운 여인 한 명이 걸어가다 제비꽃 다발을 떨어뜨리자 한 소년이 뛰어가서 주워주었는데, 여자는 꽃다발이 오염되기라도 한 것처럼 멀리 내던졌다. 세상에! 그런 행동에 감탄해야 할지 경악해야 할지 미스 브릴은 알 수 없었다. 이번에는 미스 브릴 바로 앞에서 회색 양복을 입은 신사가 챙이 없는 담비털 모자를 쓴 여자와 마주쳤다. 훤칠한 남자는 위엄 있고 거만했으며, 여자는 머리가 아직 금발이었을 때 산 담비털 모자를 쓰고 있었다. 이제는 여자의 얼굴과 머리칼, 심지어 눈동자까지 모든 것이 낡은 담비털처럼 희누런 빛깔이었다. 세탁한 장갑을 낀 손이 입술로 올라가는 모습이 꼭 누리끼리하고 조그만 앞발 같았다. 오, 여자는 남자와 마주쳐서 기뻤다—반가워요! 왠지 이날 오후에 마주칠 듯한 예감이 들었어요. 얼마나 돌아다녔는지, 해변과 이곳저곳, 안 가본 데가 없다고 여자는 뇌까렸다. 참 아름다운 날이다—그도 동감하지 않는가? 어쩌면 그가 함께? …그러나 남자는 고개를 저었고, 담배에 불을 붙이고 깊이 들이마신 연기를 여자의 얼굴에 천천히 뿜은 뒤에, 그때껏 웃으면서 재잘거리고 있는 여자로부터 돌아서서 성냥을 튕기고 가버렸다. 담비털 모자는 홀로 남겨졌다. 여자는 지금까지보다 더 환하게 웃었다. 그러나 악단도 그녀의 기분을 헤아렸는지 한층 부드럽게, 한층 다정하게 연주하기 시작했고, 드럼은 "짐승! 짐승!"이라고 거듭 외쳤다. 이제 그녀는 어떻게 할까? 무슨 일이 벌어질까? 미스 브릴이 궁금해하는 사이에 담비털 모자는 돌아서더니 저쪽에서 다른 사람을, 훨씬 상냥한 사람을 발견한 것처럼 손을 들고 종종걸음으로 가버렸다. 악단은 다시 분위기를 바꾸어 더 빠르고 명랑하게 연주하기 시작했다. 미스 브릴의 특석에 앉아 있던 노부부가 일어나 뚜벅뚜벅 떠났고, 구레나룻을 길게 기른 우스꽝스러운 노인이 박자에 맞추어 절뚝거리다가 나란히 걸어오던 소녀 네 명과 부딪쳐 나동그라질 뻔했다.

오, 얼마나 흥미진진한가! 얼마나 즐거운가! 미스 브릴은 이곳에 앉아 눈앞에서 벌어지는 모든 일을 구경하는 것이 더없이 즐거웠다! 연극을 보는 것 같았다. 정확히 연극 같았다. 저 뒤로 보이는 하늘이 색칠된 배경이 아니라고 누가 단정할 수 있겠는가! 그러나 깨달음이 엄습한 것은, 작은 갈색 강아지가 '연극'에서 보곤 하는, 약을 먹인 강아지처럼 뻣뻣하게 걸어왔다가 느릿느릿 멀어진 후였다. 그제야 미스 브릴은 이 모든 것이 왜 그토록 흥미로운지 깨달았다. 그들 모두 무대에 있었다. 그들은 단순히 관람만 하는 관객이 아니었다. 그들 또한 연기하고 있었다. 심지어 미스 브릴도 배역을 맡고 있어서 매주 일요일에 왔다. 그녀가 오지 않으면 누군가 반드시 알아차릴 것이다. 결국 그녀도 공연의 일부였던 것이다. 왜 여태 이 생각을 못 했을까! 바로 이러한 이유로 그녀가 매주 일요일 같은 시각에 집을 나섰으며—공연에 늦지 않기 위해서다—그녀에게 영어를 배우는 학생들에게 자신이 일요일 오후에 무엇을 하는지 말하기가 어쩐지 겸연쩍었던 것이다. 물론이다! 미스 브릴은 크게 소리 내어 웃을 뻔했다. 그녀는 무대에 있었다. 미스 브릴은 자신이 일주일에 네 번 오후에 찾아가 신문을 읽어주는 늙은 신사를 떠올렸다. 정원에서 신문을 읽어주는 내내 신사는 잠만 잤고, 순면 베개에 힘없이 뉜 머리와 퀭한 눈, 뾰족한 매부리코와 헤벌어진 입이 이제는 꽤 익숙해졌다. 병자가 죽었다 해도 그녀는 몇 주나 알아차리지 못했을 테고, 신경도 쓰지 않았을 터였다. 그런데 신문을 읽어주는 여자가 배우라는 사실을 그가 갑자기 깨닫는다면! "배우!" 노인이 노쇠한 머리를 든다. 침침한 두 눈에 빛이 반짝 들어온다. "당신—배우였군요?" 그러면 미스 브릴은 신문을 역할 대본처럼 판판하게 펴고 조용히 말할 것이다. "네, 전 오랫동안 배우로 일해왔어요."

그동안 악단은 쉬고 있었다. 이제 그들이 연주를 다시 시작했다. 그들이 연주하는 곡은 햇살처럼 따뜻하고 밝았지만, 아주 희미하게 한기가, 무언가가—이게 무엇이지?—슬픔은 아니다—아니, 슬픔이 아니라—듣는 이의 가슴에서 노래하고 싶은 충동을 자아내는 것이었다. 음이 점점 높아지고, 높아지고, 햇빛이 반짝였다. 당장이라도 공원에 있는 사람들 모두, 전 단원이 노래를 시작할 것 같았다. 우르르 몰려다니며 깔깔거리던 어린아이들이 노래를 시작하고, 단호하고 용맹한 남자들의 목소리가 합세할 것이다. 뒤이어 그녀도, 그녀 또한 벤치에 앉아 있는 다른 사람들과 함께 일종의 반주를 넣을 것이다—나지막하고, 잔잔하며, 매우 아름답고 감동적인…. 미스 브릴은 눈물이 그렁그렁한 눈으로 공연 동료들을 둘러보며 미소 지었다. 그래요, 우리도 알아요, 우리도 알아요, 미스 브릴은 생각했다―그들이 무엇을 안다는 것인지 그녀는 알지 못했지만.

바로 그 순간에 소년과 소녀가 다가와서 노부부가 앉았던 자리에 앉았다. 그들은 아름답게 차려입고 있었다. 그들은 사랑에 빠져 있었다. 남주인공과 여주인공이 틀림없다. 소년 아버지의 요트를 타고 바다에 나갔다가 막 돌아왔다. 여전히 소리 없이 노래 부르며, 여전히 떨리는 미소를 지으며, 미스 브릴은 귀를 쫑긋 세웠다.

"싫어, 지금은 안 돼." 여자아이가 말했다. "여기서는 못해."

"왜? 저 끝에 있는 멍청한 할망구 때문에?" 소년이 말했다. "저 할망구는 여기 왜 온 거야. 누가 저 멍청한 낯짝을 보고 싶어 한다고? 늙었으면 집에나 처박혀 있을 것이지."

"저, 저 모피가 너무 웃겨." 여자아이가 킬킬거렸다. "꼭 생선튀김 같아."

"아, 좀 꺼져주지!" 남자아이가 나지막이 으르렁댔다. 그러고는, "말해봐, 우리 예쁜이―"

"안 돼. 여기서는 싫다니까." 여자아이가 말했다. "아직은 안 돼."

집에 가는 길에 미스 브릴은 대개 빵집에 들러서 허니케이크를 한 조각 샀다. 일요일에만 즐기는 사치였다. 가끔은 케이크에 아몬드가 들어 있었고 가끔은 안 들어 있었다. 아몬드가 들어 있느냐 여부가 기분을 크게 좌우했다. 아몬드가 들어 있으면 작은 선물을, 받지 못할 가능성이 절반이었던 뜻밖의 선물을 집에 가져가는 기분이었다. 아몬드가 들어 있는 일요일에 미스 브릴은 서둘러 집에 가서 상당히 화려한 동작으로 성냥에 불을 붙인 뒤에 차를 끓였다.

그러나 이날 미스 브릴은 빵집을 그냥 지나쳤고, 계단을 올라가 어둡고 작은 방에—찬장 같은 방에—들어가서 붉은 솜털 이불에 털썩 앉았다. 한참을 그렇게 앉아 있었다. 모피를 꺼낸 상자가 침대에 놓여 있었다. 미스 브릴은 목도리를 황급히, 보지도 않은 채 매우 황급히 풀고 상자에 넣었다. 그러나 뚜껑을 닫을 때 미스 브릴은 무언가가 흐느끼는 소리를 들은 듯했다.

파커 아주머니의 인생

그날 아침에 문학가는 매주 화요일에 아파트를 청소하는 파커 아주머니에게 문을 열어주며 손자는 어떠냐고 물었다. 어둡고 비좁은 복도에서 파커 아주머니는 발깔개에 선 채로 문을 닫는 것을 먼저 돕고, 그다음에 대답했다. "어즈께 묻었습니다, 선생님." 파커 아주머니가 조용히 말했다.

"이런, 세상에! 정말 안됐습니다." 문학가는 충격을 받은 어투로 말했다. 아침 식사를 하다가 나온 그는 후줄근한 가운 바람으로 한 손에는 구겨진 신문을 들고 있었다. 그런데 기분이 영 어색했다. 아무 말도 안 하고 따뜻한 거실로 돌아갈 수는 없었다. 무슨 말이라도 해야 했다. 파커 아주머니 같은 사람들은 장례식을 중요시하리라 생각하며 문학가는 친절히 말했다. "장례식을 잘 치르셨길 바랍니다."

"머라고요, 선생님?" 파커 아주머니가 쉰 목소리로 물었다.

불쌍한 여자 같으니라고! 넋이 나간 것 같았다. "장례식이—어, 성공적이었기를 바랍니다." 문학가는 말했다. 파커 아주머니는 대답하지 않았다. 고개를 떨구고, 청소 도구와 앞치마와 펠트 재질 실내화가 든 그물 가방을 쥐고는 절뚝절뚝 부엌으로 갔다. 문학가는 눈썹을 한번 추어올리고 아침 식사 자리로 돌아갔다.

"크게 상심한 모양이군." 문학가는 소리 내어 말하며 마멀레이드를 한 숟가락 떴다.

파커 아주머니는 모자의 고정핀 두 개를 빼고 벗은 모자를 문 뒤 고리에 걸었다. 낡은 재킷의 단추를 풀고 재킷도 고리에 걸었다. 그러고서 앞치마 끈을 묶고, 신발을 갈아 신으려고 의자에 앉았다. 장화를 신고 벗는 것은 몹시 고통스러웠지만, 벌써 수년간 겪어온 고통이었다. 이제는 장화 끈을 풀기도 전에 고통을 예상하며 얼굴이 자동으로 일그러졌다. 그 일이 다 끝나자 파커 아주머니는 의자에 기대앉아 무릎을 문지르며 한숨을 내쉬었다.

"할무이, 할무이!" 어린 손자가 단추가 달린 장화를 신고서 파커 아주머니의 무릎에 올라섰다. 아이는 방금까지 거리에서 놀다가 들어왔다.

"아이고, 니가 할무이 치마 얼마나 더럽혔나 봐라. 말썽꾸러기야!"

그렇지만 아이는 그녀의 목을 끌어안고 볼을 비볐다.

"할무이, 나 1페니만!" 아이가 졸랐다.

"저리 가. 할무이 1페니 없다."

"있잖아."

"없다니까."

"있는 거 다 알지. 1페니만!"

이미 파커 아주머니는 낡아서 찌그러진 검은색 가죽 지갑을 뒤적이고 있었다.

"그럼 니는 할무이 뭐 줄래?"

아이가 수줍은 웃음을 터뜨리며 품에 바짝 안겼다. 아이의 파르르 떨리는 속눈썹이 볼에서 느껴졌다. "난 줄 게 아무것도 없는데…." 아이가 중얼거렸다….

늙은 파커 아주머니는 벌떡 일어났다. 가스레인지에서 양철 주전자를 움켜쥐고 싱크대로 가져갔다. 물줄기가 주전자를 두드리며 쏟아지는 소리가 고통을 둔하게 하는 것 같았다. 파커 아주머니는 양동이와 설거지 대야에도 물을 받았다.

부엌이 얼마나 지저분한지 묘사하려면 책을 한 권 써야 할 것이다. 파커 아주머니가 오지 않는 나머지 요일에는 문학가가 스스로 '집안일'을 했는데, 그 말인즉 찻잎 찌꺼기를 버리는 잼 병에 이따금 찻잎을 털어 넣고 깨끗한 포크가 떨어지면 한두 개를 행주로 대충 문질러 쓴다는 뜻이다. 이 신사가 친구들에게 설명했듯이 간편한 '시스템'이었으며, 대체 왜 사람들이 집안일을 가지고 호들갑을 떠는지 그는 도무지 이해할 수 없었다.

"집에 있는 걸 죄다 더럽히고 일주일에 한 번 가정부를 불러서 치우라고 하면 해결되잖나."

결과적으로 문학가의 집은 하나의 거대한 쓰레기통 같았다. 심지어 바닥에도 토스트 부스러기와 봉투와 담배꽁초가 널려 있었다. 그렇지만 파커 아주머니는 나쁘게 생각하지 않았다. 젊은 신사가 챙겨주는 사람 없이 혼자 산다며 오히려 측은하게 여겼다. 더럽고 작은 창문 밖으로 음산한 하늘이 넓게 펼쳐져 있었고, 드물게 보이는 구름들은 전부 테두리가 부스러진 지치고 늙은 구름들로, 여기저기 구멍이 나거나 홍차 색깔로 진하게 물들어 있었다.

물이 끓는 동안에 파커 아주머니는 바닥을 쓸기 시작했다. '그래.' 파커 아주머니는 비질하며 생각했다. '살면서 겪은 이런저런 일들을 생각해보면, 난 충분히 고생했지. 고달픈 인생이었어.'

심지어 이웃들도 파커 아주머니에 대해 그렇게 말했다. 그물 가방을 둘러메고 절뚝이며 집에 가는 길에 파커 아주머니는, 골목 모퉁이나 지하실로 내려가는 입구 난간에 모여 있던 이웃들이 자기들끼리 수군거리는 걸 몇 번이나 들었다. "사는 게 어쩜 저리 고달플까, 파커 아주머니는." 그것은 극명한 사실이었기에 파커 아주머니는 전혀 자랑스럽지 않았다. 그녀가 27번지 지하실 뒷방에 산다는 것과 마찬가지로 하나의 사실일 뿐이다. 고달픈 삶이다!…

파커 아주머니는 열여섯 살에 고향 스트랫퍼드를 떠나 런던에서 부엌데기로 일했다. 그렇다, 파커 아주머니는 스트랫퍼드어폰에이번*에서 태어났다. 셰익스피어요, 선생님? 아니, 사람들은 늘 그에 대해 물었다. 그렇지만 파커 아주머니는 극장 간판에서 보기 전까지는 셰익스피어라는 이름을 들어보지도 못했다. 스트랫퍼드에 대해 기억나는 것이라고는, '저녁에 벽난로에 앉음 굴뚝으로 별이 보였지'와 '어무이는 늘 천장에다 베이컨을 매달아놓구 먹었어.' 정도. 그리고 또 뭐가 있었는데—그래, 덤불. 정문 옆에 덤불이 있었는데, 향기가 무척 달콤했다. 그러나 덤불에 대한 기억은 흐릿했다. 파커 아주머니는 심하게 앓아서 병원에 누워 있을 때만 한두 번 덤불을 기억했다.

첫 일자리는 끔찍했다. 그 집에선 외출을 철저히 금지했다. 파커

---

* 셰익스피어의 출생지.

아주머니는 아침과 저녁에 기도를 올릴 때만 위층에 올라가는 걸 허락받았는데, 그녀 방은 지하실이나 다름없었고 요리사는 바늘로 찔러도 피 한 방울 나오지 않을 여자였다. 요리사는 고향에서 온 편지를 파커 아주머니가 읽기도 전에 낚아채서 불에 던져 넣었다. 편지를 읽으면 딴생각에 빠지기 십상이라며…. 그리고 바퀴벌레! 믿을 수 있는가? 파커 아주머니는 런던에 와서 바퀴벌레를 난생처음 봤다. 이 생각을 할 때마다 파커 아주머니는 웃음을 터뜨렸다. 마치—바퀴벌레를 본 적 없다니! 그건 마치 자기 발을 내려다본 적이 없다는 말이나 다름없다.

주인이 집을 팔고 이사하자 파커 아주머니는 어떤 의사네 집에 '가사 도우미'로 들어가 아침부터 밤까지 죽도록 일했다. 그렇게 이 년째 살던 해에 제빵사였던 남편을 만나 결혼했다.

"제빵사였다고요, 파커 부인!" 문학가는 말했다. 때때로 그는 난해하고 두꺼운 책을 잠시 덮어두고 삶이라는 것에 어쨌든 흥미를 가지긴 했기 때문이다. "제빵사와 함께하는 삶은 참 유쾌하겠군요!"

파커 아주머니는 확신이 없어 보였다.

"아주 훌륭한 직업이죠."

파커 아주머니는 석연찮은 표정이었다.

"손님들에게 갓 구운 빵을 건네줄 때 얼마나 뿌듯했을까요!"

"글쎄요, 선생님." 파커 아주머니가 말했다. "저는 가게에 있는 시간이 별로 없었어요. 애를 열세 명 낳았는데 그중 일곱 명을 묻었어요. 병원에 있지 않을 때는 치료소에 있었다고 할 수 있겠지요!"

"과연 그럴 수 있겠군요, 파커 부인!" 그는 몸을 부르르 떨고 펜을 다시 집었다.

그렇다, 일곱 아이를 묻었다. 게다가 살아남은 여섯 아이들이 아직 어렸을 때 남편이 결핵에 걸려 앓아누웠다. 폐에 밀가루가 차서 그렇다고 의사는 말했다…. 셔츠를 머리 위로 들어 올리고 병원 침대에 앉아 있는 남편의 등에 의사는 손가락으로 동그라미를 그렸다. "여기를 절개하면 말입니다, 파커 부인." 의사가 말했다. "폐가 하얀 가루로 꽉 막혀 있을 겁니다. 숨 쉬세요, 환자!" 그리고 파커 아주머니는 죽은 남편의 입에서 정말로 흰 가루가 흩날렸는지 아니면 자신이 상상한 건지 종내 알 수 없었다….

아무에게도 의존하지 않고 홀로 여섯 아이를 키우느라 얼마나 고생했는지. 끔찍이도 고달팠다! 그리고 아이들이 학교에 갈 정도로 컸을 때 남편 여동생이 애들을 같이 돌봐준답시고 왔다가 두 달도 안 되어 계단에서 굴러떨어져 척추를 다쳤다. 그래서 오 년 동안 파커 아주머니는 시누이까지 보살펴야 했는데, 이 아이는 또 어찌나 울어대던지! 그러고서 머디가 나쁜 길로 들어서며 자기 동생 앨리스까지 끌어들였고, 아들 두 명은 외국으로 이민을 갔으며 어린 짐은 입대해서 인도로 떠났다. 막내 에설이 결혼한 한심스러운 웨이터는 그들 자식 레니가 태어난 해에 궤양으로 죽었다. 그리고 이제 레니까지—내 손자….

첩첩이 쌓인 더러운 컵과 그릇을 전부 씻고 물기를 닦았다. 까맣게 더러워진 칼은 감자로 닦고 코르크로 광을 냈다. 테이블과 서랍장, 그리고 정어리 꼬리가 둥둥 떠 있는 싱크대도 모조리 청소했다.

레니는 튼튼한 적이 없었다. 날 때부터 허약했다. 레니는 사람들이 여자아이라고 오해할 만큼 예쁘장했다. 은빛 곱슬머리와 파란 눈, 그리고 코 한 쪽에 있는 다이아몬드 모양 주근깨. 레니를 키우느라 파커 아주머니와 에설이 어찌나 고생했는지! 신문에 나오는 별의별 요법을 다 시도했다! 매주 일요일 아침에 파커 아주머니는 빨래를 하면서 에설이 읽어주는 신문 기사에 귀 기울였다.

"친애하는 선생님, 거의 죽다시피 했던 우리 머틀이… 네 병을 섭취하자… 구 주 만에 몸무게가 8파운드가 늘었으며 지금도 계속 늘고 있음을 알려드리고자…"

그래서 잉크를 담아놓은 달걀 컵을 수납장에서 꺼내어 편지를 썼고, 이튿날 아침에 파커 아주머니가 일하러 가는 길에 우편환을 샀다. 그러나 소용 없었다. 뭘 해도 레니는 체중이 늘지 않았다. 신문에서 읽은 대로 묘지에 데려가도 얼굴에 혈색이 돌지 않았고 덜컹거리는 버스에 태워도 식욕이 생기지 않았다.

그러나 레니는 태어난 순간부터 할무이 것이었다….

"우리 레니는 누구 거?" 파커 아주머니는 난로에서 허리를 펴고 더러운 창문으로 걸어가며 중얼댔다. 그러자 조그만 목소리가—심장 아래서 울린 듯 너무도 따뜻하고 너무도 가까이 느껴져서 파커 아주머니는 숨이 턱 막혔다—까르르 웃음을 터뜨리며 말했다. "할무이 거!"

그때 발소리가 들리고 문학가가 산책을 가는 차림으로 들어왔다.

"아, 파커 부인. 난 지금 나가요."

"네, 선생님."

"잉크스탠드 접시에 하프크라운을 두었으니까, 이따 가져가세요."

"고맙습니다, 선생님."

"아, 그런데 말입니다, 파커 부인." 문학가가 빠르게 말했다. "지난

번에 오셨을 때 혹시 코코아를 버리진 않으셨죠?"

"아뇨, 선생님."

"참으로 이상하군요. 통에 한 스푼 정도 코코아를 틀림없이 남겨 놓았는데." 문학가가 말끝을 흐렸다. 그리고 너그럽지만 단호한 어조로 말했다. "뭘 버리기 전에는 나한테 꼭 물어보세요. 아시겠죠, 파커 부인?" 그러고서 그는 매우 만족스러운 기분으로, 자기가 부주의한 것 같지만 사실은 여자처럼 꼼꼼하다는 걸 파커 부인에게 제대로 보여주었다고 확신하며 나갔다.

현관문이 꽝 닫혔다. 파커 부인은 청소 솔과 행주를 들고 침실로 갔다. 그러나 침대보를 판판하게 펴고 잡아당기고 두드리며 침대를 정리하고 있는데 레니 생각이 나서 견딜 수 없이 괴로웠다. 아이가 왜 그렇게 고통받아야 했을까? 그걸 도저히 이해할 수 없었다. 대체 왜 천사 같은 아이가 숨 한 번 쉬려 할 때마다 괴롭게 헐떡여야 했을까? 아이에게 그런 고통을 주다니, 말도 안 되는 일이다.

…아이의 조그만 가슴에서 무언가가 끓는 듯한 소리가 났다. 아무리 애를 써도 제거할 수 없는 커다란 덩어리가 폐에서 끓고 있었다. 아이가 기침할 때마다 머리에 땀이 돋아나고 눈이 튀어나왔으며 손이 허우적거렸고, 폐 속의 커다란 덩어리는 프라이팬에서 튀기는 감자처럼 부글거렸다. 그러나 아이가 기침하고 있지 않을 때는 더 끔찍했다. 아이는 베개에 기대앉은 채로 아무 말도 하지 않았다. 대답하지도, 들은 체도 하지 않고, 화가 난 표정으로 입을 꾹 다물고 있었다.

"할무이가 그런 거 아니야, 우리 아가." 파커 아주머니는 빨갛게 달아오른 아이의 귀 뒤로 땀에 젖은 머리를 넘겨주며 말했다. 그러나 레니는 고개를 돌리고 손길을 피했다. 그녀에게 몹시도 화가 난 듯했으며—표정이 딱딱하게 굳어 있었다. 아이는 고개를 떨구고 할무이를 못 믿겠다는 표정으로 곁눈질했다.

그러나 결국에는…. 파커 아주머니는 침대에 퀼트를 깔았다. 아니, 차마 생각할 수 없다. 이것만큼은 견딜 수 없다—그녀는 인생에서 너무도 많은 것을 견뎌야 했다. 여태껏 홀로 견디면서 단 한 번도 눈물을 보이지 않았다—세상 그 누구에게도 보이지 않았다. 심지어 자식들도 파커 아주머니가 우는 모습을 본 적 없었다. 언제나 당당하게 세상을 마주했다. 그러나 이제! 레니마저 잃었는데—그녀에게 무엇이 남았나? 아무것도 없다! 레니는 삶이 그녀에게 준 유일한 선물이었는데, 이제 레니마저 뺏겼다. 왜 내게 이런 일들이 일어났지? 파커 아주머니는 생각했다. "내가 뭘 어쨌다고?" 파커 아주머니가 외쳤다. "내가 뭘 어쨌다고?"

그 말을 내뱉는 순간에 손에서 청소 솔이 떨어졌다. 파커 아주머니는 자기도 모르게 부엌으로 돌아갔다. 너무도 비참했던 파커 아주머니는 꿈을 꾸는 사람처럼 모자를 쓰고 재킷을 입고 아파트에서 나갔다. 자기가 무얼 하고 있는지 의식하지 못했다. 끔찍한 일에 충격을 받아 그저 발길 닿는 대로 떠나는 사람과 마찬가지였다. 그 자리를 떠나면 고통에서 벗어날 수 있다고 믿는 것처럼….

바깥 거리는 추웠다. 얼음장처럼 차가운 바람이 휘몰아쳤다. 사람들이 매우 빠르게 지나갔다. 남자들은 가위처럼 걸었고 여자들은 고양이처럼 종종거렸다. 아무도 알아주지 않았다—아무도 신경 쓰지 않았다. 그녀가 무너진다 해도, 그 오랜 세월 참다가 처음으로 울음을 터뜨린다 해도, 괜히 잡혀가거나 할지도 모르는 일이다.

그런데 울음을 생각한 그 순간에 파커 아주머니는 마치 레니가 그녀의 품에 펄쩍 뛰어든 듯한 느낌을 받았다. 아, 우리 아가, 할무이가 그게 하고 싶었나보다. 할무이가 울고 싶구나. 지금 바로 울 수만 있다면, 오래오래 울 수 있다면, 첫 일자리와 그곳의 잔인한 요리사부터 의사네 집에서 일하고 일곱 아이와 남편을 잃고, 자란 아이들을 떠나보내고 레니를 잃기까지 그 비참한 삶에 대해 울 수만 있다면. 그러나 이 모든 것을 애도하며 울려면 시간이 한참 걸릴 것이다. 그래도 이제는 때가 왔다. 꼭 울어야 한다. 더는 미룰 수 없다. 더는 기다릴 수 없다…. 어디로 가야 할까?

"사는 게 어쩜 저리 고달플까, 파커 아주머니는." 그래, 과연 고달픈 인생이었다! 턱이 떨리기 시작했다. 얼른 갈 곳을 찾아야 한다. 하지만 어디로? 어디로?

집에 갈 수는 없다. 집에 가면 에설이 있는데, 거기서 울어버리면 애가 기겁하지 않겠는가. 거리의 벤치에 앉을 수도 없다. 사람들이 와서 이런저런 질문을 해댈 것이다. 문학가 선생의 집으로 돌아갈 수는 없다. 염치없이 남의 집에서 울 수는 없으니까. 어디 계단에 앉으면 경찰이 수상하게 여길지도 모른다.

오, 홀로 숨어서, 누구를 방해하거나 누구에게 방해받지 않고, 원하는 만큼 머무를 수 있는 곳이 없을까? 이제라도—실컷 울 수 있는 곳이 이 세상에 한 군데도 없나?

파커 아주머니는 걸음을 멈추고 거리를 둘러보았다. 얼음장 같은 바람이 앞치마를 풍선처럼 부풀렸다. 비가 내리기 시작했다. 갈 곳은 없었다.

만에서

I

매우 이른 아침. 동이 트기 전, 크레센트 베이 만 전체가 하얀 해무에 묻혀 보이지 않았다. 만을 에워싼, 수풀이 무성한 드넓은 언덕들도 안개에 묻혔다. 언덕이 어디서 끝나고 방목지와 방갈로들이 시작되는지 알 수 없다. 모래투성이 도로와, 그 너머의 방목지와 방갈로도 모습을 감추었다. 마을 너머 불그스름한 풀로 덮인 하얀 모래언덕이 사라졌다. 바다와 바닷가가 구분되지 않는다. 묵직한 이슬 한 방울이 떨어졌다. 풀잎은 파르스름한 빛을 띠고 있다. 덤불에 맺힌 커다란 이슬방울들은 아직 떨어지지 않았다. 토이토이 갈대의 길쭉한 줄기 끝에서 복슬복슬한 은색 꽃이삭이 축 처져 있다. 방갈로들의 정원에서 마리골드와 패랭이꽃도 촉촉이 젖은 고개를 떨구고 있다. 차가운 푸크시아 꽃잎이 흠뻑 젖었고, 한련화의 납작한 잎사귀는 둥근 이슬을 진주처럼 품고 있다. 어둠을 틈타 바다가 살며시 쓸고 지나간 것처럼, 거대한 파도 하나가 출렁이며 밀려왔던 것처럼―어디까지 왔었을까? 한밤중에 잠에서 깨었다면 창문 바로 밖에서 파드닥, 꼬리를 치고 사라지는 큰 물고기를 보았을지도….

아아, 졸린 바다가 웅얼거렸다. 황야에서 작은 물줄기들이 매끈한 조약돌 사이를 빠르고 가볍게 미끄러져 고사리로 둘러싸인 못에 쏟아졌다가 다시 흘러나갔다. 커다란 물방울들이 넓은 잎사귀에 후드득 떨어졌다. 그리고 또, 이건 무슨 소리지? 작은 잔가지가 가볍게 몸을 떨다가 툭, 부러졌고, 다음 순간 누군가 귀 기울이고 있는 듯한 침묵이 깔렸다.

크레센트 베이의 굽이돌이에서 부서진 바위 무더기 사이로 양떼가 두두두 지나갔다. 털실 뭉치처럼 우르르 몰려가는 양들은 찬바람과 고요에 겁을 먹기라도 한 것처럼 가느다란 막대기 같은 다리로 서둘렀다. 축축한 발에 모래를 잔뜩 묻힌 양치기 개가 양들을 따라왔다. 코를 땅에 바짝 대고는 있지만 딴생각에 빠진 것처럼 무심해 보였다. 마침내 바위 무더기 사잇길의 초입에 양치기가 나타났다. 양치기는 꼿꼿하고 마른 노인으로, 조그만 이슬방울이 거미줄처럼 엉켜 있는 두꺼운 모직 코트를 입었고, 벨벳 바지는 바짓부리를 무릎에서 묶었으며, 파란 손수건을 접어서 모자의 넓은 챙 아래 둘렀다. 한 손은 벨트에 끼워 넣고, 다른 손으로는 매끈하게 깎은 노란색 지팡이를 들었다. 양치기 노인은 느긋이 걸으며 나직한 휘파람을 끊임없이 불었다. 플루트 소리처럼 아련하고 가벼운 선율이 애잔하고 부드럽게 떠돌았다. 늙은 양치기 개는 케이퍼 꽃송이를 한두 번 툭툭 건드렸다가 자신의 경박한 장난이 부끄러웠는지 돌연 멈추고, 주인 옆에서 위엄 있게 걸음을 옮겨놓았다. 양들은 빠르게 달렸다. 양들이 메메 울기 시작하자 유령 같은 동족들의 화답이 바닷속에서 들려왔다. "메에! 메에에!" 잠시 그들은 영원토록 같은 땅에 있을 것 같았다. 앞으로는 얕은 웅덩이가 곳곳에 파인 모래투성이 길이 쭉 뻗어나갔고, 길 양옆으로 똑같이 그늘진 울타리 너머 똑같이 축축한 들판이 펼쳐졌다. 이내 거대한 무언가가 시야에 들어왔다. 삐죽삐죽한 머리가 산발로 뻗친 거인이 양팔을 활짝 펼치고 있다. 이 유칼립투스 나무는 스텁스 부인의 상점 앞에 있었는데, 앞을 지나가면 유칼립투스 향이 코를 찔렀다. 이제 커다란 빛줄기가 안개 속에 비치기 시작했다. 양치기는 휘파람을 멈추었다. 노인은 축축한 소매로 빨개진 코와 젖은 수염을 문지르고, 눈을 가늘게 찌푸리며 바다로 시선을 돌렸다. 해가 뜨고 있다. 안개가 놀랍도록 빠른 속도로 엷어지고 흩어지며, 나지막한 평원에서 녹아내리고, 광야에서 걷히고, 도망치듯 순식간에 사라졌다. 은색 빛줄기가 넓어짐에 따라 구불구불하게 깔려 있던 거대한 안개가 앞다투어 떠났다. 저 높이 환하게 빛나는 새파란 하늘이 웅덩이에 반사되었고, 전선을 따라 도르르 구르던 이슬이 반짝 빛났다. 출렁이는 바다는 이제 똑바로 바라볼 수 없을 정도로 번쩍였다. 양치기는 가슴 주머니에서 담뱃대를 꺼내고, 얼룩덜룩한 담뱃잎을 도려내 도토리처럼 작은 담배통에 채웠다. 노인의 반듯한 얼굴에 진중한 표정이 떠올랐다. 파이프에 불을 붙이자 파란 연기가 머리를 휘감으며 피어올랐고, 양치기 개는 자랑스러워하는 눈빛으로 주인을 올려다보았다.

"메에에! 메에에!" 양떼가 부채꼴로 흩어졌다. 양떼가 여름 별장촌을 막 지나쳤을 때 동네에서 제일 일찍 잠에서 깨어난 이가 뒤척이며 졸린 머리를 들었다. 양떼의 울음소리가 어린아이들의 꿈속에 울려 퍼졌고… 아이들은 양떼처럼 포근하고 달콤한 잠을 끌어안으려 팔을 뻗었다. 그리고 첫 거주자가 나타났다. 버넬가의 고양이 플로리가 언제나처럼 너무 이른 시간부터 대문의 기둥에 앉아 우유배달부 소녀를 기다렸다. 양치기 개를 본 플로리는 펄쩍 뛰어올라 등을 한껏 세우고 줄무늬 머리를 수그린 채로 까탈을 부리듯 몸서리 쳤다. "으! 어쩜 저렇게 거칠고 지저분할까!" 플로리가 말했다. 하지만 늙은 개는 눈길 한번 주지 않고 다리를 좌우로 내뻗으며 껑충껑충 달려갔다. 자신이 본 것을 확인하려 한쪽 귀만 쫑긋 세웠다가, 어리석은 아가씨라고 혀를 찼다.

아침 바람이 황야에서 살랑이며 나뭇잎과 검은 진흙의 냄새를 아릿한 바닷냄새와 뒤섞었다. 온갖 종류의 새들이 지저귀기 시작했다. 황금방울새 한 마리가 양치기 머리 위로 날아가 꽃가지 끝에 내려앉더니, 고개를 갸웃하며 태양을 쳐다보고 작은 가슴의 깃털을 세웠다. 이제 양떼는 어부의 오두막과, 우유배달부 소녀 레일라가 할머니와 함께 사는, 거뭇하게 그을린 마오리족 오두막을 지나쳤다. 양떼가 누런 습지에서 뿔뿔이 흩어지자 양치기 개 왜그가 쫓아가 크레센트 베이를 지나 데이라이트 코브로 이어지는 좁다랗고 가파른 돌길로 몰았다. "메에에! 메에에!" 안개가 빠르게 증발하고 있는 길을 양떼가 지나가며 울음소리가 점차 희미해졌다. 양치기는 담뱃대의 통이 가슴 주머니에 걸쳐지게 집어넣고, 곧바로 다시 나직이 휘파람을 불기 시작했다. 왜그는 어떤 냄새를 쫓아 돌길의 가녘을 달리다가 불쾌한 기색으로 되돌아왔다. 양들은 밀치락달치락 서둘러 커브를 돌았고, 양떼를 따라 양치기도 시야에서 사라졌다.

II

이윽고 한 방갈로의 뒷문이 열리고, 굵은 줄무늬가 들어간 수영복 차림의 남자가 방목지를 뛰어 내려와 울타리 디딤대를 훌쩍 넘고,

더부룩한 풀밭을 빠르게 가로질러 조그만 골짜기로 내려갔다가, 모래언덕을 어기적어기적 올라가, 구멍이 송송 뚫린 커다란 바위와 차갑고 미끈거리는 돌 위를 날듯이 질주해 기름칠한 것처럼 빛나는 모래사장으로 나갔다. 첨벙! 첨벙! 스탠리 버넬이 의기양양한 기분으로 물을 헤치며 나아갈 때마다 다리 주변에서 거품이 일었다. 언제나처럼 일등이군! 또다시 모두를 제쳤다. 스탠리는 허리를 숙이고 머리와 목에 물을 끼얹었다.

"형제여, 만세! 오오, 위대한 자에게 만세!" 벨벳처럼 부드럽고 베이스처럼 깊은 목소리가 바닷물 위로 울렸다.

이런! 빌어먹을! 스탠리가 몸을 일으키자 저만치 바다에서 치켜든 손과 끄덕이는 검은 머리가 보였다. 아내 언니의 남편 조너선 트라우트였다. 조너선 트라우트가 그보다 먼저 왔다! "영광스러운 아침 아닙니까!" 조너선이 노래하듯 외쳤다.

"네, 좋네요!" 스탠리는 퉁명스럽게 내뱉었다. 대체 왜 저 인간은 자기 집 근처 바다로 가지 않고 꼭 여기로 오지? 스탠리는 발을 뒤로 차고 팔을 어깨 위로 크게 넘기며 빠르게 헤엄쳤다. 그러나 조너선의 실력도 만만치 않았다. 조너선이 가까이 왔다. 이마를 덮은 검은 머리와 짧은 턱수염이 빛났다.

"간밤에 기가 막힌 꿈을 꿨지 뭡니까!" 조너선이 외쳤다.

저자는 대체 왜 저러는 거야? 만날 때마다 붙들고 말을 거는 조너선의 대화에 대한 열의가 스탠리는 이루 말할 수 없이 거슬렸다. 게다가 조너선은 늘 같잖은 소리를 해댔다. 자기가 꾼 꿈이나, 머릿속에 떠오른 엉뚱한 아이디어나, 최근에 읽고 있는 쓸데없는 책 같은 것들. 스탠리는 등으로 누워, 용오름이 일어날 정도로 발장구를

쳤다. 그런데도…. "까마득하게 높은 절벽에 매달려 있는 꿈을 꿨어요. 절벽 아래 누군가에게 소리치고 있었죠." 물론 그랬겠지! 스탠리는 생각했다. 도저히 참아줄 수 없었다. 스탠리는 발장구를 멈췄다. "이거 봐요, 트라우트." 스탠리가 말했다. "오늘은 너무 바빠서요."

"오늘 어떻다고요?" 조너선은 너무 놀라서—놀란 척인지도 모른다—수면 아래로 가라앉았다가 입으로 물을 뿜으며 다시 올라왔다.

"내 말은," 스탠리가 말했다. "한가하게—수다나, 아니, 이야기를 나눌 시간이 없어요. 수영만 하고 얼른 가야 해요. 바빠요. 아침에 할 일이 있어요—무슨 말인지 아시죠?"

스탠리가 말을 마치기도 전에 조너선은 떠났다. "가보시죠, 동서!" 깊은 목소리로 다정하게 말한 조너선은 물결도 거의 어지럽히지 않으며 멀리 헤엄쳐 갔다…. 짜증 나는 인간 같으니! 수영할 맛이 뚝 떨어졌다. 한심스러운 작자 같으니라고! 스탠리는 바다로 다시 헤엄쳐 나갔다가 금세 몸을 돌렸고, 서둘러 해변으로 돌아왔다. 속은 기분이었다.

한편 조너선은 바다에 더 오래 머물렀다. 팔을 지느러미처럼 유연하게 움직이며 둥둥 떠 있노라면 바다가 그의 호리호리한 몸을 부드럽게 흔들었다. 참 이상했다. 그러나 스탠리 버넬이 어떻게 대하든 조너선은 그를 좋아했다. 물론 스탠리를 놀려주고 싶은 짓궂은 장난기가 발동하긴 했지만 마음속 깊은 곳에서는 그를 동정했다. 세상만사를 피 터지는 경쟁으로 만들고야 마는 스탠리의 삶의 방식에는 어딘가 딱한 구석이 있었다. 언젠가는 스탠리가 된통 당할 것이라는 예감이 드는데, 그렇게 되면 그가 얼마나 심하게 망가질까? 그 순간 거대한 파도가 조너선을 들어올렸다가 지나가고 유쾌한 소리를 내며 해변에서 부서졌다. 아름답다! 그리고 또다시 파도가 밀려왔다. 자고로 인생은 이렇게 살아야 한다—느긋하게, 되는대로, 자기 자신을 즐기면서. 조너선은 몸을 일으켜 단단하게 주름진 모래에 발가락을 딛고, 해변으로 걸어가기 시작했다. 선선히 받아들이고, 삶의 조수에 저항하지 않고 따르는 것—그런 자세가 필요하다. 맞서 싸우려고 하면 안 된다. 산다는 것—산다는 것은! 햇빛에 흠뻑 젖은 상쾌하고 청명한 아침이 자기 자신의 아름다움에 웃음을 터뜨리고 이렇게 속삭이는 듯했다. "왜 안 되겠어?"

그러나 바다에서 나온 지금 조너선은 추위에 파랗게 질렸다. 누군가 몸에서 피를 쥐어 짜내는 것처럼 아렸다. 부들부들 떨면서 비틀비틀 걸어가는 조너선은 온몸의 근육이 굳은 것 같았고, 그 역시 수영을 망친 기분이었다. 그는 너무 오래 머물렀다.

Ⅲ

베릴이 거실에 홀로 앉아 있는데 스탠리가 빳빳한 목깃에 물방울무늬 넥타이를 매고, 파란 서지 양복을 입고 들어왔다. 스탠리는 보기에 불편할 정도로 말쑥하고 깔끔했다. 스탠리는 이날 시내에 나갈 계획이었다. 스탠리가 의자에 털썩 앉아 시계를 그릇 옆에 내려놓았다.

"이십오 분 뒤에 나가야 해." 스탠리가 말했다. "처제, 오트밀이 준비되었는지 확인해줄래?"

"어머니가 방금 가지러 갔어요." 베릴이 말했다. 베릴은 식탁에 앉아 스탠리에게 차를 따라주었다.

"고마워!" 스탠리는 차를 한 모금 마셨다. "잠깐!" 스탠리가 놀란 목소리로 외쳤다. "설탕을 안 넣었잖아."

"아, 미안해요!" 하지만 베럴은 설탕을 넣어주는 대신 테이블에서 설탕통을 밀어주기만 했다. 이게 무슨 뜻이지? 스탠리는 파란 눈을 휘둥그레 뜨고 설탕을 직접 넣었다. 스탠리의 눈꺼풀이 살짝 떨리는 것 같았다. 스탠리는 처제를 힐끔 보고 의자에 기대앉았다.

"별일 없지?" 스탠리는 목깃을 만지작거리며 무심한 목소리로 물었다.

베럴은 고개를 숙이고 있었다. 베럴이 손가락으로 그릇을 돌렸다. "아무 일 없어요." 베럴이 가볍게 말했다. 그리고 베럴 역시 눈을 들고, 스탠리를 보며 미소 지었다. "왜 무슨 일이 있겠어요?"

"아, 아니, 나야 모르지. 다만 오늘 처제 표정이―"

그때 문이 열리고 어린 소녀 세 명이 오트밀 그릇을 하나씩 들고 들어왔다. 아이들은 하나같이 파란색 니트와 반바지 차림이었다. 맨다리는 갈색으로 그을렸고, 말꼬리라고 불리는 스타일로 머리를 높이 묶어 땋아 내렸다. 아이들 뒤에서 페어필드 부인이 쟁반을 들고 들어왔다.

"조심하렴, 얘들아." 페어필드 부인이 주의를 주었다. 그렇지만 이미 아이들은 신중을 기하고 있었다. 아이들은 무언가를 나르도록 허락받아서 즐거웠다. "아버지한테 아침 인사 드렸니?"

"네, 할머니." 세 소녀는 스탠리와 베럴 맞은편의 기다란 벤치 의자에 나란히 앉았다.

"좋은 아침이네, 스탠리!" 페어필드 부인이 스탠리 앞에 오트밀을 내려놓았다.

"안녕히 주무셨어요, 장모님. 아기는 어때요?"

"아주 좋아! 어젯밤에는 한 번밖에 안 깼어. 참 아름다운 아침이야!" 노부인은 말을 멈추고, 빵에 손을 얹은 채 열린 문을 통해 정원을 내다보았다. 파도가 철썩였다. 활짝 열어놓은 창문으로 햇빛이 들어와 노란 벽과 바닥을 달구었다. 테이블에 올려진 모든 것이 반짝반짝 빛을 반사했다. 테이블 중앙에 있는 낡은 샐러드 그릇에는 빨갛고 노란 한련화가 수북했다. 노부인은 삶에 대한 만족감으로 눈을 빛내며 미소 지었다.

"빵 한 조각 잘라주시면 어떨까요, 장모님." 스탠리가 말했다. "마차가 오기까지 십이 분 하고 삼십 초밖에 안 남았어요. 제 구두는 하녀한테 주셨나요?"

"구두는 준비되었네." 페어필드 부인은 전혀 동요하지 않았다.

"아이, 키지어! 왜 그렇게 지저분하게 먹니?" 베럴이 짜증을 냈다.

"저요, 베럴 이모?" 키지어는 베럴을 빤히 보았다. 뭘 잘못했다는 거지? 오트밀 가운데 강을 낸 다음에 우유를 붓고 강둑을 먹고 있었을 뿐이다. 매일 아침 이렇게 먹었는데, 야단을 맞는 것은 처음이었다.

"이저벨이나 로티처럼 제대로 먹으면 안 되니?" 어른들은 어찌나 불공정한지!

"하지만 로티는 맨날 오트밀을 섬처럼 둥둥 띄우는걸요. 맞지, 로티?"

"난 그런 짓 안 해." 이저벨이 새침하게 말했다. "난 오트밀에 설탕을 뿌리고 우유를 부어서 먹어. 아기들이나 음식 가지고 장난하는 거야."

스탠리가 의자를 뒤로 밀치고 일어났다.

만에서

"구두 좀 가져다주시겠어요, 장모님? 베릴, 식사 마쳤으면 대문으로 나가서 마차를 잡아줘. 이저벨, 엄마한테 가서 내 중절모가 어디 있는지 물어보렴. 잠깐—얘들아, 너희가 내 지팡이 가지고 놀았니?"

"아뇨, 아버지!"

"틀림없이 여기에 놓았는데." 스탠리가 언성을 높이기 시작했다. "여기 구석에 놓은 걸 확실히 기억해. 누가 가지고 갔니? 지금 장난 칠 시간이 없단 말이다. 서둘러! 빨리 찾아야 해."

하녀 앨리스까지 지팡이 수색에 동원되었다. "혹시 자네가 부엌에서 불 쑤시는 데 쓴 건 아니겠지?"

스탠리는 린다가 누워 있는 침실로 진격했다. "정말 어처구니없 군. 내 물건을 하나도 제자리에 간수할 수가 없어. 이번에는 내 지팡이가 없어졌어!"

"지팡이? 무슨 지팡이?" 이런 일이 있을 때마다 린다는 무심하기 그지없었는데, 스탠리는 그런 린다의 태도가 진심이라고 믿을 수 없었다. 누구 한 사람 나와 공감해주지 않는 건가?

"형부! 형부, 마차 왔어요!" 베릴이 대문에서 외쳤다.

스탠리는 린다에게 손을 흔들었다. "제대로 인사할 시간 없어!" 스탠리는 외치고 휭하니 나갔는데, 린다를 벌주겠다는 의도였다.

스탠리는 중절모를 집어 들고 집에서 달려나가 정원을 뛰어갔다. 그래, 마차가 기다리고 있었다. 베릴은 열어놓은 대문에 기대어 누군가의 말에 웃고 있었는데, 아무 문제도 없다는 듯 태평했다. 여자들은 어쩜 저렇게 매정한지! 자기들을 부양하느라 뼈 빠지게 일하는 걸 당연시하면서 지팡이 하나 간수해주지 않는다니! 켈리가 말들에게 채찍을 휘둘렀다.

"다녀오세요, 형부." 베릴이 상냥하고 명랑하게 외쳤다. 인사가 잘도 나오겠지! 그리고 베릴은 한 손으로 손차양을 하고 잠자코 서서 기다렸다. 스탠리로서는 짜증 나게도 남들 눈 때문에 화답할 수밖에 없었다. 그리고 베릴은 뒤돌아섰다. 어린아이처럼 깡충깡충 집으로 뛰어가는 베릴을 스탠리는 눈으로 좇았다. 그가 떠나서 신이 난 게 틀림없다!

그렇다, 베릴은 스탠리가 떠나서 다행스러웠다. 거실로 뛰어 들어가며 베릴은 "갔어!"라고 외쳤다. 린다가 방에서 외쳤다. "베릴! 스탠리 갔어?" 페어필드 부인이 꼭 끼는 짧은 재킷을 입힌 아기를 안고 들어왔다.

"갔니?"

"갔어요!"

아, 얼마나 다행인지. 남자가 떠나고 나니 모든 것이 달라졌다. 서로를 부르는 목소리의 음색도 달라졌다. 비밀을 나누듯이 포근하고 애정 어린 목소리였다. 베릴이 테이블로 갔다. "차 한 잔 더 마셔요, 어머니. 아직 따뜻해요." 이제 눈치 보지 않고 마음대로 행동해도 된다는 사실을 베릴은 무엇으로라도 축하하고 싶었다. 그들을 방해하는 남자는 이제 없다. 이 완벽한 하루가 오롯이 그들 것이다.

"아니, 괜찮다, 얘야." 차는 거절했지만, 아기를 번쩍 안아 올리고 '어화둥둥' 어르는 것으로 미루어 페어필드 부인도 베릴과 같은 기분이었다. 소녀들은 우리에서 풀려난 닭처럼 방목지로 쪼르르 뛰어갔다.

부엌에서 설거지하던 하녀 앨리스마저 분위기에 전염되어 물탱크에 보관하는 귀중한 물을 맘껏 낭비했다.

"정말 남자들이란!" 앨리스는 중얼거리고, 찻주전자를 양동이 속 물에 담근 다음에 거품이 멈춘 뒤에도 한참 동안 그대로 담그고 있었다. 마치 찻주전자가 남자고, 익사시키는 것이 그들에게 좋다고 생각하는 것 같았다.

IV

"기다려, 이저벨 언니! 키지어 언니, 기다리라니까!"

불쌍한 로티는 또 뒤처졌다. 로티는 방목지의 디딤대 출입구를 혼자 못 넘었다. 맨 아랫단에 발을 올려놓기가 무섭게 무릎이 떨리기 시작했다. 로티는 기둥을 붙잡았다. 그다음 순서는 다리를 넘기는 것인데, 어느 다리를 넘겨야 하지? 도저히 결정할 수 없었다. 절망에 떠밀린 듯 마침내 한쪽 다리를 넘기면—끔찍이도 겁이 났다. 여전히 로티는 한 다리는 방목지 쪽에, 다른 다리는 풀밭 쪽에 걸친 채였다. 로티는 기둥을 필사적으로 붙들고 목청을 돋우었다. "기다려!"

"기다려주지 마, 키지어!" 이저벨이 말했다. "로티는 정말 바보 같아. 맨날 별걸 다 가지고 호들갑을 떨지. 가자!" 이저벨이 키지어의 니트를 잡아당겼다. "나랑 같이 가면 내 양동이 쓰게 해줄게." 이저벨이 관대하게 말했다. "네 양동이보다 더 크잖아." 하지만 키지어는 로티를 혼자 두고 갈 수 없었다. 키지어는 로티에게 돌아갔다. 로티는 새빨개진 얼굴로 숨을 가쁘게 몰아쉬고 있었다.

"자, 이제 다른 발을 넘겨." 키지어가 말했다.

"어디에?"

로티가 산꼭대기에 서 있는 표정으로 키지어를 내려다보았다.

"여기, 내 손 옆에." 키지어가 디딤대 단을 두드리며 말했다.

"아, 거기 말하는 거였구나!" 로티는 길게 한숨을 토해내며 다른 쪽 다리를 넘겼다.

"자, 이제 몸을 돌리는 것처럼 하고 앉아서 미끄러져 내려와." 키지어가 말했다.

"하지만 앉을 자리가 없는걸." 로티가 말했다.

로티는 가까스로 디딤대에서 내려왔고, 마침내 땅에 발을 딛고서는 몸을 털며 활짝 웃었다.

"내가 점점 더 잘하는 것 같아, 그렇지, 키지어 언니?"

로티는 천성이 낙관적이었다.

분홍색 보닛과 파란색 보닛이 이저벨의 선명한 빨간색 보닛 뒤를 따라 가파르고 미끄러운 언덕길을 올라갔다. 둔덕에서 아이들은 누가 와 있는지 보고 어디로 갈지 정하기 위해 잠시 걸음을 멈추었다. 언덕 아래에서 보면 하늘을 배경으로 모종삽을 크게 휘두르고 있는 아이들이 꼭 혼란에 빠진 조그만 탐험가들 같았다.

새뮤얼 조지프 일가 전부가 가정부와 함께 벌써 와 있었다. 가정부는 캠핑용 스툴에 앉아서 목에 건 호루라기로 아이들에게 주의를 주거나 작은 지팡이로 방향을 지시했다. 이 집 아이들은 아이들끼리 놀러 다니거나 스스로 놀이를 개발하는 법이 없었다. 아이들끼리 놀게 내버려두면, 남자아이들이 여자아이들의 목에 물을 끼얹거나, 혹은 여자아이들이 남자아이들 주머니에 까만 게를 집어넣는 것으로 끝났다. 그래서 새뮤얼 조지프 부인과 딱한 가정부는 매일 아침 '브로그램'이라는 것을 짜서 아이들이 '불겁고 발썽을 부리지 않게' 감독했다. 게임은 전부 경쟁이나 시합, 혹은 여럿이 하는 개인전이었다. 모든 게임이 가정부의 귀 따가운 호루라기 소리로 시작하고 끝났다. 심지어 상도 있었는데—상당히 더러운 종이로 싼 큰 꾸러미를 가정부가 시큼한 미소를 지으며 불룩한 가방에서 꺼내 주었다. 새뮤얼 조지프네 아이들은 상을 받으려고 피 터지게 싸우고 반칙하고 상대의 팔을 꼬집었다. 그 집 아이들은 모두 꼬집기 전문가였다. 딱 한 번 같이 놀았을 때 키지어가 상을 받았는데, 종이 세 장을 펼치자 그 속에 아주 작고 녹이 슨 단추걸이가 들어 있었다. 왜 이것을 받으려고 그 난리를 피우는지, 키지어는 이해할 수 없었다.

그러나 이제 버넬가 아이들은 새뮤얼 조지프네 아이들과 어울리지 않았고, 그들이 여는 파티에도 가지 않았다. 새뮤얼 조지프 가족은 아이들을 위한 파티를 늘 만에서 열었고, 늘 같은 음식을 차렸다. 커다란 세숫대야에 가무스름하게 갈변한 과일 샐러드가 수북했고 롤빵은 사등분되어 있었으며 가정부가 '리모나디어'라고 부르는 음료가 세면용 주전자에서 찰랑거렸다. 저물녘에 야만인처럼 뜰에서 뛰어다니는 새뮤얼 조지프네 아이들을 뒤로하고 집에 갈 무렵에는 재킷의 프릴이 반쯤 뜯어져 너덜거리고 원피스 앞면은 얼룩져 있었다. 정말이지! 그 집 아이들은 너무 끔찍했다.

해변의 다른 쪽에서 바다와 가까운 곳에 어린 소년 두 명이 있었다. 반바지를 걷어붙인 두 소년의 젖은 몸이 작은 거미처럼 빛났다. 한 아이는 모래를 파고 있었고, 다른 아이는 오락가락하며 작은 양동이로 바닷물을 길었다. 트라우트의 아들 핍과 랙스였다. 핍은 모래를 파는 것에, 랙스는 핍을 돕는 것에 너무 골몰해 있었던지라 사촌들이 바로 옆까지 오고서야 알아차렸다.

"봐!" 핍이 말했다. "내가 발견한 거야." 그리고 핍은 축축하게 젖고 뒤틀린 낡은 장화 한 짝을 보여주었다. 세 소녀는 장화를 빤히 바라보았다.

"그걸로 뭘 할 건데?" 키지어가 물었다.

"당연히 집에 가져가야지!" 핍이 깔보듯이 말했다. "발견한 거라니까. 봐!"

그래, 키지어도 봤다. 하지만….

"모래사장에 묻혀 있는 게 많아." 핍이 말했다. "난파된 배에서 쓸려 오는 거야. 보물이야. 잘 찾아보면 심지어—"

"그런데 랙스는 왜 계속 물을 붓고 있어?" 로티가 물었다.

"아, 모래를 적셔놓는 거야." 핍이 말했다. "그래야 파기가 쉬우니까. 랙스, 잘하고 있어."

착한 랙스는 종종걸음으로 오락가락하며 코코아처럼 갈색으로 변한 물을 쏟아부었다.

"자, 내가 어제 찾은 거 보여줄까?" 핍이 의미심장하게 말하고 삽을 모래에 꽂았다. "아무한테도 말 안 한다고 약속해."

세 여자아이는 약속했다.

"십자가 긋고 하늘에 맹세해."

여자아이들은 맹세했다.

핍은 주머니에서 무언가를 꺼내어 셔츠 앞면으로 한참 문지른 다음에 입김을 불고 다시 문질렀다.

"이제 뒤돌아!" 핍이 명령했다.

아이들이 돌아섰다.

"잠시 모두 한 곳을 쳐다봐! 가만히 있어! 이제 봐도 돼!"

그리고 핍은 손바닥을 펼쳤다. 핍이 들고 햇빛에 비춘 것은 반짝거리고, 깜박거리고, 세상 가장 아름다운 초록빛이었다.

"네메랄이야." 핍이 엄숙하게 선언했다.
"진짜?" 이저벨마저 감탄했다.

사랑스러운 초록색 물체가 핍의 손가락 사이에서 춤을 추는 것 같았다. 베릴 이모 반지에도 네메랄이 박혀 있었는데, 그건 아주 작았다. 핍이 들고 있는 것은 별처럼 크고 훨씬 더 아름다웠다.

V

오전 시간이 흘러가면서 점점 더 많은 사람들이 모래언덕에 나타났고 수영을 하러 바닷가로 내려왔다. 오전 11시에는 별장촌의 여자들과 아이들이 해변을 점유하기로 암묵적으로 정해져 있었다. 먼저 여자들이 옷을 벗고 수영복으로 갈아입은 다음에 세면주머니처럼 흉측한 모자를 뒤집어썼다. 그다음에 아이들이 옷을 벗었다. 해변 곳곳에 작은 옷 무더기와 신발이 늘비했다. 바람에 날아가지 말라고 돌을 올려놓은 커다란 햇빛 차단용 모자가 거대한 조개껍데기처럼 보였다. 이 많은 사람들이 웃으면서 파도에 뛰어들 때면 신기하게 바다의 목소리도 달라지는 것 같았다. 페어필드 부인은 라일락색 면드레스를 입고 검은색 모자의 끈을 턱 밑에서 묶은 다음에 손주들을 데리고 나갈 채비를 했다. 트라우트의 두 아들은 셔츠를 머리 위로 벗어젖히고 전속력으로 돌진했다. 아이들 할머니는 뜨개질 가방에 한 손을 넣고, 아이들이 물에 안전하게 들어가는 것을 확인한 다음에 시작할 털실 뭉치를 만지고 있었다.

조그맣고 야무진 소녀들은 여리고 섬세한 용모의 소년들보다 턱없이 용기가 부족했다. 핍과 랙스는 부르르 떨면서도 한 치의 머뭇거림 없이 물속에 들어가 웅크리고 물장구를 쳤다. 그러나 이저벨과 키지어는 물속에서 각각 열두 번과 여덟 번 팔을 저은 거리까지 헤엄칠 수 있으면서도 물을 끼얹지 않는다는 약속을 받아야만 같이 갔다. 로티로 말하자면, 로티는 따라가지도 않았다. 로티는 아무 방해 없이 자기가 원하는 것을 하고 싶을 뿐이었다. 그건 바로 물가에 앉아 무릎을 꽉 붙인 채 다리를 뻗고, 금세라도 바다로 떠밀려가길 기다리는 것처럼 팔을 휘젓는 것이었다. 그러나 평소보다 큰 파도가 물보라 수염을 휘날리며 겅중겅중 달려오면 로티는 겁에 질려 벌떡 일어나 해변으로 도망쳤다.

"어머니, 이것 좀 보관해주세요."

페어필드 부인의 품에 반지 두 개와 가느다란 금목걸이가 떨어졌다.

"알았다. 여기서 수영 안 하니?"

"아아뇨." 베럴이 웅얼웅얼 대답을 얼버무렸다. "좀더 멀리 가서 갈아입을 거예요. 해리 켐버 부인이랑 같이 수영하기로 했어요."

"알았다." 하지만 페어필드 부인은 입을 꾹 다물었다. 베럴도 잘 알다시피 페어필드 부인은 해리 켐버 부인을 마뜩잖게 여겼다.

불쌍한 어머니, 베럴은 조약돌 위를 사뿐사뿐 걸으며 미소 지었다. 불쌍한 어머니! 늙어버리셨어! 오, 젊다는 것이 얼마나 큰 기쁨이자 축복인지….

"오늘 기분이 좋아 보이네." 해리 켐버 부인이 말했다. 켐버 부인은 양팔로 무릎을 끌어안고 바위에 앉아서 담배를 피우고 있었다.

"날이 너무 좋아서요." 베럴이 웃으며 말했다.

"오, 자기!" 베럴의 속마음을 다 안다는 말투로 해리 켐버 부인이 말했다. 켐버 부인은 늘 상대를 상대 자신보다 잘 안다는 뉘앙스로 말했다. 키가 크고 기이하게 생긴 캠버 부인은 손과 발이 가늘었고, 마찬가지로 길고 좁은 얼굴에 지친 표정이 서려 있었다. 심지어 부인의 곱슬곱슬한 금발 앞머리도 피로에 시든 것처럼 축 늘어졌다. 별장촌의 여자들 가운데 캠버 부인은 유일한 흡연자였는데, 담배에서 재가 안 떨어지는 게 신기할 정도로 오랫동안 입에 물고 줄담배를 피웠다. 캠버 부인은 하루도 빠짐없이 브릿지 게임을 했고, 브릿지를 안 할 때는 햇볕에 드러누워 해바라기를 했다. 캠버 부인은 햇볕을 오래 쬐어도 힘들어하지 않았다. 아니, 아무리 쬐어도 모자란 듯했다. 그토록 쬐어도 몸이 따뜻해지지 않는지, 캠버 부인은 메마르고, 시들고, 추운 기색으로 파도에 쓸려 온 나무줄기처럼 바위에 널브러져 있었다. 별장촌의 여자들은 캠버 부인이 매우, 매우 천박하다고 생각했다. 겉치장에 무관심하고 은어를 남발하며 스스럼없이 남자들을 대하는 데다가 살림에 눈곱만큼도 신경 쓰지 않고, 글래디스라는 하녀를 '글래드아이스"라고 부르는 버릇이 동네 망신이었다. 캠버 부인은 베란다 계단에 서서 특유의 무심하고 피곤한 목소리로 말했다. "글래드아이스, 우리 집에 손수건이 있으면 하나 던져주겠니?" 그럼 모자를 쓰는 대신 빨간 리본으로 머리를 묶고 흰 구두를 신은 글래드아이스가 시건방진 미소를 띠고 달려왔다. 수치스러운 일이다! 물론 캠버 부인에게 아이가 없는 것은 사실이지만, 그녀 남편은 또…. 이 대목에서는 늘 목소리가 높아졌다. 목소리가 열을 띠었다. 어떻게 저런 여자와 결혼할 수 있지? 대체 왜? 물론 재산 때문이었을 것이다. 하지만 아무리 그래도!

    캠버 부인의 남편은 아내보다 최소한 열 살은 어렸는데, 놀랍도록

---

* *Glad eye*. 추파를 던진다는 뜻.

잘생겨서 진짜 사람이 아니라 가면이나 미국 소설에 그려진 완벽한 삽화 같았다. 새까만 머리, 짙푸른 눈동자, 붉은 입술, 느릿하게 떠오르는 게으른 미소. 켐버 씨는 테니스와 춤에 능했고, 신비로웠다. 해리 켐버는 마치 잠을 자며 걸어다니는 남자 같았다. 남자들은 켐버 씨를 못 견디게 싫어했다. 켐버 씨에게서는 어떤 말도 끄집어낼 수 없었다. 켐버 씨와 켐버 부인은 서로를 똑같이 무시했다. 켐버 씨의 생활은 어떤가? 물론 이런저런 소문이 돌았는데, 그 소문들이란! 차마 입에 담을 수 없었다. 켐버 씨와 함께 목격된 여자들, 그가 목격된 장소들…. 그러나 아무것도 확실치 않았고 물증은 없었다. 별장촌의 여자들 몇몇은 켐버 씨가 언젠가는 살인을 저지르리라 남몰래 생각했다. 그렇다. 이 여자들은 켐버 부인의 괴상한 옷차림에 눈을 못 박고 그녀와 대화를 나누는 와중에도, 해변에 널브러져 있을 때와 같은 자세이지만 싸늘하게 식은 몸에서 피를 흘리고 입꼬리에 담배를 대롱대롱 물고 죽어 있는 그녀를 상상했다.

켐버 부인이 하품을 하며 일어나 벨트의 버클을 풀고 블라우스의 시접 테이프를 잡아당겼다. 베릴은 치마와 상의를 벗고, 짧은 하얀색 페티코트와 어깨에 리본이 달린 캐미솔 차림으로 일어났.

"세상에." 해리 켐버 부인이 말했다. "자기는 정말 아름다워!"

"그러지 마요!" 베릴이 조용히 말렸다. 하지만 스타킹을 한 짝씩 벗으면서 베릴은 자신의 아름다움을 느꼈다.

"칭찬을 왜 거절하지?" 해리 켐버 부인은 페티코트를 밟으면서 내렸다. 맙소사, 켐버 부인의 속옷은 정말! 파란색 면 팬티와 왠지 베갯잇을 떠올리게 하는 리넨 보디스. "코르셋 같은 건 안 하지?" 켐버 부인이 허리를 만지자 베릴은 과장되게 꺅, 소리를 지르며 피했다.

"절대 안 해요!" 잠시 후 베럴이 단호하게 말했다.

"참 운이 좋아." 켐버 부인이 코르셋을 벗으며 한숨을 내쉬었다.

베럴은 돌아서서, 옷을 벗는 동시에 수영복을 입는 까다로운 일련의 동작을 시작했다.

"오, 자기. 나는 신경 쓰지 마." 켐버 부인이 말했다. "뭘 그렇게 수줍어해? 내가 잡아먹기라도 할까봐? 난 저 여자들처럼 내숭 떨지 않아." 켐버 부인은 말 울음 같은 특유의 기묘한 웃음소리를 내고 눈살을 찌푸리며 다른 여자들을 건너다봤다.

하지만 베럴은 수줍었다. 베럴은 절대 타인 앞에서 옷을 벗지 않았다. 바보 같나? 바보 같을 뿐더러 심지어 창피스러운 소심함이라고 켐버 부인은 생각하는 듯했다. 왜 부끄러워하는가? 볼품없는 슈미즈만 입고서도 당당히 서서 새 담배에 불을 붙이는 친구를 베럴은 재빨리 훔쳐보았다. 순간 대담하고 위험한 장난기가 가슴에서 솟구쳤다. 베럴은 될 대로 되라는 식의 웃음을 터뜨리며 아직 완전히 마르지 않아 흐늘거리고 모래로 까슬한 수영복을 입고 고리 모양의 단추를 채웠다.

"훨씬 낫네." 해리 켐버 부인이 말했다. 두 사람은 바다로 같이 걸어갔다. "자기 같은 사람은 옷을 입는 게 죄야. 누군가 한번은 말해주었어야 했어."

바닷물은 꽤 따뜻했다. 파랗게 투명한 바닷물에 은빛이 점점이 빛났고, 그 아래 모래는 금빛이었다. 발가락으로 차면 모래가 금가루처럼 피어올랐다. 이제 파도가 가슴께에 닿았다. 먼바다를 바라보며 베럴은 양팔을 활짝 펼치고 있다가 파도가 밀려오면 아주 살짝 뛰었다. 그럼 그녀가 뛴 것이 아니라 파도가 그녀를 부드럽게 안아

올린 것같이 느껴졌다.

"예쁜 여자들은 즐기면서 살아야 한다고 생각해." 해리 켐버 부인이 말했다. "즐기지 않을 이유가 뭐야? 나중에 후회하지 말고 지금 즐겨, 자기." 그리고 켐버 부인은 갑자기 몸을 뒤집어 물속으로 사라졌고, 쥐처럼 빠르게 빠르게 멀리 헤엄쳐 나갔다. 이윽고 켐버 부인은 몸을 돌려 다시 헤엄쳐 왔다. 무언가 다른 말을 하려는 것 같았다. 이 이상한 여자가 자신에게 나쁜 영향을 끼친다고 생각하면서도 베럴은 켐버 부인이 하려는 말이 간절히 듣고 싶었다. 하지만 아, 정말 이상하고 정말 무서웠다! 가까이 다가온 해리 켐버 부인은 검은색 수영모 아래 졸려 보이는 얼굴만 턱이 수면에 닿을락 말락 떠 있어서, 마치 그녀의 남편을 추하게 그린 캐리커처처럼 보였다.

VI

앞마당 잔디밭 한가운데 있는 마누카 나무 아래 등나무 의자를 놓고 드러누워, 린다 버넬은 아침 시간을 몽상하며 보냈다. 아무것도 하지 않았다. 마누카 나무의 가지에 촘촘히 돋아난 진녹색 건조한 잎사귀와 그 틈새로 비치는 파란 하늘을 올려다보고 있노라면 이따금 아주 작고 노르스름한 꽃이 그녀 위로 떨어졌다. 예쁘다—아, 정말 꽃을 손바닥에 올려놓고 자세히 보면 그 아름다움에 새삼 경탄이 나왔다. 연노란색 꽃잎 하나하나가 애정 어린 손길로 정성스레 빚어진 것처럼 아름다웠다. 중앙에 조그만 암술이 달려서 꽃이 종방울처럼 보였다. 꽃을 뒤집으면 바깥쪽 꽃잎은 짙은 황갈색이었다. 그러나 꽃은 피어나자마자 떨어지고 흩날렸다. 대화를 나누다가 드레스에서 꽃잎을 털어내야 했고, 이 지겨운 것들이 머리칼에 달라붙곤 했다. 이럴 거면 무엇 하러 꽃으로 피어난단 말인가? 어차피 덧없이 허비될 것을 만들려고 누가 그런 고생을—아니, 즐거움인가…. 참으로 알 수 없는 노릇이었다.

린다 옆의 잔디밭에서 두 베개 사이에 아기가 누워 있었다. 곤히 잠든 아기는 어머니 반대쪽으로 고개를 돌리고 있었다. 아기의 아름다운 진갈색 머리칼은 머리칼이라기보다는 그림자처럼 보였지만, 귀는 선명하고 진한 산호색이었다. 린다는 머리 위로 손깍지를 끼고 발목을 겹쳤다. 별장촌의 방갈로가 전부 비어 있다는 생각에 기분이 좋아졌다. 사람들 모두 해변에 내려가 있어서 아무 소리도 들리지 않고, 아무도 보이지 않았다. 그녀는 정원을 독차지하고 있었다. 그녀는 혼자였다.

하얀 피코티꽃이 눈부시게 빛났다. 마리골드가 금색 눈동자처럼 반짝였다. 한련화가 베란다 기둥을 녹색과 적색 불길처럼 휘감고 있었다. 꽃들을 충분히 오래 바라볼 시간만 있다면, 낯설고 생경한 느낌이 사라질 때까지, 제대로 알아갈 시간만 있다면! 그러나 꽃잎을 벌려보거나 잎사귀 뒷면을 관찰하려고 잠시 멈추자마자 삶이 홀연히 나타나 정신을 빼놓는다. 게다가, 등나무 의자에 누워 있는 린다는 몸이 붕 뜬 기분이었다. 나뭇잎처럼 몸이 가볍게 느껴졌다. 삶이 바람처럼 난데없이 불어와 그녀를 붙잡고 흔들었다. 그녀는 떠나야 했다. 오, 항상 이럴까? 벗어날 수는 없을까?

…지금 린다는 태즈메이니아의 옛집에서 아버지의 무릎에 머리를 기대고 있다. 아버지가 약속했다. "리니, 우리 두 사람이 충분히 나이가 들면 함께 어딘가로 떠나자. 탈출하는 거야. 두 소년이 함께하는 모험이야. 배를 타고 중국의 강을 올라가보고 싶구나." 린다는

매우 너른 강과, 강을 수놓은 작은 보트와 뗏목을 보았다. 뱃사공들의 노란 모자를 보았고, 그들의 가느다랗고 높은 외침을 들었다….

"네, 아빠."

그러나 바로 그 순간에 밝은 주황색 머리의 덩치 큰 젊은이가 그들 집 앞을 느릿느릿 걸어가며 엄숙하게 느껴질 정도로 천천히 나타났다. 아버지가 특유의 장난기를 부리며 린다의 귀를 잡아당겼다.

"리니 애인이네." 아버지가 속삭였다.

"오, 아빠. 스탠리 버넬이랑 결혼했다고 상상해봐요!"

글쎄, 린다는 결국 스탠리 버넬과 결혼했다. 더구나, 그를 사랑했다. 다른 사람들이 잘 아는 평소의 스탠리가 아니라, 소심하고 예민하고 순진한 스탠리를 사랑했다. 매일 밤 무릎 기도를 올리고, 착한 사람이 되려고 애쓰는 스탠리를 사랑했다. 스탠리는 단순했다. 스탠리가 누구를 신뢰하면, 예를 들어 린다를 신뢰하듯이, 그는 온 마음을 바쳐 신뢰했다. 스탠리는 배신하거나 거짓말할 수 있는 사람이 아니었다. 누군가—린다가—자신에게 완벽하게 솔직하지 않다고, 완벽하게 진심이 아니라고 느낄 때 스탠리가 어찌나 마음고생을 하는지! "그렇게 돌려 말하면 난 이해할 수 없어!" 스탠리는 거칠게 내뱉었지만 그의 얼굴에는 덫에 걸린 짐승처럼 겁에 질리고 괴로운 표정이 완연했다.

그런데 문제는—웃을 문제가 아니었지만 린다는 이 생각을 할 때마다 웃음을 터뜨릴 것 같았는데—그녀가 사랑하는 스탠리는 좀체 보기가 힘들다는 것이었다. 숨을 돌릴 수 있는 평온한 순간들이 드문드문 있기는 했지만 그 순간들을 제외하면 반드시 불이 나고야 마는 집에 살거나 날마다 난파되는 배를 타고 있는 것 같았다. 게다가 늘 위험에 처하는 사람은 스탠리였다. 스탠리를 구하고, 회복시키고, 진정시키고, 이야기를 들어주는 데 린다는 자신의 모든 시간을 소진했다. 그리고 남은 시간에는 임신에 대한 불안에 시달렸다.

린다는 눈살을 찌푸렸다. 린다는 재빨리 몸을 일으키고 발목을 잡았다. 그래, 바로 이것이 린다가 삶에 품은 원망이었다. 도저히 이해할 수 없었다. 묻고 또 물어도 대답을 들을 수 없었다. 아이를 낳는 것이 여자의 삶이라고들 쉽게 말하지만 그건 사실이 아니다. 사실이 아니라고 린다 자신이 증명할 수 있었다. 임신과 출산을 거치며 린다는 망가지고 약해지고 용기를 잃었다. 이것이 더더욱 견디기 어려운 이유는, 린다는 자식들을 사랑하지 않기 때문이었다. 사랑하는 척해도 소용없었다. 체력이 받쳐주었어도 린다는 딸들에게 젖을 먹이거나 그들과 함께 놀아주지 않았을 것이다. 그 끔찍한 일을 겪을 때마다 얼음장같이 차가운 숨결이 그녀를 속속들이 얼리고…. 아니, 린다에게는 베풀 온정이 남아 있지 않았다. 새로 태어난 아들에 대해 말하자면—다행히도 어머니가 맡아 키우고 있다. 어머니건 베럴이건, 원한다면 누가 키워도 상관없었다. 린다는 아기를 제대로 안아준 적도 없었다. 린다는 너무나도 무관심해서 옆에 누워 있는 아기를… 린다는 아기를 힐끔 내려다보았다.

아기가 어느새 돌아누웠다. 아기는 잠이 깨어 그녀 쪽으로 고개를 돌리고 있었다. 아기는 암청색 순진무구한 눈을 뜨고, 엿보듯이 어머니를 보고 있었다. 갑자기 아기의 얼굴에 보조개가 파였다. 이가 없는 입이 커다랗게 벌어지며 환히 웃었다. 완벽하다고밖에 할 수 없는 미소였다.

'나 여기 있어요!' 행복한 미소가 말하는 것 같았다. '왜 나를 안

좋아해요?'

 아기의 미소가 너무 천만뜻밖이고 사랑스러워서 린다는 자기도 모르게 따라 웃었다. 그러다 린다는 미소를 거두고 차갑게 말했다. "난 아기를 안 좋아해."

 '아기들을 안 좋아한다고요?' 아기는 믿을 수 없다는 표정이었다. '나를 안 좋아한다고요?' 아기가 어머니에게 팔을 바보스럽게 흔들었다.

 린다는 의자에서 내려와 잔디에 앉았다.

 "왜 계속 웃는 거야?" 린다가 매섭게 물었다. "내가 무슨 생각을 하고 있었는지 알면 그렇게 못 웃을걸."

 하지만 아기는 슬그머니 눈을 찡그리기만 하고 베개에서 고개를 돌렸다. 아기는 그녀의 말을 털끝만치도 믿지 않았다.

 '무슨 뜻인지 다 알아요!' 아기가 웃었다.

 이 조그만 생명체의 자신만만함에 린다는 깜짝 놀랐다…. 아, 아니야, 솔직해져봐. 놀란 것이 아니다. 그녀가 느낀 것은 전혀 다른 감정이었다. 매우 새롭고, 매우…. 린다의 눈에서 눈물이 글썽였다. 린다는 아기에게 조용히 속삭였다. "안녕, 개구쟁이!"

 하지만 이때쯤에 아기는 어머니를 까맣게 잊었다. 아기는 다시 진지한 표정이었다. 분홍빛 부드러운 것이 아기의 눈앞에서 흔들거렸다. 아기가 잡으려고 손을 뻗자 순식간에 사라졌다. 하지만 아기가 드러눕자 아까와 같은 것이 다시 나타났다. 이번에는 꼭 잡겠다고 아기는 다짐했다. 아기는 어마어마한 노력을 기울여 몸을 뒤집었다.

VII

간물때였다. 바닷가는 텅 비었다. 따뜻한 바닷물이 느른하게 넘실거렸다. 태양은 부드러운 모래사장을 계속해서 맹렬하게 내리쬐며 회색, 파란색, 검은색, 그리고 하얀 줄무늬로 뒤덮인 조약돌을 뜨겁게 달구었다. 우묵한 조개껍데기에 자작하게 고여 있던 물이 휘발되었고, 모래언덕을 휘감으며 피어 있는 삼색메꽃의 분홍색이 바랬다. 조그만 모래톡톡이를 제외하면 모든 것이 멈추어 있는 것 같았다. 톡, 톡, 톡. 모래톡톡이는 한시도 가만있지 않았다.

바닷물이 빠지면 해초에 휘감긴 바위들은 마치 목을 축이러 내려온 너저분한 짐승처럼 보였다. 바위 틈새 웅덩이마다 은화가 빠진 것처럼 햇빛이 자글자글 빛났다. 햇빛이 반짝거리며 춤을 추는 동안 잔잔한 파도는 조그만 웅덩이로 가득한 모래사장을 쓸고 지나갔다. 허리를 숙이고 들여다보면 조그만 웅덩이들은 파란색, 분홍색 집들이 가녘에 옹기종기 모여 있는 호수 같았다. 게다가, 오! 이 작은 집들을 에워싼 거대한 산의 골짜기와 위험천만한 계곡과, 낭떠러지로 이어지는 아찔한 산길을 보라. 물속에서는 분홍색 실타래 같은 나무와 벨벳처럼 부드러운 말미잘, 그리고 베리 열매 같은 것이 알알이 달린 오렌지색 해초가 하늘거리며 바다 숲을 이루었다. 방금 모랫바닥에서 돌 하나가 흔들거리고, 검은색 촉수가 설핏했다. 다음 순간 실처럼 가느다란 생명체가 나풀나풀 사라졌다. 하늘거리는 분홍색 나무에서 심상치 않은 일이 벌어지고 있다. 나무가 차가운 달빛처럼 파란색으로 변하고 있다. 그리고 아주 희미하게 첨벙, 소리가 들렸다. 누가 낸 소리지? 저기 아래서 무슨 일이 벌어지고 있는 거야? 이글거리는 햇볕 속에서 해초의 냄새가 얼마나 비릿하고 강렬한지….

 여름 별장촌의 방갈로들이 초록색 블라인드를 드리웠다. 수영복과 까칠까칠한 줄무늬 수건이 지친 모습으로 베란다에 널려 있거나 방목지에 펼쳐져 있거나 울타리에 걸려 있었다. 방갈로 후면 창턱마다 샌들 한 켤레가 조약돌 한 무더기나 양동이, 혹은 조개껍데기 모음과 함께 놓여 있는 듯하다. 아지랑이 속에서 덤불이 몸을 떠는 것처럼 보였다. 텅 빈 모래투성이 도로 한복판에 트라우트의 개 스누커가 홀로 누워 있었다. 다리를 뻣뻣하게 뻗고 파란 눈으로 하늘을 올려다보며 이따금 절박하게 헐떡이는 모습이, 이제 죽을 결심을 하였으며 친절한 수레가 자신을 데리러 오기만을 기다리고 있다고 말하는 듯하다.

 "할머니, 뭐 봐요? 왜 뜨개질하다 말고 자꾸 벽을 쳐다봐요?"

 키지어는 할머니와 같이 쉬고 있었다. 키지어는 짧은 속바지와 민소매 캐미솔 바람으로 팔다리를 내놓고 할머니 침대의 푹신한 베개 위에 누워 있었고, 주름 장식이 달린 하얀색 잠옷 가운을 입은 노부인은 기다란 분홍색 뜨갯감을 품에 올려놓고 창가의 흔들의자에 앉아 있었다. 할머니와 손녀가 같이 쓰는 방은 방갈로의 다른 방들과 마찬가지로 니스칠한 엷은 목재로 되어 있었고, 카펫은 깔려 있지 않았다. 가구는 더없이 낡고 단출했다. 예를 들면, 조그만 꽃무늬가 수놓인 모슬린 페티코트로 덮은 이사 상자가 화장대를 대신했고, 그 위에는 마치 번갯불 한 조각을 가두고 있는 것처럼 묘하게 반짝이는 거울이 걸려 있었다. 테이블에는 너도부추꽃을 꽂아놓은 꽃병이 하나 있었는데, 꽃을 하도 빽빽하게 꽂아놓아서 꽃다발이 아니라 바늘꽂이 벨벳 쿠션처럼 보였다. 꽃병 옆에는 키지어가 바늘함으로 쓰라고 할머니에게 선물한 특별한 조개껍데기와, 손목시계를 돌돌 말아서 놓으면 참 예쁘겠다고 생각한, 더욱 특별한 조개껍데기가 놓여 있었다.

"말해줘요, 할머니." 키지어가 말했다.

노부인은 한숨을 내쉬고, 털실을 엄지에 두 번 감은 다음에 골침을 찔러 넣었다. 부인은 코를 잡는 중이었다.

"윌리엄 삼촌을 생각하고 있었다, 아가." 페어필드 부인이 조용히 말했다.

"호주 윌리엄 삼촌요?" 키지어가 물었다. 윌리엄이라는 이름을 지닌 삼촌이 두 명이었다.

"그래, 물론이야."

"내가 한 번도 본 적 없는 삼촌 말이에요?"

"바로 그 삼촌."

"왜요, 삼촌한테 무슨 일이 있었어요?" 무슨 일이 있었는지 키지어는 잘 알았지만 그 이야기를 다시 듣고 싶었다.

"광산에 갔다가 열사병에 걸려서 죽었어." 페어필드 부인이 말했다.

키지어는 눈을 깜박이고 그 장면을 다시 상상해보았다. 커다랗고 검은 구덩이 옆에서 조그만 남자가 군인 모형처럼 픽 쓰러진다.

"윌리엄 삼촌을 생각하면 슬퍼요, 할머니?" 키지어는 할머니가 슬픈 것이 싫었다.

이번엔 노부인이 곰곰이 생각해볼 차례였다. 그 생각을 하면 슬픈가? 돌이켜보는 것. 키지어가 전에도 보았듯이, 상념 속에서 홀

러간 세월을 되돌아보는 것. 세월이 지나고 그것이 사라진 오랜 뒤에도, 여자들이 그러하듯 그것을 돌아보는 것. 슬픈가? 아니, 인생은 원래 그런 것이다.

"아니, 슬프지 않아. 키지어."

"하지만 왜 그런 거예요?" 키지어가 물었다. 키지어는 한쪽 팔을 들고 허공에 그림을 그렸다. "윌리엄 삼촌은 왜 죽었어요? 나이가 많지도 않았잖아요."

페어필드 부인은 한 번에 고리를 세 개씩 잡기 시작했다. "그냥 그렇게 되었단다." 페어필드 부인이 뜨개질에 집중한 목소리로 말했다.

"사람은 다 죽어요?" 키지어가 물었다.

"모두!"

"나도요?" 키지어는 도저히 믿을 수 없는 듯했다.

"언젠가는, 아가."

"하지만 할머니." 키지어가 왼다리를 흔들고 발가락을 꼬물거렸다. 발가락 사이에 모래가 끼어 있었다. "내가 죽기 싫다고 하면요?"

노부인은 한숨을 다시 쉬고 실타래에서 실을 길게 뽑았다.

"싫고 좋고의 문제가 아니란다, 키지어." 노부인이 슬프게 말했다. "언젠가는 우리 모두한테 일어나는 일이야."

키지어는 누워서 이것에 대해 생각했다. 키지어는 죽고 싶지 않았다. 죽으면 이곳을, 모든 곳을, 할머니를 영영 떠나야 한다. 키지어는 재빨리 돌아누웠다.

"할머니." 키지어가 겁먹은 목소리로 말했다.

"왜 그러니, 아가!"

"할머니는 죽으면 안 돼요." 키지어는 굳게 결심했다.

"아, 키지어." 할머니는 시선을 들고 미소를 지으며 고개를 저었다. "이 얘기는 그만하자꾸나."

"하지만 안 돼요. 할머니는 날 떠나면 안 돼요. 여기에 안 있으면 안 된다고요." 너무나도 끔찍했다. "절대 안 그러겠다고 맹세해요, 할머니." 키지어가 졸랐다.

노부인은 계속해서 바늘만 놀렸다.

"약속해요! 절대 안 그런다고 약속해!"

그러나 할머니는 침묵을 지켰다.

키지어는 데구루루 굴러서 침대에서 일어났다. 더는 견딜 수 없었다. 키지어는 할머니의 무릎에 사뿐히 올라가 할머니의 목을 끌어안고 턱 밑과 귀 뒤에 뽀뽀하고 목에 입바람을 불었다.

"약속해요, 절대… 절대… 절대—" 키지어가 뽀뽀하는 사이사이에 속삭였다. 그러고서 키지어는 부드럽게 살살 할머니를 간지럽히기 시작했다.

"키지어!" 노부인이 뜨갯감을 떨어뜨렸다. 노부인은 흔들의자에서 몸을 뒤로 젖혔다가 키지어를 간지럽히기 시작했다. "말해요, 절대, 절대, 절대." 키지어가 까르르 웃음을 터뜨렸고, 두 사람은 서로를 끌어안고 웃었다. "이제 그만, 우리 강아지! 이제 그만해라, 말괄량이 망아지!" 페어필드 부인이 모자를 똑바로 고쳐 쓰며 말했다. "뜨갯감이나 주워 오렴."

'절대'가 무엇에 관한 거였는지 두 사람 모두 잊어버렸다.

VIII

태양이 중천에서 여전히 정원을 눈부시게 내리쬐고 있을 때 버넬가 방갈로의 뒷문이 쾅 소리와 함께 닫히고 한 사람이 진입로를 따라 대문으로 활기차게 내려왔다. 하녀 앨리스가 오후 외출을 위해 치장을 하고 나왔다. 앨리스는 커다랗고 빨간 물방울무늬가 몸서리가 쳐질 만큼 많이 찍힌 흰 드레스를 입고 흰 구두를 신었으며, 챙이 들린 커다란 밀짚모자에는 양귀비꽃을 둘렀다. 장갑은 물론 꼈는데, 흰 장갑의 단추 주변에 녹물이 번져 있었다. 또한 한 손에는 그녀가 페리셜이라고 부르는 세련된 양산을 들었다.

창가에 앉아서 방금 감은 머리를 말리던 베릴은 앨리스를 보고 별꼴이라고 비웃었다. 앨리스가 집을 나서기 전에 코르크 숯으로 얼굴을 검게 칠하기만 했으면 더할 나위 없었을 것이다. 저런 여자애가 이런 곳에서 어디를 갈까? 야자잎을 엮어 만든 하트 모양 부채가 멸시감을 품고 아름다운 금발을 부채질했다. 천한 건달을 만나서 관목숲 깊이 후미진 곳으로 가려나보다 베릴은 짐작했다. 저렇게 눈에 띄는 복장으로 나오다니 안타까워라. 저런 옷차림을 하고 사람들 눈을 피하긴 퍽이나 어려울 터인데.

그러나 아니다. 베릴이 오해했다. 앨리스는 스텁스 부인과 차를 마시러 가는 길이었다. 스텁스 부인이 심부름꾼 소년을 시켜 '쵸대장'을 보냈다. 모기약을 사러 상점에 갔다가 스텁스 부인을 처음 만난 이래 앨리스는 그녀를 무척 좋아하게 되었다.

"세상에나!" 스텁스 부인이 양손으로 옆구리를 짚으며 말했었다. "많이도 물렸네. 식인종한테 물어뜯긴 것 같아."

외출은 즐겁지만 길에 사람이 너무 없어서 조금 아쉬웠다. 아무도 뒤에 없다고 생각하니 기분이 묘했다. 다리에 힘이 풀리는 것 같았다. 지켜보는 눈이 없다고 믿기가 어려웠다. 그렇지만 확인하겠다고 뒤돌아볼 수는 없다. 속내를 들킬 것이다. 앨리스는 장갑을 끌어 올리고 흥얼거리며 저만치에 있는 유칼립투스 나무에 말했다. "거의 다 왔어." 그러나 나무는 말벗이 되어줄 수 없었다.

스텁스 부인의 상점은 도로에서 조금 떨어진 야트막한 언덕에 있었다. 커다란 창문 두 개가 눈이라면 널찍한 베란다는 모자였고, '스텁스 부인네'라고 휘갈겨 쓴 간판은 모자 꼭대기에 멋들어지게 꽂은 명함이었다. 베란다에는 수영복이 빼곡히 걸려 있었는데, 서로 들러붙어 있는 모습을 보면 물에 들어갈 준비가 되었다기보다는 바다에서 건져진 것처럼 보였다. 그 옆에 뒤죽박죽으로 쌓여 있는 샌들은 하도 어수선하게 얽혀 있어서 한 켤레를 집으려면 최소한 오십 켤레의 다른 샌들을 먼저 떼어내야 했다. 그리고서도 왼발과 오른발 짝을 맞추기가 어려워서 많은 사람들이 찾다가 지쳐 한쪽 발은 제 치수로 다른 발은 한 치수 큰 것으로 사고 말았다…. 스텁스 부인은 온갖 물건을 다 갖춰놓은 것에 긍지를 느꼈다. 두 창문의 창턱에는 물건들이 불안정한 피라미드 형태로 너무나도 촘촘히 그리고 너무나도 높이 쌓여 있어서, 어떠한 마술 덕분에 무너지지 않고 있다고 생각할 수밖에 없었다. 한 창문의 왼쪽 구석에는 전단지가 젤라틴 사탕 네 개로 붙어 있었는데, 마치 태초의 시간부터 그곳에 줄곧 붙어 있었던 것 같았다.

분실품! 아름다운 금 브로치

순금
해변 혹은 그 근처에서.
사례함

앨리스는 상점 문을 밀고 들어갔다. 종이 딸랑거렸고, 붉은색 서지 커튼이 열리며 스텁스 부인이 나타났다. 한 손에는 기다란 베이컨 칼을 들고 입에는 환한 미소를 걸고 나온 스텁스 부인은 마음씨 좋은 산적처럼 보였다. 스텁스 부인이 너무나도 다정하게 반기는 바람에 앨리스는 형식적인 매너를 차리기가 어려웠다. 그 매너라 하면, 연거푸 터뜨리는 나직한 헛기침, 장갑 끌어 올리기, 치맛자락 비틀기, 그리고 상대가 하는 이야기를 알아듣지도, 앞에 무엇이 있는지 알아차리지도 못하는 것.

응접실의 테이블에 찻상이 차려져 있었다. 햄, 정어리, 버터 한 덩이, 그리고 베이킹파우더 광고에 나오는 것처럼 커다란 조니 케이크. 하지만 프라이머스 알코올버너의 소음 때문에 대화를 나누기가 어려웠다. 스텁스 부인은 버너의 불을 더 강하게 키웠고, 앨리스는 안락의자 끝에 걸터앉았다. 스텁스 부인이 갑자기 의자에서 쿠션을 치우고 커다란 갈색 종이 꾸러미를 보여주었다.

"얼마 전에 새로 사진을 찍었어." 스텁스 부인이 쾌활하게 소리쳤다. "보고 어떤지 말해줘."

앨리스는 매우 여성스럽고 우아하게 손가락에 침을 묻히고 첫 번째 사진을 덮어놓은 티슈를 떼었다. 어머나! 사진이 어찌나 많은지! 마흔 장은 되는 것 같았다. 앨리스는 사진을 불빛 아래 놓고 보았다.

사진 속에서 스텁스 부인은 안락의자 한쪽에 치우쳐 앉아 있었다. 스텁스 부인의 넓적한 얼굴에 살짝 놀란 표정이 서려 있었는데,

놀란 것도 무리가 아니었다. 안락의자 아래 카펫의 왼쪽에서는 신기하게도 카펫의 가장자리를 따라 폭포수가 떨어졌고, 카펫 오른쪽에는 양옆에 거대한 나무고사리를 둔 그리스양식 기둥이 있었으며, 뒤로는 하얀 눈에 덮인 민둥산이 우뚝 서 있었다.

"스타일이 괜찮지?" 스텁스 부인이 소리쳤다. 앨리스가 "근사하군요!"라고 소리치자마자 알코올버너의 소음이 잦아들고 쉭쉭거리다가 조용해졌고, 으스스한 침묵 속에서 앨리스는 "예뻐요."라고 말했다.

"의자를 당겨 앉으렴." 스텁스 부인이 차를 따르며 말했다. "그래." 스텁스 부인이 찻잔을 건네주며 곰곰이 생각에 잠겨 말했다. "하지만 크기가 별로야. 사진을 큰 사이즈로 다시 뽑을 거야. 이 크기는 크리스마스카드에 넣기엔 적당하지만 난 작은 사진을 별로 안 좋아해. 아무런 위로가 안 되거든. 솔직히 말하자면, 작은 사진을 보면 기운이 쭉 빠진다니까."

앨리스는 스텁스 부인의 말뜻을 이해했다.

"큰 것." 스텁스 부인이 말했다. "큰 것으로 주소. 우리 불쌍한 바깥양반이 늘 하던 말이야. 그 양반은 쬐그만 것은 질색했어. 징그럽다고. 그리고 이상하게 들릴지 몰라도," 이 순간 스텁스 부인의 의자가 삐거덕거렸는데, 작은 것을 싫어하던 남편을 기억하고 몸을 크게 부풀린 것 같았다. "그 양반은 끝내 수종병으로 죽었어. 병원에 갈 때마다 몸에서 한 사발씩 빼내곤 했지…. 그런 말들이 화를 부른 것 같아."

앨리스는 스텁스 씨의 몸에서 무엇을 빼냈다는 것인지 궁금했다. 앨리스가 용기를 내어 말했다. "물을 빼냈나보군요."

그러나 스텁스 부인은 앨리스를 뚫어지게 보면서 의미심장하게 말했다. "액체였어."

액체! 앨리스는 고양이처럼 펄쩍 뛰어 그 단어에서 물러났다가 조심스럽게 눈치를 살피며 다시 다가왔다.

"우리 바깥양반이야!" 스텁스 부인은 말하고, 어깨까지 나온 실물 크기 상반신 사진을 극적으로 가리켰다. 사진 속 건장한 남자는 차가운 양고기 비계의 주름을 연상시키는 시들시들한 백장미를 코트 단춧구멍에 꽂고 있었다. 바로 아래 빨간색 카드보드에 은색 글자로 이렇게 적혀 있었다. '나다. 두려워하지 마라.'*

"참 미남이셨네요." 앨리스가 들릴락 말락 하게 말했다.

스텁스 부인의 부스스한 금발 정수리에 꽂혀 있는 하늘색 리본이 흔들렸다. 스텁스 부인은 통통한 목을 뒤로 젖혔다. 목이 멋졌다! 얼굴 바로 아래 밝은 분홍색이 따뜻한 살구색으로 점점 진해지다가 갈색 달걀 빛깔로 흐려진 다음에 진한 크림색으로 끝났다.

"그래도, 자기," 놀랍게도 스텁스 부인은 이렇게 말했다. "자유가 최고란다!" 스텁스 부인의 기름지고 부드러운 웃음소리는 고양이가 가르랑대는 소리와 비슷했다. "자유가 최고지." 스텁스 부인이 다시 말했다.

자유! 앨리스는 실없이 큰 소리로 킥킥거렸다. 기분이 어색했다. 곧바로 앨리스는 자기가 일하는 부엌을 떠올렸다. 참 이상하지! 앨리스는 그곳으로 돌아가고 싶었다.

---

* 마태복음 14장 27절.

IX

 티타임이 끝난 뒤에 버넬가 방갈로의 빨래실에 기묘한 무리가 모였다. 둥그런 테이블에 황소, 수탉, 양, 꿀벌, 그리고 자신이 당나귀라는 것을 자꾸 잊어버리는 당나귀가 둘러앉았다. 빨래실은 이런 모임을 갖기에 최적이었는데, 이곳에서는 방해받지 않고 마음껏 떠들 수 있기 때문이었다. 빨래실은 방갈로에서 떨어져 있는 작은 양철 창고로, 벽 앞에 커다란 싱크대가 있고 빨래를 삶는 구리 솥 위에 빨래집게가 수북한 바구니가 놓여 있었다. 거미줄로 뒤덮인 작은 창문의 창턱에는 뽀얀 먼지 위에 몽땅한 양초 하나와 쥐덫이 있었다. 머리 위로 빨랫줄이 들쭉날쭉 교차했고 벽의 고리에 매우 커다랗고 녹이 슨 말편자가 걸려 있었다. 테이블과 그 양쪽에 놓인 길쭉한 벤치 두 개가 빨래실 중앙을 차지했다.
 "벌은 안 돼, 키지어. 벌은 동물이 아니라 곤충이야."
 "아, 하지만 난 꼭 벌을 하고 싶은걸." 키지어가 서러워하며 외쳤다. 온몸에 노란 털이 보송보송 나고 줄무늬 다리가 있는 조그만 벌이 되면 얼마나 좋을까. 키지어는 무릎을 올려 쪼그려 앉고 테이블 위로 몸을 기울였다. 벌이 된 것 같았다.
 "곤충도 동물일 거야." 키지어가 단호하게 말했다. "소리를 내잖아. 물고기랑 달라."
 "난 황소다. 난 황소야!" 핍이 외쳤다. 핍은 어마어마하게 큰 소리로 음매 하고 울었다. 대체 어떻게 저런 소리를 내지? 그 소리를 듣고 로티는 조금 겁이 난 듯했다.
 "난 양이야." 랙스가 말했다. "오늘 아침에 양떼가 지나갔어."

"그걸 어떻게 알아?"

"아빠가 양 소리를 들었어. 메에에에." 랙스는 무리에서 뒤처져 자기를 안고 가주길 기다리는 새끼 양 같은 소리를 냈다.

"꼬끼오!" 이저벨이 새되게 외쳤다. 이저벨의 발그스름한 뺨과 반짝이는 눈이 영락없이 수탉을 닮았다.

"난 뭐 해?" 로티가 모두에게 물었다. 방글방글 웃으며 로티는 다른 사람들이 결정해주기를 기다렸다. 따라 하기 쉬운 동물이어야 할 것이다.

"당나귀 해, 로티." 키지어가 제안했다. "히힝! 이건 안 잊어버릴 거야."

"히힝!" 로티가 진지하게 따라했다. "언제 해?"

"내가 가르쳐줄게. 내가 가르쳐줄 거야." 황소가 말했다. 황소가 카드를 들고 있었다. 황소가 머리 위로 카드를 흔들었다. "다들 조용히 해! 내 말 잘 들어!" 핍은 아이들이 주목하길 기다렸다. "잘 봐, 로티." 핍은 카드 하나를 뒤집었다. "여기 점이 두 개 있잖아, 그렇지? 네가 이 카드를 테이블 가운데에 놓았는데, 너 말고 다른 사람이 점 두 개 있는 카드를 내면 네가 '히힝' 외쳐. 그럼 그 사람 카드가 네 거가 되는 거야."

"내 거?" 로티가 눈이 휘둥그레져서 물었다. "나한테 주는 거야?"

"아냐, 바보야. 게임하는 동안만, 알겠어? 게임할 때만 가지고 있으라고." 황소가 짜증을 냈다.

"오, 로티. 넌 진짜 바보 같아." 거만한 수탉이 말했다.

로티는 수탉과 황소를 번갈아 보았다. 그러고는 고개를 떨구었다. 입술이 파르르 떨렸다. "게임 안 해. 싫어." 로티가 중얼거렸다.

만에서

다른 아이들은 음모를 꾸미듯 서로 힐끔거렸다. 무슨 일이 일어날지 다들 알았다. 로티는 밖으로 나갈 것이고, 어느 구석진 곳이나 벽 앞, 혹은 심지어 의자 뒤에서 원피스를 머리 위로 뒤집어쓰고 있을 것이다.

"아니야, 같이 놀고 싶잖아, 로티. 어렵지 않아." 키지어가 말했다.

이저벨이 미안해하며 어른들과 똑같이 말했다. "내가 하는 걸 봐, 로티. 금세 배울 수 있어."

"기분 풀어, 롯." 핍이 말했다. "아, 좋은 생각이 났어. 네가 제일 먼저 하게 해줄게. 원래 내 차례인데 너한테 양보할게. 여기." 핍이 로티 앞에 카드 한 장을 탁 내려놓았다.

이것을 본 로티의 얼굴이 환해졌다. 그러나 이번에는 또 다른 문제가 생겼다. "나 손수건 없어." 로티가 말했다. "손수건을 꼭 갖고 싶단 말이야."

"자, 로티. 내 손수건 써도 돼." 랙스가 세일러 셔츠 주머니에서 꽁꽁 동여맨 손수건을 꺼냈는데, 매우 축축해 보였다. "조심해서 써." 랙스가 주의를 주었다. "모서리만 써. 매듭 풀지 말고. 불가사리가 들어 있거든. 집에 데려가서 길들일 거야."

"아, 이제 시작하자." 황소가 말했다. "기억해. 절대 카드를 먼저 보면 안 돼. 내가 '뒤집어'라고 말할 때까지 손은 테이블 아래 두고 있어."

탁, 탁, 탁, 핍이 한 명씩 돌아가며 카드를 빠르게 나누어주었다. 아이들 모두 카드를 보려고 기를 썼지만 핍이 너무 빨리 내려놓아서 어림없었다. 빨래실에 앉아 있자니 무척 신이 났다. 핍이 카드를 다 나누어주기도 전에 다들 동물 소리를 내고 싶어서 안달했다.

"자, 로티. 네가 시작해."

로티는 소심하게 손을 내밀어 가장 위에 있는 카드를 들추고 자세히 본 다음에—점이 몇 개 있나 세고 있었다—다시 내려놓았다.

"아냐, 로티. 그렇게 하는 게 아냐. 먼저 보면 안 돼. 바로 뒤집어야지."

"그럼 다른 사람들도 나랑 동시에 볼 거 아냐." 로티가 말했다.

게임이 시작되었다. 음매에에! 황소는 무시무시했다. 황소는 테이블에 달려들어 카드를 먹으려는 것 같았다.

붕붕! 벌이 말했다.

꼬끼오! 신이 난 이저벨이 벌떡 일어서서 팔꿈치를 날개처럼 흔들었다.

메에에! 랙스가 다이아몬드킹을 내려놓았고, 로티는 아이들이 스페인킹이라고 부르는 카드를 내려놓았다. 벌써 로티는 카드가 몇 장 안 남았다.

"동물 소리 내야지, 로티!"

"내가 뭔지 잊어버렸어." 당나귀가 애처롭게 말했다.

"그럼 바꿔! 지금부터는 개를 해! 멍멍!"

"아, 그래. 그게 훨씬 쉽다." 로티가 다시 웃었다. 로티와 키지어가 같은 카드를 내려놓았을 때 키지어는 일부러 기다려주었다. 아이들이 로티에게 신호를 주며 카드를 가리켰다. 로티의 얼굴이 빨갛게 달아올랐다. 로티는 몹시 혼란스러워하다가 마침내 외쳤다. "히힝! 키지어."

"쉿, 잠깐." 다들 게임에 푹 빠져 있는데 황소가 손을 들고 말했다. "뭐야? 방금 무슨 소리야?"

"소리? 무슨 소리?" 수탉이 물었다.

"쉿! 조용히 해! 들어봐!" 아이들 모두 꼼짝도 하지 않았다. "무슨 소리를 들은 것 같은데. 노크 소리 같은 거." 황소가 말했다.

"어떤 소리였어?" 양이 조용히 물었다.

아무 대답이 없었다.

벌이 몸을 부르르 떨었다. "우리가 왜 문을 닫았지?" 벌이 나직이 말했다. 오, 대체 왜 문을 닫았을까?

아이들이 노는 사이에 날이 저물었다. 저녁놀이 찬란하게 타올랐다가 사라졌다. 이제 어둠이 바다 위로, 모래언덕 위로, 방목지 위로 빠르게 몰려왔다. 빨래실 구석을 보기가 무서웠지만 그래도 용기를 내서 보아야만 했다. 머나먼 어딘가에서 할머니가 램프의 불을 켰다. 블라인드가 내려왔다. 부엌 벽난로 속의 양철 냄비에 불꽃이 튀었다.

"지금 천장에서 거미가 테이블로 떨어지면 정말 무섭겠다." 황소가 말했다. "그렇지?"

"거미는 천장에서 떨어지지 않아."

"떨어져. 우리 민이 찻잔 받침만큼 커다란 거미 본 적 있다고 했어. 구스베리처럼 털이 길다고 했어."

순간 아이들이 고개를 발딱 들었다. 작은 몸들이 가까이 모여들었다.

"왜 아무도 우리를 찾으러 오지 않지?" 수탉이 외쳤다.

오, 어른들은 램프의 불빛 속에 편히 앉아 웃으면서 컵에 담긴 무언가를 마시고 있다! 아이들에 대해 잊어버렸다. 아니, 잊은 게 아니다. 그들의 미소를 보면 알 수 있다. 아이들끼리 내버려두기로 작정한 것이다.

돌연 로티가 귀가 찢어지게 비명을 지르는 바람에 아이들 모두 벤치에서 펄쩍 뛰어내려 다 같이 비명을 질렀다. "얼굴—얼굴이 보고 있어!" 로티가 소리쳤다.

사실이었다. 정말이었다. 창문에 바짝 붙어서 보고 있었다. 창백한 피부, 검은 눈, 검은 수염.

"할머니! 엄마! 누구 없어요!"

그러나 아이들이 우르르 문까지 가기도 전에 문이 열리고 조너선 삼촌이 들어왔다. 아들들을 데리러 왔다.

X

사실 조너선은 아이들을 데리러 일찌감치 나왔지만 앞마당에서 린다와 마주쳤다. 린다는 잔디밭을 거닐다가 잠시 멈추고 시든 패랭이꽃을 뽑거나, 머리가 무거운 카네이션에 기댈 것을 주거나, 무언가의 향을 깊이 들이쉬고, 특유의 무심한 태도로 다시 걸었다. 린다는 흰 드레스를 입고, 중국인 상점에서 구매한, 가장자리에 분홍색 술이 달린 노란 숄을 두르고 있었다.

"안녕하세요, 조너선!" 린다가 외쳤다. 조너선은 낡은 파나마모자를 버쩍 치켜들었다가 가슴께로 가져오고, 한쪽 무릎을 꿇고서는 린다의 손에 입을 맞추었다.

"안녕하십니까, 아름다운 아가씨! 안녕하십니까, 천상의 복숭아꽃!" 굵직한 목소리가 부드럽게 울렸다. "다른 귀부인들은 어디에 계십니까?"

"베릴은 브릿지를 하러 갔고, 어머니는 아기를 목욕시키고 있어요…. 필요한 게 있으신가요?"

트라우트가 사람들은 늘 무언가가 다 떨어지면 마지막 순간에 버넬네 집에 빌리러 왔다.

그러나 조너선은 이렇게 말할 뿐이었다. "내게 필요한 건 조금의 사랑과 조금의 친절이에요." 그리고 조너선은 처제와 나란히 걸었다.

린다는 마누카 나무 아래 베럴의 해먹에 누웠고, 조너선은 옆의 잔디밭에 드러눕고 길쭉한 풀잎을 하나 뽑아 질경였다. 두 사람은 서로를 잘 알았다. 다른 방갈로들 마당에서 어린이들의 외침이 들려왔다. 어부의 가벼운 수레가 덜컹거리며 모래투성이 도로를 지나갔고, 어딘가 멀리서 개가 짖었는데, 머리에 자루를 뒤집어쓴 것처럼 소리가 희미했다. 귀를 기울이면 찬물때의 바닷가에서 파도가 조약돌을 부드럽게 쓸고 지나가는 소리를 들을 수 있었다. 해가 지고 있었다.

"월요일부터 다시 출근하겠군요, 조너선?" 린다가 물었다.

"월요일이 되면 우리의 입구가 열리고, 또다시 열한 달 일주일 동안 나를 가두겠죠." 조너선이 말했다.

린다가 해먹에서 살짝 몸을 흔들었다. "정말 힘들겠군요." 린다가 천천히 말했다.

"아름다운 처제, 나를 웃게 해주겠소, 아니면 울리겠소?"

린다는 조너선 특유의 말버릇에 익숙하기 때문에 별로 신경 쓰지 않았다.

"아마도," 린다가 애매하게 답했다. "익숙해지겠죠. 사람들은 무엇에도 익숙해지기 마련이니까요."

"그런가요? 흠!" 조녀선의 '흠' 소리는 마치 땅밑에서 울려 퍼지는 것처럼 소리가 깊었다. "사람들이 어떻게 하는지 모르겠군요." 조녀선이 생각에 잠겨 말했다. "난 안 되더라고요."

풀밭에 누워 있는 조녀선을 보며 린다는 참으로 수려한 외모라고 다시 한번 생각했다. 조녀선이 한낱 사무원이며, 스탠리가 조녀선보다 두 배 이상 번다는 사실이 이상했다. 조녀선은 대체 문제가 뭘까? 조녀선은 야심이 없었다. 그게 문제인 듯했다. 조녀선이 똑똑하고 재능이 많다는 것은 누구나 한눈에 알아보았다. 조녀선은 음악에 열정적이었고, 돈이 생길 때마다 책을 샀다. 또한, 늘 새로운 아이디어를 떠올리고 계획을 세웠다. 그런데 그 계획으로 아무것도 이루어내지 못했다. 금세 조녀선은 다른 것에 열정을 불태웠다. 조녀선이 자신의 새로운 관심사에 대해 설명하고 묘사하며 장광설을 늘어놓을 때면 그의 내면에서 불이 조용히 타오르는 소리가 들리는 것 같았다. 그러나 이윽고 불꽃은 재만 남기고 사라지고, 조녀선의 검은 눈에는 새로운 것에 대한 굶주림이 번뜩였다. 이럴 때 조녀선은 우스꽝스러운 말투를 더욱 과장되게 사용했고, 교회에서 노래할 때—조녀선은 성가대 리더였다—너무나도 강렬하고 극적인 감정을 실어서, 지루한 찬송가마저 신성치 않은 매혹으로 가득 찼다.

"월요일부터 다시 출근해야 한다는 사실이 끔찍할 뿐만 아니라 멍청하게 느껴집니다." 조녀선이 말했다. "언제나 그렇게 느꼈고 앞으로도 그럴 거예요. 인생의 황금기를 9시부터 5시까지 사무실에 처박혀서 남들 장부에 끼적이며 보내야 한다니…. 한 번뿐인 인생을… 이렇게 보내야 하다니, 이상하지 않습니까? 아니면 내가 다행히 꿈을 꾸고 있나요?" 조녀선은 잔디밭에서 돌아누워 린다를 올려다보았다. "말해봐요. 내 삶과 일반적인 죄수의 삶이 어떻게 다릅니까? 유일한 차이는, 나는 제 발로 감옥에 들어갔고 아무도 나를 꺼내주지 않을 거라는 사실입니다. 이건 일반적인 죄수보다 더 견디기 어려워요. 나의 의지와 무관하게 억지로, 발버둥질하며 저항하다 갇혔다고 해봅시다. 그러고서 오 년가량 시간이 흘렀다면, 난 내 현실을 받아들이고 파리들의 날갯짓에 관심을 갖거나 복도에서 오가는 교도관 발소리의 변화를 분석하며 걸음 수를 셀지도 모릅니다. 하지만 지금 이대로라면 나는 방에 날아 들어온 벌레와 다름없어요. 벽에 들이박고, 창문에 들이박고, 천장으로 솟구치는 등 별의별 짓을 다하지만 방에서 나가지는 않는 벌레 말이에요. 이러는 와중에도 그 벌레처럼, 그것이 나방이건 나비이건 무엇이건 간에, 난 생각하고 있죠. '인생은 짧아! 인생은 짧아!' 살 날이 하룻밤, 혹은 하룻낮밖에 없는데, 바깥에서는 거대하고 위험한 정원이 발견되지 않은 채로, 탐험되지 않은 채로 나를 기다리고 있어요!"

"그렇게 느낀다면 왜—" 린다가 재빨리 말을 시작했다.

"아!" 조녀선이 기다렸다는 듯이 외쳤다. "바로 그거예요. 왜? 과연 왜? 사람을 미치게 만드는, 미스터리한 질문이에요. 왜 방에서 나가지 않냐고요? 창문이든 문이든 내가 들어온 곳을 통해 다시 나가면 되는데, 절망적으로 굳게 닫혀 있지도 않은데? 왜 그곳을 찾아서 다시 나가지 않는가? 대답해줘요, 처제." 그러나 조녀선은 린다에게 대답할 시간을 주지 않았다.

"또다시 난 그 벌레와 똑같아요. 왠지 몰라도—" 조녀선이 말을 잠시 멈추었다. "그건 허락되지 않았어요. 금지되었어요. 벌레들의 법에 위반되어요. 몸을 들이박거나 뒤집거나 창틀에서 기는 것을 한 순간도 멈추면 안 돼요. 왜 일을 그만두지 않냐고요? 사표 내는 것을 왜, 예를 들면 지금 이 순간에, 심각하게 고민하지 않냐고요? 난 꼼짝없이 발목 잡힌 신세도 아닙니다. 부양해야 할 아이가 둘 있기는 하지만, 어쨌든 남자아이들이에요. 훌쩍 바다로 떠나거나, 시골에서 일을 얻을 수도 있겠죠. 아니면." 돌연 조녀선은 미소를 지으며 달라진 목소리로, 비밀을 털어놓듯이 말했다. "약하기 때문입니다…. 난 약해요. 기력이 없어요. 믿고 기댈 것이 없어요. 신념도 없고요. 그렇다고 해두죠." 그러나 뒤이어 그윽하고 부드러운 노래가 흘러나왔다.

"그 이야기를 들어볼래요
어떻게 흘러가는지."

그리고 그들은 침묵했다.

해가 졌다. 서녘 하늘에 으스러진 장밋빛 구름이 거대한 덩어리로 뭉게뭉게 떠 있었다. 구름 틈새와 구름 뒤에서 넓은 햇살이 온 하늘을 덮으려는 기세로 퍼져 나왔다. 중천에서는 파란빛이 옅어지며 창백한 금빛으로 변했고, 하늘에 어둡게 찍힌 황야의 실루엣에서 금속 같은 빛이 반짝였다. 하늘을 웅장하게 물들인 빛은 이따금 두려움마저 불러일으킨다. 까마득히 높은 곳에 전능하고 질투심 강한 여호와가 시치지도 않고 매순간 지켜보고 있다는 것을 상기시킨다. 그가 강림하는 날 온 세상이 참혹한 묘지로 변하리라는 것도. 그날이 오면 냉정하고 눈부신 천사들에게 이리저리 끌려다닐 것이며, 너무나도 간단히 설명할 수 있는 것을 설명할 시간도 없을 것이다…. 그러나 이날 밤 린다는 은빛 햇살에서 무한한 사랑과 기쁨을 느꼈다. 이제 바다는 조용해졌다. 그 부드럽고 기쁨 충만한 아름다움을 가슴 깊이 들이마시는 것처럼, 바다는 조용히 숨 쉬었다.

"전부 잘못됐어요. 전부 다." 조너선이 그늘진 목소리로 말했다. "이건… 의자 세 개와 책상 세 개와 잉크통 세 개, 그리고 철사 블라인드를 위한 배경이 아니에요."

조너선이 달라지지 않으리라는 것을 알았지만 그래도 린다는 말했다. "벌써 늦었다고 생각하나요?"

"난 늙었어요—늙었어요." 조너선이 노래하듯이 말했다. 조너선은 린다 앞으로 고개를 숙이고 머리를 빗어 넘겼다. "봐요!" 조너선의 검은 머리는 검은 새의 가슴 깃털처럼 은색이 희뜩희뜩 섞여 있었다.

린다는 깜짝 놀랐다. 조너선이 머리가 세었으리라고는 상상도 못했다. 다음 순간 일어나서 한숨을 쉬고 허리를 펴는 조너선을 보자 린다는 처음으로 조너선이 굳세거나 용감하거나 느긋해 보이지 않았고, 그저 늙어 보였다. 어둠이 깔리고 있는 잔디밭에서 조너선은 매우 키가 커 보였으며, 그 순간 어떤 생각이 린다의 뇌리에 스쳤다. '조너선은 잡초 같아.'

조너선이 다시 허리를 숙이고 린다의 손가락에 입을 맞추었.

"아름다운 숙녀분, 인내하며 들어준 당신에게 하늘이 복을 내리길." 조너선이 중얼거렸다. "나의 명성과 재산을 물려받을 상속자들을 찾으러 가볼게요…." 그리고 조너선은 가버렸다.

XI

방갈로 창문에서 불빛이 흘러나왔다. 패랭이꽃과 만개한 마리골드 꽃밭에 금빛 정사각형이 두 개 찍혔다. 고양이 플로리가 베란다로 나와서 하얀 발을 모으고 꼬리를 둥글게 말며 꼭대기 계단에 앉았다. 이 순간을 온종일 기다려왔던 것처럼 만족스러운 모습이었다.

"이제 날이 저무는구나, 참 다행이야." 플로리가 말했다. "긴 하루가 드디어 끝나서 다행이야." 플로리는 녹색 자두 빛깔 눈을 번쩍 떴다.

잠시 후 덜커덩거리는 마차 소리와 켈리의 채찍 소리가 들려왔다. 다 함께 시끌시끌 떠드는 시내 남자들의 목소리가 들릴 정도로 가까워졌다. 소리가 버넬가의 대문 앞에서 멈추었다.

스탠리는 마당길 중간쯤 와서 린다를 보았다. "여보, 당신이야?"

"응, 스탠리."

스탠리는 꽃밭 위로 뛰어가 린다를 끌어안았다. 린다는 익숙하고, 열성적이고, 강한 품에 파묻혔다.

"용서해줘, 달링. 용서해줘." 스탠리는 더듬더듬 말하며 린다의 턱 밑에 손을 대고 얼굴을 올렸다.

"용서하다니?" 린다가 미소 지었다. "뭘 용서해?"

"세상에! 설마 잊은 건 아니겠지." 스탠리 버넬이 외쳤다. "난 종일 그 생각밖에 못 했어. 하루가 지옥 같았어. 우체국으로 달려가서 전보를 칠 생각까지 했지만, 나보다 늦게 도착할 것 같아서 그만뒀지. 하루 종일 고문 받는 기분이었어, 린다."

"스탠리." 린다가 말했다. "뭘 용서해?"

"린다!" 스탠리는 크게 상처받았다. "알아차리지 못했어? 그럴 리가! 내가 오늘 아침에 인사를 안 하고 나갔잖아? 내가 어떻게 그런 짓을 했는지 모르겠어. 이놈의 욱하는 성격 때문이겠지. 하지만—"

스탠리는 한숨을 내쉬고 다시 린다를 끌어안았다. "오늘 마음고생은 할 만큼 한 것 같아."

"손에 든 건 뭐야?" 린다가 물었다. "새 장갑이야? 보여줘."

"아, 그냥 저렴한 모조 새미 장갑이야." 스탠리가 말했다. "오늘 아침에 마차에서 벨이 끼고 있는 걸 봤는데, 상점 앞을 지나가다 나도 하나 샀어. 왜 웃어? 괜히 산 것 같아?"

"아, 정반대야, 달링." 린다가 말했다. "아주 잘했어."

린다는 커다란 황토색 장갑 한 짝을 자기 손에 끼고 이리저리 돌려보았다. 린다는 여전히 미소를 짓고 있었다.

스탠리는 말하고 싶었다. '이걸 살 때 당신 생각뿐이었어.' 그건 사실이었는데, 왠지 스탠리는 말이 입에서 떨어지지 않았다. "들어가자." 스탠리가 말했다.

XII

밤이 되면 왜 이토록 기분이 달라질까? 모두가 잠들어 있는 시간에 깨어 있으면 왜 이리 흥분될까? 밤이 깊었다—매우 늦은 시간이었다! 그런데 매 순간 정신이 점점 또렷해지는 것이 마치 숨을 들이쉴 때마다 해가 떠 있는 시간의 세상보다 훨씬 더 짜릿하고 흥미로운, 새로운 세상에서 천천히 깨어나는 기분이다. 그리고 마치 공모자가 된 듯한 이상한 기분은 또 무엇일까? 당신은 살금살금, 은밀히 방에서 돌아다닌다. 화장대에서 무언가를 집었다가 소리 없이 내려놓는다. 침대의 기둥을 포함한 모든 것이 당신을 알고, 당신에게 대답하고, 당신의 비밀을 공유한다….

낮에는 방을 별로 좋아하지 않는다. 방에 대해 생각하지도 않는다. 들락거릴 때마다 문이 벌컥 열렸다가 꽝 닫히고, 선반이 삐걱거린다. 침대에 걸터앉아 신발을 갈아신고 나간다. 거울 앞에 털썩 앉아서 머리에 핀을 두 개 꽂고 얼굴에 분을 두드리고 다시 나간다. 그러나 지금—돌연 방에 대한 애정이 샘솟는다. 사랑스럽고 유쾌하다. 당신의 것이다. 무언가를 소유한다는 것이 어찌나 즐거운지! 내 것! 나만의 것!

'영영 나만의 것이야?'

'그래.' 두 사람의 입술이 포개진다.

아니, 물론 이것과는 아무 상관 없다. 실없는 헛소리다. 그런데도 베럴은 자신의 방 한가운데에 서 있는 남녀를 또렷이 봤다. 여자는 두 팔로 남자의 목을 끌어안고 있었다. 남자가 여자를 껴안았다. 남자가 속삭였다. '당신은 아름다워, 나의 아름다운 여인이여!' 베럴은 침대에서 벌떡 일어나 창가로 달려갔고, 창문 아래 의자에 무릎을 대고 앉아서 창턱에 팔꿈치를 괴었다. 그러나 아름다운 밤과 정원의 모든 관목과 모든 잎사귀, 심지어 하얀 울타리와 별들도 공모하고 있었다. 형형한 달빛 아래 꽃들이 대낮처럼 환히 보였다. 한련화의 그림자와 백합처럼 섬세한 잎사귀와 활짝 벌어진 꽃송이가 은빛 베란다 너머에 펼쳐져 있었다. 남쪽에서 불어오는 돌풍에 휘어진 마누카 나무는 마치 한쪽 다리로 서서 한쪽 날개를 펼치고 있는 새처럼 보였다.

그런데 베럴이 관목으로 시선을 돌리자 그들은 슬퍼 보였다.

'우리는 멍청한 나무야. 밤에 가지를 뻗고서 우리 자신도 알지 못하는 무언가를 간청하고 있지.'

홀로 있을 때 삶을 생각하면 언제나 슬퍼지는 건 사실이다. 들뜬 기분은 흔적도 없이 사라지고, 마치 적막 속에서 누군가 당신의 이름을 불렀는데 이제야 비로소 당신의 이름을 처음으로 들은 듯한 기분이다. '베릴!'

'그래, 난 여기 있어. 내가 베릴이야. 누가 나를 부르는 거야?'

'베릴!'

'내가 갈게.'

홀로 살면 외롭다. 물론 친척과 친구 같은 사람들이 주변에 잔뜩 있지만, 그것과는 다르다. 그녀는 다른 사람들이 모르는 베릴을 발견하고, 그녀가 늘 그런 모습이길 기대하는 사람을 원했다. 다른 말로, 베릴은 연인을 원했다.

'이 모든 사람들로부터 나를 데려가줘요, 내 사랑. 멀리 떠나요. 우리만의 삶을 처음부터 시작해요. 우리만의 불을 피워요. 함께 앉아서 식사하고, 밤에 오랫동안 이야기를 나눠요.'

이렇게 말하는 것이나 다름없다. '날 구해줘요, 내 사랑. 날 구해줘요!'

…"오, 그러지 마, 자기. 겁먹지 마. 젊어서 인생을 즐겨. 그게 내가 해줄 수 있는 조언이야." 다음 순간 깔깔거리는 실없는 웃음소리가 해리 켐버 부인의 커다랗고 냉랭한, 말 울음 같은 웃음과 섞였다.

하지만 그건 혼자인 사람에게는 몹시 어렵다. 혼자인 사람은 너무나도 무력하다. 멋대로 무례하게 행동할 수는 없는 노릇인데, 별장촌의 다른 내숭쟁이 여자들처럼 어리숙하고 고지식해 보이고 싶지 않다는 불안 또한 도사리고 있다. 게다가―게다가 자신이 누군가를 쥐락펴락할 수 있다는 생각은 무척 매혹적이다. 그렇다, 매혹적이다….

아, 왜 '그'는 어서 오지 않을까?

'여기서 계속 살다가는 내가 어떻게 될지 모르겠어.' 베릴이 생각했다.

'그가 오기는 할는지 네가 어떻게 알아?' 머릿속의 작은 목소리가 비웃었다.

베릴은 목소리를 무시했다. 그녀가 혼자 남겨질 리 없다. 다른 사람은 몰라도 그녀는 아니다. 베릴 페어필드가, 그 사랑스럽고 매력적인 아가씨가 결혼하지 못할 리 없다.

"베럴 페어필드 기억해?"

"기억하냐고? 어떻게 잊겠어! 어느 여름에 만에서 그애를 봤어. 해변에 서 있었는데, 파란색—아니 분홍색—모슬린 드레스를 입고 커다란 크림색—아니 검은색—밀짚모자를 들고 있었어. 아주 오래 전 일이야."

"그애는 옛날처럼 예뻐. 아니, 더 예뻐진 것 같아."

베릴은 미소를 지었다가 입술을 깨물고 정원을 건너다보았다. 그때 어떤 사람이, 한 남자가 도로에서 길을 꺾어 마치 그녀에게 곧장 오듯이 방목지의 울타리를 따라 걸어오는 것이 보였다. 가슴이 두근거렸다. 누구지? 누굴까? 도둑은 아닐 것이다. 담배를 피우면서 어슬렁어슬렁 걷고 있는 사람이 도둑일 리는 없다. 심장이 철렁했다. 심장이 뒤집혔다가 정지한 것 같았다. 베릴은 남자를 알아보았다.

"안녕하세요, 미스 베릴." 목소리가 나직이 말했다.

"안녕하세요."

"산책하러 나오지 않을래요?" 목소리가 느릿느릿 말했다.

산책이라니, 이 늦은 시각에! "아뇨, 못 나가요. 모두 잠자리에 들었는걸요. 사람들 모두 자고 있어요."

"아." 목소리가 가볍게 말했고, 달콤한 담배 냄새가 훅 풍겨왔다. "다른 사람들이 무슨 상관입니까? 나와요! 날씨가 정말 좋군요. 길에 아무도 없어요."

베릴은 고개를 저었다. 그러나 이미 무언가 그녀 가슴에서 꿈틀거리며 고개를 들었다.

목소리가 물었다. "무서워요?" 그녀를 조롱하고 있었다. "딱해라!"

"무섭지 않아요." 베릴이 말했고, 그 순간 그녀 안의 연약한 것이 똬리를 풀고 돌연 엄청나게 강해졌다. 베릴은 가고 싶었다!

이 변화를 이해한 것처럼 목소리가 다시 부드럽고 나직하게, 하지만 단호하게 말했다. "나와요!"

베릴은 낮은 창문을 넘어 베란다를 건너갔고, 잔디밭을 뛰어 내려가 대문으로 갔다. 그가 그녀보다 먼저 도착해 있었다.

"잘했어요." 숨소리처럼 나직한 목소리가 그녀를 놀렸다. "무서운 건 아니죠? 안 무섭죠?"

베릴은 무서웠다. 막상 밖으로 나오니 무서웠다. 모든 것이 달라 보였다. 번뜩거리는 달의 시선이 그녀에게 날아와 꽂혔다. 그림자가 쇠창살처럼 보였다. 남자가 그녀의 손을 잡았다.

"전혀 무섭지 않아요." 베릴이 가볍게 말했다. "왜 무섭겠어요?"

남자가 그녀의 손을 살짝 잡아당겼다. 베릴은 팔에 힘을 주고 버텼다.

"아뇨, 여기서 더 나가진 않을 거예요." 베릴이 말했다.

"에이!" 해리 켐버는 그녀 말을 믿지 않았다. "나와요! 푸크시아 덤불까지만 갑시다. 어서 나와요!"

키가 큰 푸크시아 덤불은 울타리 위로 가지를 물줄기처럼 드리웠다. 덤불 밑에 우묵하고 컴컴한 공간이 있었다.

"아뇨, 정말요. 가고 싶지 않아요." 베럴이 말했다.

잠시 해리 켐버는 대답하지 않았다. 켐버가 성큼 다가와 그녀를 돌아보고 웃으면서 빠르게 말했다. "바보같이 굴지 마요! 바보같이!"

베럴은 그런 미소를 본 적 없었다. 켐버가 취했나? 그 환하고, 무심하고 무시무시한 미소를 보자 공포로 몸이 굳었다. 지금 대체 뭘 하고 있는 거지? 어쩌다 여기까지 왔을까? 대문이 끼익 열릴 때 정원이 엄격하게 물었다. 해리 켐버가 고양이처럼 빠르게 들어와 그녀를 잡아끌었다.

"쌀쌀맞은 아가씨! 쌀쌀맞은 아가씨!" 가증스러운 목소리가 말했다.

하지만 베럴은 힘이 셌다. 베럴은 켐버의 품에서 빠져나와 한 발짝 물러나고 팔을 뿌리쳤다.

"당신은 정말 끔찍한 사람이야." 베럴이 말했다.

"이럴 거면 대체 왜 나왔어?" 당황한 해리 켐버가 더듬더듬 말했다.

아무도 대답하지 않았다.

XIII

작고 평온한 구름이 유유히 흘러와 달을 스쳤다. 구름이 달을 가린 어두컴컴한 순간에 바다에서 깊고 불안한 소리가 울렸다. 이내 구름이 흘러갔고, 바다는 무서운 꿈에서 깨어난 것처럼 흐리멍덩하게 웅얼거렸다. 온 세상이 고요했다.

인형의 집

 마음씨 좋은 헤이 부인이 버넬가에서 머무르고 타운으로 돌아간 뒤에 소녀들에게 인형의 집을 선물로 보냈다. 어찌나 컸던지 팻이 짐꾼을 도와 같이 마당으로 들고 왔고, 사료창고 문 옆의 나무 상자 두 개에 내려놓은 그대로 보관하기로 했다. 여름이었으므로 망가질 염려는 없었다. 실내로 들여야 할 즈음에는 페인트 냄새가 빠질지도. 인형의 집에서 풍기는 페인트 냄새가 너무도 독해서, (물론 이렇게 관대하고 다정한 선물을 보내주신 헤이 부인에겐 감사하지만!) 냄새만 맡아도 병에 걸릴지 모른다고 베릴 이모는 말했다. 인형의 집에서 덮개를 벗기기도 전이었는데 말이다. 덮개를 벗기니까⋯.

 인형의 집이 우뚝 서 있었다. 시금치 같은 암녹색이 기름칠한 듯 반들거렸고, 군데군데 샛노란색이 대비를 이루었다. 지붕에 접착제로 붙인 굴뚝 두 개는 빨간색과 흰색으로 칠해져 있었고, 노란색 니스칠이 된 문은 캐러멜 조각 같았다. 진짜 유리를 끼운 창문 네 개에 녹색 페인트로 굵게 선을 칠해 창틀을 표시했다. 심지어 아주 작은 노란색 포치까지 있었는데, 포치 가장자리에 커다란 페인트 덩어리가 굳은 채로 달려 있었다.

 그렇지만 실로 완벽한, 완벽한 인형의 집이다! 냄새가 좀 나면 어떤가! 새것임을 알리는, 즐거움 중 하나일 뿐이다!

"빨리 좀 열어줘요!"

집 옆면 고리가 꽉 끼어 있었다. 팻이 펜나이프로 고리를 빼자 인형의 집 앞면 전체가 활짝 젖혀지며 응접실과 다이닝룸과 부엌과 침실 두 개가 한번에 모습을 드러냈다. 자고로 집은 저렇게 열려야 한다! 왜 진짜 집들은 저렇게 열 수 없을까? 모자걸이와 우산 두 개가 있는 우중충한 현관을 문틈으로 빼꼼 들여다보는 것보다 훨씬 신나지 않는가! 그러니까, 현관문을 두드리려고 노커에 손을 올릴 때 우리가 보고 싶어 하는 광경이 저런 것 아닌가? 어쩌면 한밤중에 하느님이 천사와 돌아다니며 사람들 집을 그렇게 들여다보는지도….

"오오!" 버넬가 소녀들은 마치 절망한 것 같은 신음 소리를 냈다. 인형의 집은 너무나도 멋졌다. 견딜 수 없을 정도였다. 이렇게 근사한 것은 난생처음 보았다. 방마다 벽에 벽지를 발랐고, 벽지 위에는 금색 액자를 두른 그림까지 그려져 있었다. 부엌을 제외한 바닥 전체에 붉은 카펫을 깔았다. 응접실에는 빨간색 플러시 의자가, 다이닝룸에는 초록색 플러시 의자가 놓여 있었고, 침대에는 진짜 침구가 깔려 있었으며, 요람, 스토브, 조그만 접시들과 커다란 물병 하나가 있는 서랍장까지, 없는 게 없었다. 그렇지만 키지어는 무엇보다 램프가 좋았다. 더할 나위 없이 사랑스러웠다. 다이닝룸 식탁 한가운데에 놓인 램프에는 흰 등피가 씌워 있었고, 몸체는 아름다운 호박색이었다. 불을 켤 수 있는 준비도 되어 있었다. 물론 진짜로 불을 붙일 수는 없지만 등유 같은 것이 채워져 있어서 흔들면 출렁거렸다.

아버지와 어머니 인형은 기절한 것처럼 매우 뻣뻣한 자세로 응접실에 널브러져 있었고, 위층에서 자고 있는 두 아이 인형은 인형의 집에 어울리지 않게 터무니없이 컸다. 그러나 램프는 완벽했다. 키지어는 램프가 자신에게 미소를 짓고, "나 여기 살아요."라고 말한 것 같았다. 램프는 진짜였다.

이튿날 아침에 버넬가 아이들은 학교에 빨리 가려고 안달했다. 수업 종이 울리기 전에 다른 아이들에게 인형의 집에 대해 말해주고 묘사하고 싶어서—사실, 자랑하고 싶어서 애가 탔다.

"내가 말할 거야." 이저벨이 말했다. "내가 큰언니니까. 너희들이 나중에 보태도 되지만, 내가 먼저 말할 거야."

이 말에 무어라고 대꾸하랴. 이저벨이 이래라저래라 하는 건 사실이지만 늘 옳은 소리만 했다. 장녀가 지닌 권위를 키지어와 로티는 익히 알았다. 그래서 두 소녀는 길옆에 무성히 자란 미나리아재비만 만지작거릴 뿐 잠자코 있었다.

"누가 제일 먼저 와서 구경할지도 내가 정할 거야. 어머니가 그렇게 해도 된다고 했어."

인형의 집을 마당에 두는 동안에는 학교 친구들을 데려와서 보여줘도 된다고 허락받았는데, 한 번에 두 명만 데리고 올 수 있었다. 물론 그 아이들이 집 안을 기웃거리거나 함께 차를 마셔도 된다는 뜻은 아니다. 정원에 얌전히 서서 이저벨이 가리키는 아름다운 것들을 구경하고, 로티와 키지어는 옆에서 흐뭇한 표정으로 지켜볼 것이다….

서둘러 갔는데도 남자아이들 전용 운동장의 타르칠한 울타리에 도착했을 즈음, 벌써 종이 울리기 시작했다. 모자를 벗고 줄을 서기가 무섭게 선생이 출석을 불렀다. 어쩔 수 없지. 곧바로 자랑하지 못한 대신 이저벨은 매우 중대한 비밀이 있는 표정으로 근처 소녀들에게 귀엣말했다. "쉬는 시간에 해줄 이야기가 있어."

쉬는 시간이 되자 이저벨은 아이들에게 둘러싸였다. 같은 반 소녀들은 이저벨의 허리에 팔을 두르고, 둘이서만 산책하고, 웃으며 아부하고, 단짝으로 인정받으려고 싸우다시피 했다. 운동장 한쪽에 늘어선 커다란 소나무 아래에서 이저벨은 아이들을 잔뜩 거느리고 앉았다. 어린 소녀들이 킥킥거리며 밀치락달치락 다가앉았다. 무리에 끼지 못한 아이들은 언제나 그렇듯이 켈비 자매뿐이었다. 이 소녀들은 버넬가 아이들에게 감히 접근하지 않았다.

사실을 말하자면, 버넬가는 달리 선택이 없어서 아이들을 이 학교에 보냈다. 몇 마일 반경에 학교가 달랑 하나뿐이었으니 어쩔 수 없는 노릇이었다. 결과적으로 판사와 의사의 딸들이 상점 주인과 우유배달부의 아이들과 어울릴 수밖에 없었다. 게다가 거칠고 무례한 남자아이들까지 그만큼 많이 섞여 있었다. 그래도 선을 어딘가에 그어야 하는데, 그 선이 바로 켈비네 아이들이었다. 버넬가를 포함한 많은 집에서 켈비네 아이들과 말도 섞지 말라고 금지했고, 이 아이들은 고개를 빳빳이 세우고 켈비네 아이들을 지나쳤는데, 이들의 행동이 곧 잣대가 되었으므로 결국 켈비네 아이들은 학교 전체에서 따돌림을 당했다. 심지어 선생도 켈비네 아이들에게는 다른 목소리로 말했으며 릴 켈비가 볼품없는 꽃다발을 교탁으로 가져오면 다른 아이들에게 묘한 미소를 지어 보였다.

켈비 자매의 어머니는 활기차고 부지런한 세탁부로, 낮에 동네를 돌며 빨랫감을 얻었다. 그것만으로도 경멸할 만한데, 켈비 씨는 또 어디에 있는가? 아무도 확실히 알지 못했다. 하지만 그가 교도소에 있다고 다들 수군거렸다. 그러니까 세탁부와 죄수 사이 자식들이다. 다른 아이들에게 참으로 좋은 친구가 될 것이다! 게다가 퀠비네 아이들은 딱 그렇게 보였다. 왜 퀠비 부인이 그렇게 티가 나게 아이들을 입히는지 도무지 이해할 수 없었다. 속사정을 알아보면, 퀠비 부인이 고용주들에게서 얻은 '자투리'로 옷을 만들어 입히는 까닭이었다. 예를 들어, 통통하고 못생겼으며 커다란 주근깨가 난 릴은 버넬가의 녹색 서지천 테이블보로 만든 드레스에 로건네 빨간색 플러시 커튼으로 만든 소매를 덧대어 입었다. 릴의 넓은 이마에는 성인용 모자가 얹혀 있었는데, 한때 우체국장 미스 레키가 쓰던 것이다. 모자 뒤쪽의 챙을 위로 접고 커다란 진홍색 깃털을 달았다. 어찌나 우스꽝스러운지! 안 웃을 수가 없었다. 릴의 동생 엘스는 나이트가운처럼 치렁치렁한 흰 드레스를 입고 남자아이 장화를 신었다. 사실, 엘스가 무엇을 입은들 괴상하지 않으랴. 왜소하고 깡마른 몸에 머리는 짧고 커다란 눈은 몹시도 엄숙해서 조그만 흰 올빼미를 연상시켰다. 아무도 엘스가 웃는 모습을 본 적이 없었다. 말수도 매우 적었다. 엘스는 릴에게 찰싹 달라붙어 다녔다. 릴의 치맛자락을 움켜쥐고, 어디를 가든 따라갔다. 운동장에서나 학교를 오가는 길에 릴 뒤에는 어김없이 그녀의 치맛자락을 붙든 엘스가 있었다. 무엇이 필요하거나 숨이 찰 때만 엘스는 릴의 치맛자락을 잡아당기거나 비틀었고, 그러면 릴은 걸음을 멈추고 돌아보았다. 릴과 엘스는 서로를 완벽히 이해했다.

지금 퀠비네 아이들은 뒤에서 얼쩡거리고 있었다. 이야기를 못 듣게 막을 수는 없었다. 소녀들은 뒤돌아보고 입을 비죽거렸다. 그러자 릴은 언제나처럼 창피해하는 듯한 맹한 미소를 지었지만, 엘스는 물끄러미 보기만 했다.

의기양양하게 이저벨은 이야기를 이어갔다. 카펫에 대한 묘사를 듣고 아이들은 탄성을 내질렀는데, 진짜 침구가 깔린 침대와 오븐 문이 달린 스토브도 같은 반응을 일으켰다.

이저벨이 이야기를 마치자 키지어가 끼어들었다. "언니, 램프 이야기를 안 했잖아."

"아, 맞다." 이저벨이 말했다. "다이닝룸 식탁에 아주 조그만 램프가 있는데, 전체가 노란 유리로 되어 있고 흰 등피가 씌워 있어. 진짜 램프랑 똑같아."

"램프가 최고로 멋져." 키지어가 외쳤다. 램프에 대한 묘사가 턱없이 부족했다고 키지어는 생각했다. 그러나 아무도 램프에 주의를 기울이지 않았다. 이저벨이 이날 오후에 구경할 두 명을 고르고 있었기 때문이다. 이저벨은 에미 콜과 리나 로건을 선택했다. 그렇지만 모두에게 기회가 돌아갈 거라는 말이 있었으므로 아이들 모두 이저벨에게 아첨을 떨었다. 소녀들은 한 명씩 이저벨의 허리에 팔을 감고 데려갔다. 이저벨에게만 할 비밀 이야기가 있다면서. "이저벨은 내 친구야."

모두가 잊어버린 켈비네 아이들은 자리를 떴다. 더는 들을 이야기가 없었기 때문이다.

며칠이 지나고 인형의 집을 본 아이들이 많아지며 명성이 더욱 자자해졌다. 모든 아이들이 열광하고 침이 마르도록 이야기했다. 아이들은 서로서로 물었다. "버넬네 인형의 집 봤어? 진짜 예쁘지?"

"아직 못 봤어? 아, 정말?"

점심시간에도 소녀들은 인형의 집에 대해 이야기하느라 바빠서 놀지도 않았다. 소녀들은 소나무 아래 앉아서 두툼한 양고기 샌드위치와 버터를 바른 커다란 조니케이크를 먹었다. 그리고 언제나, 아이들 무리에 끼지는 못하지만 최대한 가까이 앉아서, 릴과 릴의 치맛자락을 쥔 엘스는 끈적한 빨간 잼에 축축이 젖은 신문지로 싼 잼 샌드위치를 먹으며 귀를 쫑긋 세웠다.

"어머니," 키지어가 말했다. "켈비네 아이들을 딱 한 번만 부르면 안 돼요?"

"당연히 안 된다, 키지어."

"하지만 왜요?"

"저리 가렴, 키지어. 왜 안 되는지 너도 잘 알잖니."

마침내 켈비네 아이들을 제외하고 모든 소녀가 인형의 집을 봤다. 그날 인형의 집에 대한 열기는 다소 수그러졌다. 점심시간이었다. 소나무 아래 앉아 있던 소녀들은 언제나처럼 신문지로 싼 점심을 자기들끼리 먹으며 늘 엿듣고 있는 듯한 켈비네 아이들을 보고 돌연 못되게 굴고 싶은 충동을 느꼈다. 에미 콜이 속닥거리기 시작했다.

"릴 켈비는 커서 하녀가 될 거래."

"오, 정말 싫다!" 이저벨 버넬이 말하고 에미에게 눈짓했다.

에미는 의미심장하게 침을 꿀꺽 삼키고 자기 어머니가 이런 상황에서 늘 하던 대로 이저벨에게 고개를 끄덕거렸다.

"사실이야—사실이야—사실이야." 에미가 말했다.

그러자 리나 로건이 뱁새눈을 치떴다. "내가 물어볼까?" 리나가 속삭였다.

"못할 거면서." 제시 메이가 말했다.

"흥, 안 무서워." 리나가 말했다. 갑작스레 리나는 조그맣게 꽥, 소리를 지르고 아이들 앞에서 한 바퀴 춤을 추었다. "잘 봐! 나를 봐! 내가 어떻게 하나!" 리나가 말했다. 리나는 양손으로 입을 가린 채 킬킬거리면서 한쪽 발을 끌고 미끄러지듯이 나아가 켈비 자매에게 다가섰다.

릴이 음식에서 시선을 들었다. 릴은 남은 음식이 안 보이게 얼른 신문지로 쌌다. 엘스는 오물거리던 입의 움직임을 멈추었다. 무슨 일이 벌어지려는 거지?

"릴 켈비, 넌 커서 하녀가 될 거라며?" 리나가 찢어지는 목소리로 물었다.

순간 정적이 깔렸다. 그러나 대답하는 대신 릴은 특유의 창피해하는 듯한 맹한 미소만 지었다. 릴은 아무렇지 않은 듯했다. 리나만 바보 됐네! 소녀들이 키득거리기 시작했다.

리나는 참을 수 없었다. 리나는 양손으로 골반을 짚었다. 그리고 일격을 날렸다. "뭐, 니 아빠는 감옥에 있다며!" 리나가 표독스럽게 외쳤다.

너무나도 놀라운 말이었기에 소녀들은 잔뜩, 잔뜩 흥분하고 신바람이 나서 한 덩어리로 우르르 몰려갔다. 한 아이가 기다란 밧줄을 찾자 다같이 줄넘기놀이를 시작했다. 그날 아침처럼 소녀들이 높이 펄쩍 뛰고, 줄 안으로 재빠르게 들어왔다 나가고, 대담한 동작을 시도한 적이 없었다.

오후에 팻이 버기 마차를 몰고 와서 버넬가 아이들을 집으로 데려갔다. 집에 손님이 와 있었다. 손님을 좋아하는 이저벨과 로티는 피나포어 원피스를 벗고 다른 옷으로 갈아입으러 위층에 후다닥 올라갔다. 키지어는 뒤로 슬그머니 나갔다. 아무도 주변에 없었다. 키지어는 마당의 커다란 흰 대문에 매달려 앞뒤로 문을 흔들었다. 도로를 보고 있자니 작은 점 두 개가 나타났다. 점이 가까이 다가오며 점점 커졌다. 한 점이 앞에 있고 다른 점이 뒤에 있었다. 점들이 켈비네 아이들이라는 것이 인제 보였다. 키지어는 흔들거리던 움직임을 멈추었고, 달아나기라도 할 것처럼 대문에서 내려왔다. 그러나 머뭇거렸다. 켈비네 아이들이 다가왔다. 옆으로 길게 뻗어나간 그림자의 머리가 길가의 미나리아재비에 닿아 있었다. 키지어는 다시 대문에 매달렸다. 결심한 것이다. 키지어는 대문을 앞으로 밀었다.

"안녕." 키지어가 대문 앞을 지나가는 켈비네 아이들에게 외쳤다.

아이들은 깜짝 놀라서 걸음을 멈췄다. 릴이 언제나처럼 맹하게 웃었다. 엘스는 가만히 바라보기만 했다.

"만약 원하면 들어와서 인형의 집 구경해도 돼." 키지어는 말하고, 한쪽 발가락을 땅에 끌었다. 그러나 릴은 새빨개진 얼굴로 고개를 빠르게 저었다.

"왜?" 키지어가 물었다.

릴이 숨을 헉, 들이쉬고 말했다. "우리는 너네랑 말하면 안 된다고 너희 엄마가 울 엄마한테 말했어."

"아, 그렇구나." 키지어가 말했다. 달리 할 말이 없었다. "상관없어. 괜찮으니까 원하면 들어와서 인형의 집 구경해. 보는 사람 없어."

그러나 릴은 고개만 더 세게 저을 뿐이었다.

"안 보고 싶니?" 키지어가 물었다.

그때 갑자기 릴의 치마가 비틀리고 잡아당겨졌다. 릴이 돌아봤다. 엘스가 그 커다란 눈으로 애원하고 있었다. 금방이라도 울음을 터뜨릴 것 같았다. 엘스는 구경하고 싶었다. 잠시 릴은 망설이는 눈으로 엘스를 보았다. 엘스가 다시 릴의 치마를 비틀었다. 엘스는 한 발 앞으로 내디뎠다. 키지어가 앞서 걸으며 안내했다. 자매는 들고양이 두 마리처럼 마당을 가로질러 인형의 집 앞으로 왔다.

"이거야." 키지어가 말했다.

침묵이 흘렀다. 릴은 콧소리가 날 정도로 크게 숨을 들이쉬었다. 엘스는 바위처럼 굳어 있었다.

"내가 열어줄게." 키지어가 친절히 말했다. 키지어는 고리를 빼고 인형의 집 내부를 보여주었다.

"저기가 응접실이랑 다이닝룸이고, 이건—"

"키지어!"

오, 아이들은 까무러치게 놀랐다!

"키지어!"

베릴 이모 목소리다. 아이들은 뒤돌아보았다. 뒷문에서 베릴 이모가 못 믿겠다는 얼굴로 노려보고 있었다.

"감히 어떻게 퀩비네 아이들을 우리 집 마당에 들이니?" 베릴 이모가 노한 목소리로 차갑게 외쳤다. "쟤네랑 말하면 안 된다는 것 너도 잘 알잖니. 얼른 나가, 얘들아. 당장 나가. 다시는 오지 말고." 베릴 이모가 말했다. 그리고 그녀는 마당으로 들어와 닭 쫓듯 아이들을 내몰았다.

"당장 나가!" 베릴이 냉랭하고 거만하게 말했다.

인형의 집

두 번 말할 필요는 없었다. 수치심에 얼굴이 새빨갛게 달아올라 뒤로 물러나며 릴은 자기 어머니처럼 굽신굽신했고 엘스는 혼비백산했다. 어찌어찌 두 아이는 넓은 마당을 지나 흰 대문으로 빠져나갔다.

"못된 계집애! 어쩜 이리 말을 안 듣니!" 베럴 이모가 키지어를 야단쳤다. 그리고 인형의 집 문을 꽝 닫았다.

그날 오후는 더없이 불쾌했다. 윌리 브렌트로부터 무시무시한 편지가 한 통 왔는데, 그날 저녁에 풀먼즈 부시에서 자기를 만나주지 않으면 집으로 찾아와서 이유를 묻겠다고 을러댔다. 그러나 쥐새끼 같은 켈비 자매를 내쫓고 키지어를 한바탕 혼내주니 마음이 가벼워졌다. 체증이 가신 듯이 후련했다. 베럴은 콧노래를 부르며 집에 들어갔다.

버넬가의 저택이 시야에서 사라지고 한참 뒤에야 켈비네 아이들은 길가의 커다랗고 빨간 배수관에 앉아 숨을 돌렸다. 릴은 여전히 얼굴이 빨갛게 달아올라 있었다. 릴은 깃털 달린 모자를 무릎에 내려놓았다. 꿈꾸는 듯한 아이들의 시선이 건초가 수북한 방목지와 시내를 지나 젖 짜주길 기다리고 있는 로건네 소들 옆의 황금미모사 나무들을 더듬었다. 무슨 생각을 하고 있을까?

이윽고 엘스가 언니 옆으로 꼬물꼬물 다가앉았다. 성질내던 여자에 대해서는 까맣게 잊어버렸다. 엘스는 손가락을 들어 언니 모자의 깃털을 쓰다듬었다. 그리고 좀처럼 볼 수 없는 그 미소를 지었다.

"나 조그만 램프 봤어." 엘스가 나직이 말했다.

다시 한번 두 아이는 침묵했다.

차 한 잔

로즈메리 펠은 딱히 아름답지 않았다. 아니, 아무도 그녀를 미인이라고 부르지 않을 것이다. 예쁘장한가? 글쎄, 하나하나 뜯어보면…. 그렇지만 사람을 뜯어보는 것처럼 잔인한 짓을 왜 하겠는가? 로즈메리는 젊고 똑똑하고 매우 현대적이었으며 옷을 대단히 세련되게 입었고, 현대 문학 중에서도 최신작들을 섭렵했으며, 그녀가 주최하는 파티에는 중요한 명사들과… 조금 특이한, 그녀가 발굴한 예술가들이 흥미롭게 섞여 있었는데, 그중 일부는 형언할 수 없을 정도로 저속했지만, 나머지는 보기에 꽤 즐겁고 재밌는 사람들이었다.

로즈메리는 결혼한 지 이 년 되었다. 귀여운 남자를 데리고 산다. 아니, 피터 말고—마이클. 게다가 남편은 그녀를 무척 아꼈다. 부부는 부유했다. 안락하다고들 하는, 할아버지, 할머니에게나 어울리는 그 불쾌하고 갑갑한 단어로 표현되는 부가 아니라, 진정한 부자였다. 우리 같은 사람들이 쇼핑하고 싶을 때 본드 스트리트에 가듯이 로즈메리는 파리에 갔다. 꽃을 사고 싶을 때는 리전트 스트리트의 최고급 꽃집 앞에서 차가 대기했고, 로즈메리는 그녀 특유의 홀린 듯한, 독특한 표정으로 둘러보고 말했다. "이거랑 저거랑 저거요.

네 다발씩 주세요. 장미꽃도 병째로 하나 주시고요. 네, 꽂혀 있는 거 전부요. 아뇨, 라일락은 됐어요. 질색이에요. 라일락은 두루뭉술하기만 해서 태가 안 나요." 점원은 고개를 숙이고 그보다 지당한 말은 없다는 듯이 라일락을 눈앞에서 치웠다. 라일락은 과연 태가 안 났다. "저기 짧고 통통한 튤립도 주세요. 빨간색이랑 흰색요." 쇼핑이 끝나면 로즈메리 뒤에서 비쩍 마른 꽃집 아가씨가 흰색 종이로 싼, 치렁치렁한 옷을 입혀놓은 아기처럼 보이는 거대한 꽃다발을 한 아름 들고 비틀거리며 차로 가져왔다···.

어느 겨울 오후에 로즈메리는 커전 스트리트의 골동품 가게에서 쇼핑하고 있었다. 로즈메리는 이 상점을 특별히 좋아했다. 일단, 이곳은 올 때마다 거의 다른 손님이 없어서 조용했고, 상점 주인은 어처구니없을 정도로 로즈메리를 경외했다. 그녀가 문을 열고 들어가는 순간 남자의 얼굴이 밝아졌다. 그는 양손을 맞잡았다. 기쁨에 목이 멘 것처럼 보였다. 물론, 아부라는 것은 알지만 그 태도에는 무언가···.

"그렇습니다, 부인." 그는 정중한 목소리로 나지막하게 말하곤 했다. "전 제가 파는 물건들을 대단히 아낍니다. 가치를 몰라주는 사람들 손에 넘기느니 차라리 안 팔겠어요. 그 가치를 알아보려면 흔치 않은 섬세한 감각이 필요한데···." 그리고 숨을 깊이 들이쉬며 그는 창백한 손가락으로 네모나게 접은 파란색 벨벳을 풀고 유리 카운터 위에 펼쳤다.

이날 그는 조그만 함을 보여주었다. 로즈메리를 위해 특별히 보관하고 있었고, 아직 아무에게도 보여주지 않았다. 아름다운 에나멜 함이었는데, 크림을 발라 구운 것처럼 오묘한 광택이 흘렀다. 뚜껑에는 꽃나무 한 그루와 그 아래 서 있는 사람, 그리고 그 사람의 목을 끌어안은 더 작은 사람이 그려져 있었다. 나뭇가지에 걸려 있는 여자의 모자는 제라늄 꽃잎만큼 조그마했고, 녹색 리본이 둘려 있었다. 그들 위로 분홍색 구름이 호기심 많은 아기 천사처럼 둥실 떠 있었다. 로즈메리는 기다란 장갑에서 손을 뺐다. 이런 것들은 반드시 맨손으로 살펴보았다. 그래, 무척 마음에 들었다. 더없이 아름다웠다. 훌륭한 물건이었다. 반드시 가져야겠다. 아름다운 함을 돌려보고 뚜껑을 열었다 닫았다 하던 로즈메리는 자신의 손이 파란 벨벳 위에서 어찌나 우아해 보이는지 새삼 감탄했다. 상점 주인의 마음속 어두운 동굴에도 감히 그런 생각이 떠오른 모양이었다. 그는 연필을 꺼내고 카운터에서 몸을 앞으로 기울였다. 그의 핏기 없는 손가락이 장밋빛으로 빛나는 손가락을 향해 소심하게 슬금슬금 다가왔다. 남자가 조용히 속삭였다. "괜찮으시다면, 부인, 여기 조그만 숙녀의 상의에 들어간 꽃무늬를 봐주시겠습니까."

"예뻐라!" 로즈메리는 꽃무늬를 보고 감탄했다. 그렇지만 가격은 얼마일까? 잠시 주인은 로즈메리의 말을 못 들은 것 같았다. 그러다 속삭임이 들려왔다. "28기니입니다, 부인."

"28기니라고요." 로즈메리는 아무런 반응을 보이지 않았다. 로즈메리는 함을 내려놓았다. 장갑을 다시 끼고 단추를 채웠다. 28기니. 아무리 그녀가 부자라지만…. 로즈메리는 망설이는 듯했다. 로즈메리는 남자의 머리 위 선반에 올려진 통통한 암탉 같은 통통한 찻주전자를 응시했다. 그리고 꿈꾸는 듯한 목소리로 대답했다. "글쎄요, 일단 가지고 있어주시겠어요? 제가…."

말을 끝맺기도 전에 주인은 그녀를 위해 보관하는 것보다 더 큰 영광은 없다는 듯 고개 숙여 인사했다. 물론 그녀를 위해서라면 영원히라도 기꺼이 보관할 것이다.

상점의 은밀한 문이 달칵 닫혔다. 로즈메리는 바깥 계단에 서서 겨울 오후의 풍경을 바라보았다. 비가 내리고 있었고, 비가 몰고 온 듯한 어둠이 재처럼 소용돌이치며 내려앉고 있었다. 공기에서 차갑고 쓸쓸한 맛이 났다. 이제 막 불을 켠 램프의 불빛이 슬퍼 보였다. 도로 건너편 주택들의 창문에서 슬픈 불빛이 흘러나왔다. 회한에 젖은 것처럼 뿌연 빛을 뿜었다. 사람들은 흉한 우산 아래 몸을 숨기고 서둘러 지나갔다. 로즈메리는 묘하게 가슴이 먹먹했다. 그녀는 머프를 가슴에 가져다 대었다. 아까 그 작은 함을 꼭 감싸 쥐고 있으면 전부 괜찮아질 것 같았다. 물론, 그녀의 차가 바로 앞에서 대기하고 있었다. 인도를 가로지르기만 하면 된다. 그런데도 로즈메리는 가만히 기다렸다. 삶에는 이렇게 괴로운 순간들이 있다. 안전한 곳에서 나와 바깥세상을 보자마자 끔찍하다고 깨닫는 순간. 이런 기분에 빠져들면 안 된다. 집에 가서 아주 특별한 차를 한 잔 마셔야지. 로즈메리가 그렇게 생각하고 있는데 비쩍 마른 검은 머리의 그림자 같은 여자가—어디서 솟아났을까?—로즈메리의 팔꿈치 부근에 서서 한숨 같은, 아니, 흐느낌에 가까운 목소리로 조용히 물었다.

"부인, 잠시 말씀 좀 여쭤도 괜찮을까요?"

"나한테요?" 로즈메리는 돌아섰다. 비에 흠뻑 젖은, 그녀 또래거나 더 어린 듯한 아가씨가 커다란 눈으로 그녀를 보고 있었다. 빨간 손으로 코트 깃을 여미고, 물에서 막 나온 것처럼 부르르 떨고 있었다.

"부—부인." 여자가 더듬거리며 말했다. "차 한 잔 마실 돈을 주실 수 있을까요?"

"차 한 잔?" 여자의 목소리는 꾸밈없으면서도 절실했다. 거지의 목소리가 아니었다. "돈이 한 푼도 없다는 말이에요?" 로즈메리가 물었다.

"없어요, 부인." 여자가 대꾸했다.

"어떻게 그럴 수가!" 로즈메리는 어스름 속에서 여자를 보았고, 여자도 그녀를 가만히 보고 있었다. 놀랍기 그지없었다! 갑자기 이 만남이 하나의 모험처럼 느껴졌다. 어스름 속에서 낯선 여자를 만나다니, 도스토옙스키의 소설에나 나올 법한 내용 아닌가. 이 여자를 집에 데려가면 어떨까? 책에서 읽고 연극에서 보는 그런 일을 실제로 해보면 어떨까? 흥미진진할 것이다. 나중에 놀란 친구들에게 이렇게 말하는 것을 상상해보았다. "그 자리에서 곧바로 데려왔어." 이런 상상 속에서 로즈메리는 앞으로 한 발짝 나가 옆에 있는 흐릿한 존재에게 말했다. "우리 집에서 같이 차를 마셔요."

여자는 놀라서 주춤 물러났다. 심지어 몸의 떨림도 잠시 멈췄다. 로즈메리는 손을 내밀어 여자의 팔에 얹었다. "같이 가요." 로즈메리가 웃으면서 말했다. 자신의 웃음이 무척 소탈하고 친절하다고 생각했다. "왜요? 같이 가요. 지금 바로 내 차를 타고 집에 가서 차를 한잔해요."

"서―설마 진심은 아니시죠, 부인." 여자의 목소리에서 고통이 묻어났다.

"정말이에요." 로즈메리가 외쳤다. "꼭 와줬으면 좋겠어요. 나를 위해서요. 같이 가요."

여자는 입술에 손을 올리고 로즈메리를 뚫어지게 보았다. "혹

차 한 잔 245

시—저를 경찰서로 데려가려는 건가요?" 여자가 더듬거렸다.

"경찰서라뇨!" 로즈메리는 소리 내어 웃었다. "내가 왜 그렇게 매정한 짓을 하겠어요? 아뇨, 그냥 따뜻한 곳에 가서 당신 이야기를 들어보고 싶어요."

굶주린 사람들은 고분고분하다. 집사가 차 문을 열어주었고, 잠시 후 그들은 어스름을 가르며 빠르게 나아가고 있었다.

"봤죠!" 로즈메리가 말했다. 로즈메리는 벨벳 안전띠에 손을 넣으며 승리감에 도취되었다. 그물에 걸린 조그만 포로에게 이렇게 말할 수도 있었을 것이다. "잡았다." 물론, 따뜻한 마음으로 하는 말이었다. 아, 따뜻한 것 이상이다. 살다보면 멋진 일이 생긴다는 것을, 요정처럼 나타나 도움을 주는 사람이 있다는 것을, 또한 부자들도 인정이 있으며 모든 여성은 자매라는 사실을 이 여자에게 보여주리라. 로즈메리는 충동적으로 말했다. "겁내지 마요. 그러니까, 나랑 같이 가면 안 될 이유가 없잖아요? 우리 둘 다 여자예요. 내가 좀더 운이 좋아서 베풀 여유가 있으면 당연히 당신은…."

이 말을 어떻게 끝맺을지 몰랐던 로즈메리에게는 다행스럽게도, 그 순간 차가 집에 도착했다. 초인종을 울리자 문이 열렸고, 로즈메리는 여자를 거의 껴안다시피 보호하는 몸짓으로 우아하게 복도로 이끌었다. 집 안의 온기와 부드러움과 환한 빛과 달콤한 향기 등 자신에게는 너무나 익숙해서 아무런 감흥을 자아내지 못하는 것들을 상대가 어떻게 받아들이는지 관찰했다. 대단히 흥미로웠다. 로즈메리는 열어볼 상자와 찬장이 가득한 아기방에 있는 부잣집 여자아이 같은 기분이었다.

"이쪽이에요. 위층으로 가요." 로즈메리는 한시바삐 친절을 베풀고 싶어 조급해하며 말했다. "내 방으로 갑시다." 게다가 로즈메리는 하인들의 시선으로부터 이 불쌍한 여자를 보호하고 싶었다. 그래서 계단을 올라가는 길에 로즈메리는 심지어 진도 부르지도 않고 스스로 겉옷을 벗겠다고 결심했다. 소탈하게 행동하는 것이 최고다!

"봤죠!" 자신의 커다랗고 아름다운 침실 앞에서 로즈메리는 다시 말했다. 커튼을 드리운 방에서 벽난로의 불길이 옻칠한 고급스러운 가구와 금색 쿠션과 옅은 노란색과 파란색이 어우러진 양탄자에 빛을 뿌렸다.

여자는 방문 바로 안쪽에 오도카니 서 있었다. 얼이 빠진 표정이었다. 그러나 로즈메리는 마음 쓰지 않았다.

"들어와서 앉아요." 로즈메리가 커다란 의자를 불가로 가져오며 외쳤다. "여기 편한 의자에 앉아요. 와서 몸 좀 녹여요. 너무 추워 보이네요."

"제가 어떻게 거기에 앉아요." 여자가 뒷걸음질 치며 말했다.

"아, 그러지 마요." 로즈메리가 후다닥 다가가 말했다. "겁낼 필요 없어요. 정말이에요. 앉아요. 내가 겉옷만 벗고 올 테니 같이 옆방에 가서 편하게 차를 마셔요. 왜 겁을 내요?" 그리고 다정한 손길로 로즈메리는 비쩍 마른 여자를 깊숙한 의자의 품에 떠밀다시피 앉혔다.

그러나 여자는 대꾸하지 않았다. 여자는 로즈메리가 앉힌 자세 그대로 양팔을 축 늘어뜨리고 입을 살짝 벌리고 있었다. 솔직히 말하면, 꽤 멍청해 보였다. 그러나 로즈메리는 그 생각을 얼른 밀어냈다. 로즈메리는 여자에게 몸을 기울이며 말했다. "모자 벗지 않을래요? 예쁜 머리가 다 젖었네요. 모자를 벗으면 훨씬 편하지 않겠어요?"

"네, 부인."이라고 말하는 듯한 조그마한 속삭임이 들렸고, 찌부러진 모자가 머리에서 내려왔다.

"코트 벗는 것도 도와줄게요." 로즈메리가 말했다.

여자가 일어났다. 그런데 여자는 한 손으로 의자를 잡고 로즈메리가 코트를 벗기는 동안 가만히 서 있기만 했다. 꽤 고생스러웠다. 여자는 아무런 도움도 주지 않았다. 어린아이처럼 멍하니 있는 여자를 보며 로즈메리는 사람이 도움을 받고 싶으면 조금이라도 반응해야 하지 않나 생각했다. 안 그러면 도와주기가 너무 어렵다. 게다가 이제 코트는 어떻게 하나? 로즈메리는 코트와 모자를 바닥에 그냥 내려놓았다. 로즈메리가 벽난로 선반에 담배를 가지러 가는데 여자가 빠르게, 그렇지만 희미하고 묘한 목소리로 말했다. "죄송해요, 부인. 하지만 제가 기절할 것 같아요. 뭘 먹지 못하면 바로 쓰러질 거 같아요. 부인."

"세상에, 내가 미처 생각을 못 했네요!" 로즈메리는 황급히 종을 울려 하녀를 불렀다.

"차를 가져와요! 빨리! 브랜디도 당장 가져오고!"

하녀가 다시 나갔지만 여자는 울부짖듯이 외쳤다. "브랜디는 안 마실래요. 전 절대 브랜디를 마시지 않아요. 전 그냥 차 한 잔이 마시고 싶을 뿐이에요, 부인." 그리고 여자는 울음을 터뜨렸다.

당혹스럽지만 흥미로운 순간이었다. 로즈메리는 여자의 의자 옆에 무릎을 꿇고 앉았다.

"딱해라, 울지 마요." 로즈메리가 말했다. "울지 마요." 그리고 여자에게 자신의 레이스 손수건을 주었다. 로즈메리는 진정 마음이 움직였다. 로즈메리는 새처럼 여위고 조그만 여자의 어깨를 감싸

안았다.

마침내 여자는 수줍음과 다른 모든 것을 떨쳐내고 두 사람 모두 여자라는 사실만 기억하며 흐느꼈다. "도저히 이렇게 살 수 없어요. 견딜 수 없어요. 못 견디겠어요. 그냥 죽어버리고 싶어요. 못 살겠어요."

"그럴 필요 없어요. 내가 돌봐줄게요. 울지 마요. 나를 만난 것이 얼마나 큰 행운인지 모르겠어요? 차를 마시고 내게 전부 말해줘요. 그럼 내가 어떻게든 도와줄게요. 약속해요. 제발 그만 좀 울어요. 정말 진이 빠지네요. 부탁이에요!"

여자가 울음을 멈추고 로즈메리가 일어나기가 무섭게 하녀가 차를 가져왔다. 로즈메리는 찻상을 그들 사이에 놓고, 불쌍한 여자 앞에 샌드위치와 빵과 버터를 잔뜩 쌓아주었으며, 찻잔이 빌 때마다 크림과 설탕을 넣어 가득 따라주었다. 설탕이 영양가가 높다고 다들 말하지 않나. 로즈메리 자신은 아무것도 먹지 않았다. 그녀는 담배를 피우고, 상대가 마음 편히 먹을 수 있게 시선을 다른 곳에 두었다.

그 소소한 간식이 실로 놀라운 효력을 발휘했다. 찻상을 치우고 나자 여자는 완전히 새사람이 되었다. 헝클어진 머리, 짙은 입술, 밝게 빛나는 그윽한 눈동자. 창백하고 가냘픈 여자가 달콤한 졸음에 겨운 듯이 커다란 의자에 기대앉아 난롯불을 바라보았다. 로즈메리는 새로 담배를 빼 물었다. 이제 시작할 때가 되었다.

"마지막으로 식사를 언제 했어요?" 로즈메리가 다정하게 물었다.

그러나 그때 문손잡이가 돌아갔다.

"로즈메리, 들어가도 돼?" 필립이었다.

"응, 들어와."

필립이 들어왔다. "아, 실례합니다." 필립은 걸음을 멈추고 여자를 빤히 바라보았다.

"괜찮아." 로즈메리가 미소짓고 말했다. "내 친구야, 여기는—"

"스미스예요, 부인." 이상하게도 여자는 겁을 내거나 움찔하지 않고 나른한 어조로 말했다.

"미스 스미스." 로즈메리가 말했다. "잠시 이야기를 나누려고."

"아, 알았어." 필립이 말했다. "그렇군." 필립의 시선이 바닥에 놓인 코트와 모자로 떨어졌다. 필립은 벽난로 앞으로 와서 불을 등지고 섰다. "날씨가 참 궂어." 필립은 나른히 기대앉아 있는 형체에 시선을 고정한 채 묘한 목소리로 말하고, 여자의 손과 부츠를 차례차례 보고서는 로즈메리에게 다시 시선을 돌렸다.

"그렇지?" 로즈메리가 힘주어 말했다. "우울한 날씨야."

필립이 매력적으로 웃어 보였다. "그런데," 필립이 말했다. "잠깐 서재로 올 수 있어? 미스 스미스, 잠시만 양해해주시겠어요?"

커다란 눈이 필립을 올려다보았지만 로즈메리가 대신 대답했다. "미스 스미스는 물론 괜찮아." 그리고 그들은 방에서 함께 나갔다.

"여보," 그들끼리 있게 되자 필립이 말했다. "말해봐. 저 여자는 누구야? 무슨 일이야?"

로즈메리는 웃으면서 문에 기대고 말했다. "커전 스트리트에서 주워 왔어. 정말이야. 말 그대로 주워 온 거야. 차 한 잔 마실 돈을 구걸하길래, 그냥 집에 데려왔어."

"그다음에 어떻게 하려고?" 필립이 외쳤다.

"친절을 베풀려고." 로즈메리가 급히 말했다. "최고로 잘해줄 거야. 보살펴주고. 어떻게 해야 하는지는 잘 모르겠지만. 아직 대화를 못 나눴어. 하지만 저 여자한테 보여주고 싶어. 그러니까, 느낄 수 있게…."

"여보," 필립이 말했다. "당신 정신이 나갔군. 그건 안 될 말이야."

"당신이 반대할 줄 알았어." 로즈메리가 투덜거렸다. "왜 안 돼? 내가 그러고 싶으니까. 그거면 충분하지 않아? 책에서도 이런 이야기가 많이 나오잖아. 난 그냥—"

"하지만," 필립이 시가 끝을 자르며 천천히 말했다. "저 여자는 너무 예쁜데."

"예쁘다고?" 로즈메리는 놀라서 얼굴까지 붉혔다. "그렇게 생각해? 난—난 그런 생각은 안 해봤어."

"세상에!" 필립이 성냥을 그었다. "굉장한 미인이야. 다시 한번 봐, 여보. 당신 방에 들어갔을 때 난 입이 떡 벌어졌어. 어쨌든…. 당신이 큰 실수를 하는 것 같아. 미안해, 여보. 내가 너무 노골적으로 말했다면. 어쨌든 미스 스미스가 우리랑 같이 식사할 거면 미리 알려줘. 〈밀리너스 가제트〉*를 좀 읽어보게."

"당신 정말 어처구니없어!" 로즈메리는 말하고 서재에서 나갔지만, 침실로 곧장 돌아가지 않았다. 로즈메리는 자기 서재로 가서 책상에 앉았다. 예쁘다고! 굉장한 미인이라고! 입이 떡 벌어졌다고! 심장이 묵직한 종처럼 쿵쿵 울렸다. 예쁘다고! 미인이라고! 로즈메리는 수표책을 집었다. 아니, 수표는 아무 쓸모가 없을 것이다. 로즈메리는 서랍에서 파운드 지폐 다섯 장을 빼내고 잠시 내려다보다가 두 장을 도로 넣고 나머지를 가지고 침실로 돌아갔다.

---

* 노동계급 여자들을 구독 대상으로 한 대중 잡지.

삼십 분 뒤에 필립이 서재에 있는데 로즈메리가 들어왔다.

"알려주러 왔어." 로즈메리가 문에 기대고, 특유의 홀린 듯한, 독특한 표정으로 그를 보며 말했다. "미스 스미스는 우리랑 식사하지 않을 거야."

필립은 신문을 내려놓았다. "아, 무슨 일이 있었어? 선약이 있나?"

로즈메리는 필립에게 다가가 그의 무릎에 앉았다. "가겠다고 고집을 부리더라고." 로즈메리가 말했다. "그래서 딱한 것한테 돈을 좀 줬어. 억지로 잡아둘 수는 없잖아. 그렇지?" 로즈메리가 나직이 덧붙였다.

로즈메리는 좀전에 머리를 매만지고 살짝 눈화장을 하고 진주 목걸이를 했다. 로즈메리가 손을 들어 필립의 볼을 쓰다듬었다.

"나를 좋아해?" 로즈메리가 물었는데, 살짝 쉰 그 목소리의 달콤한 음색이 그의 마음을 어지럽혔다.

"엄청나게 좋아해." 필립은 말하고 로즈메리를 꼭 안았다. "키스해줘."

잠시 침묵이 흘렀다.

그리고 로즈메리는 나른한 목소리로 물었다. "오늘 아주 예쁜 함을 봤어. 28기니라고 하던데, 사도 돼?"

필립이 무릎에 앉아 있는 그녀를 살짝 흔들었다. "당연하지, 우리 낭비쟁이." 필립이 말했다.

그러나 로즈메리가 하고 싶은 말은 따로 있었다.

"필립," 로즈메리는 속삭이고, 그의 머리를 가슴에 끌어안았다. "나 예뻐?"

파리

"자네, 여기서 아주 편안하겠구먼." 우디필드 씨가 색색거리며 말하고, 유모차에서 밖을 내다보는 아기처럼 목을 길게 뺐다. 그는 친구이기도 한 회사 사장의 책상 옆에서 커다란 녹색 가죽 의자에 앉아 있었다. 대화는 끝났다. 이제 나가봐야 할 시간이다. 그러나 우디필드 씨는 떠나기가 싫었다. 은퇴한 이래… 뇌졸중을 앓은 이래 아내와 딸들은 그를 매일같이 집에 붙잡아두었다. 화요일만 빼고. 화요일에는 옷을 입혀주고 머리를 빗겨주고 시내에 하루 나들이를 가도록 허락해주었다. 우디필드 씨가 시내에서 대체 무얼 하는지 아내와 딸들로서는 짐작도 불가했다. 친구들을 찾아가서 성가시게 하나보다 상상할 따름이었다… 글쎄, 사실인지도 모른다. 그래도 인간은 자신에게 남은 마지막 즐거움을 필사적으로, 마지막 잎새를 붙들고 있는 나뭇가지처럼 움켜쥐기 마련이다. 그래서 우디필드 씨는 그대로 앉아서 시가를 피우며 사장을 거의 걸신들린 듯이 응시했다. 자기 의자에 기대앉아 몸을 흔들거리고 있는 사장은 그보다 다섯 살 연상이었지만 건장하고 혈색이 좋았으며, 여전히 정력적으로 회사를 운영하고 있었다. 이 친구를 보면 기운이 났다.

애틋하게, 경탄하는 어조로 노쇠한 목소리가 덧붙였다. "정말이지, 아주 안락하게 꾸며놓았어!"

"그래, 썩 나쁘지 않지." 사장은 동의하고, 페이퍼나이프로 『파이낸셜 타임스』를 넘겼다. 사실 사장은 자신의 사무실에 자부심이 대단했으며 사람들의 찬사를 듣기를 좋아했는데, 우디필드 씨의 찬사는 더더욱 값졌다. 자신의 사무실에 버젓이 앉아서, 목도리를 친친 감은 늙은 병자의 부러워하는 시선을 받고 있자니 가슴속 깊은 곳에서부터 만족감이 우러나왔다.

"최근에 새로 꾸몄네." 지난—얼마나 됐지?—몇 주간 모두에게 한 설명을 사장은 되풀이했다. "카펫을 새로 깔았어." 사장은 커다란 하얀색 고리 무늬가 들어간 붉은 카펫을 가리켰다. "가구도 새로 들였지." 사장은 거대한 책장과, 꽈배기 모양으로 흘러내리는 당밀을 방불케하는 다리가 달린 테이블을 턱 끝으로 가리켰다. "저게 전기난로야!" 비스듬한 구리 철판 속에서 부드러운 빛을 뿜는, 희읍스름하고 투명한 소시지 다섯 개에 대고 사장은 거의 승리감을 내비치며 손을 흔들었다.

그러나 사장은 테이블에 놓인 사진에 대해서는 그 어떤 말도, 몸짓도 하지 않았다. 사진 속에서는 심각한 표정의 군복 차림 소년이 사진관에서 흔히 사용하는 공원 배경의 유령 같은 먹구름 앞에 서 있었다. 새로 찍은 사진이 아니다. 사진은 그 자리에 육 년 넘게 있었다.

"자네한테 해주려던 이야기가 있는데." 기억하려고 눈을 감으며 우디필드 씨가 말했다. "뭐였더라? 오늘 아침에 집에서 나오면서 생각하고 있었는데." 우디필드 씨의 손이 떨리기 시작했고, 턱수염 위로 얼굴이 얼룩덜룩 빨갛게 물들었다.

딱한 친구, 이제 얼마 안 남았군, 사장은 생각했다. 잘해주어야겠다는 생각에 사장은 노인에게 윙크하고 농담조로 말했다. "이건 어떤가. 추위 속으로 다시 나가기 전에 마시면 좋을 것이 있네. 아주 고급스럽지. 어린아이가 마셔도 될 정도로 부드러워." 사장은 시곗줄에서 열쇠 하나를 집어 책상 아래 찬장을 열고, 짙은 색깔의 땅딸막한 병을 꺼냈다. "이건 약이나 다름없네." 사장이 말했다. "이걸 판 남자가 절대 비밀이라며 말해주었는데, 윈저성 저장고에서 나온 것이라고 하네."

우디필드 씨의 입이 떡 벌어졌다. 사장이 책상 밑에서 토끼를 꺼냈어도 그만큼 놀라지는 않았으리라.

"위스키 아닌가?" 우디필드 씨가 소심하게 물었다.

사장은 병을 돌리고 애정 어린 손길로 라벨을 보여주었다. 과연 위스키였다.

"사실은 말야," 우디필드 씨가 망설이는 눈빛으로 사장을 보며 말했다. "집에서는 절대 못 마시게 하는데." 순간 우디필드 씨는 울음을 터뜨릴 것 같았다.

"아, 이것에 대해선 우리가 숙녀분들보다 잘 알지." 사장은 외치고, 물병과 잔 두 개가 놓여 있는 테이블로 성큼 걸어가서, 각 잔에 술을 가득 따랐다. "쭉 들이켜게. 자네한테 좋을 거야. 물은 섞지 말고. 이런 술에 뭘 섞는 것은 신성모독이나 다름없어. 좋다!" 사장은 술을 벌컥 들이켜고 손수건으로 콧수염을 쓱쓱 닦은 다음에, 술을 입속에서 우물거리고 있는 우디필드 씨를 유심히 보았다.

노인은 술을 삼켰고, 잠시 침묵을 지키다가 나직이 말했다. "내가 정신이 나갔지!"

그래도 술을 마시니 속이 따뜻해졌다. 온기가 차갑고 노쇠한 뇌로 흘러들었다—기억이 났다.

"바로 그거였군." 우디필드 씨가 의자에서 몸을 일으키며 말했다. "자네가 알고 싶어 할 것 같아서 말이네. 지난주에 딸들이 불쌍한 레지 무덤을 돌보러 벨기에에 갔었어. 거기서 자네 아들 무덤을 보았대. 둘이 가까이 있나봐."

우디필드 씨가 말을 멈추었지만 사장은 대꾸하지 않았다. 살짝 떨리는 눈꺼풀만이 그가 이야기를 들었음을 알렸다.

"묘지 관리를 잘 해놓았다고 애들이 좋아하더구먼." 노쇠한 목소리가 색색거리며 말했다. "깔끔하게 관리되어 있대. 고향에 묻혔어도 그보다 좋을 수는 없었을 거라고 하더군. 자넨 안 가봤지?"

"안 가봤네, 안 갔어!" 여러 이유로 사장은 가보지 않았다.

"어마어마하게 넓다고 하더군." 우디필드 씨가 떨리는 목소리로 말했다. "정원처럼 예쁘게 관리하고 있대. 무덤마다 꽃이 피어 있고, 길도 널찍하고 깨끗하고 말이야." 널찍하고 깨끗한 길에 대한 우디필드 씨의 애정이 목소리에서 묻어났다.

다시 침묵이 흘렀다. 이윽고 노인의 얼굴에 웃음꽃이 피었다.

"호텔에서 딸들한테 잼을 얼마에 팔았는지 아나?" 우디필드 씨가 색색거렸다. "10프랑! 강도질 아닌가. 거트루드 말로는 크기도 작았대. 동전만 한 조그마한 병에서 딱 한 숟가락 떴는데 10프랑을 내라고 했다더군. 그래서 따끔한 맛을 보여주려고 잼 병을 가지고 와버렸대. 아주 잘했다고 했어. 사람 감정을 이용해서 돈을 벌겠다는 수작 아닌가. 추모하러 온 사람들이라고 부르는 대로 낼 거라고 생각하는 게야. 바로 그거야." 그리고 우디필드 씨는 문으로 돌아섰다.

"정말 그렇군! 그래!" 무엇이 정말 그렇다는 것인지 알지도 못하면서 사장은 외쳤다. 책상을 돌아서 나온 사장은 비틀거리는 발걸음을 따라 문으로 갔고, 늙은 친구를 배웅했다. 우디필드 씨가 떠났다.

아주 오랫동안 사장은 아무것도 보지 못하며 우두커니 서 있었다. 그러는 동안 머리가 잿빛인 사무실 사환은 산책시켜주길 기대하는 개처럼 사장을 힐끔거리며 칸막이로 둘러싸인 자신의 사무실을 들락거렸다. 잠시 후 사장이 말했다. "메이시, 삼십 분 동안 아무도 들이지 말게. 알겠나? 아무도 들여보내지 마."

"알겠습니다, 사장님."

문이 닫히고 무겁고 굳건한 발걸음이 화사한 카펫을 되짚어 돌아갔다. 뚱뚱한 몸이 털썩 의자에 떨어지더니, 사장은 얼굴을 양손으로 가리고 몸을 수그렸다. 사장은 울고 싶었다. 울 작정이었다. 울 수 있게 준비를 해놓았다….

우디필드 씨가 아들의 무덤을 돌연 들먹였을 때 사장은 어마어마한 충격을 받았다. 순간 땅이 쩍 벌어지고, 자신이 우디필드 씨의 딸들과 함께 아들의 시신을 내려다보고 있는 것 같았다. 딱 그런 느낌이었다. 이상했다. 벌써 육 년 이상 시간이 흘렀는데, 사장은 아들이 군복을 입고 묻힌 그대로, 전혀 변하지 않고 전혀 손상되지 않고 영원히 잠든 모습으로밖에 떠올릴 수 없었다. "아들아!" 사장이 신음했다. 그러나 아직 눈물은 흐르지 않았다. 예전에는, 아들이 죽고 처음 몇 달과 심지어 몇 년 후에도 이 말을 내뱉기만 하면 가슴이 미어지는 고통에 격렬히 흐느끼지 않고서는 견딜 수가 없었다. 당시에 사장은 모두에게 선언했다. 시간이 약이라는 말은 거짓이라고. 어쩌면 다른 사람들은 언젠가 마음을 추스르고 회복할 수 있을지 모르지만, 그는 아니었다. 그것이 어떻게 가능하겠는가? 그의 하나뿐인 아들이었다. 아이가 태어난 순간부터 사장은 아들을 위해 사업을 키워왔다. 아이를 위해서가 아니라면 무의미했다. 결국에는 그의 인생 자체가 오직 아들만을 위한 것이 되었다. 자신의 사업을 아이가 계승하여 이어나간다는 희망이 없었다면 그가 어떻게 그토록 오랜 시간 희생하며 노예처럼 쉼 없이 일할 수 있었겠는가?

더구나 그 희망이 실현되기 일보 직전이었다. 전쟁이 발발하기 일 년 전부터 아들은 회사에서 견습을 받았다. 매일 아침 그들은 함께 출근했고, 같은 기차를 타고 돌아왔다. 아이의 아버지로서 그가 얼마나 많은 찬사를 받았었는지! 무리도 아니었다. 아들은 훌륭히 적응하고 있었다. 직원들 사이에서 평판을 말하자면, 사환 메이시까지 단 한 사람도 빠지지 않고 아이를 아꼈다. 아이는 거만하거나 무례하지 않았다. 아니, 늘 소년처럼 앳된 얼굴로 "정말 멋져요." 라고 외치던 아이는 본모습 그대로 모두를 상냥하게 대하고 친절한 말을 건넸다.

그러나 그 모든 것이 애초에 존재하지도 않았던 것처럼 물거품이 되었다. 그날 메이시에게 전보를 건네받은 순간 그의 온 세상이 무너져내렸다. '매우 애석하게도…' 그리고 그날 사무실을 나설 때 그는 모든 것을 잃어버린, 망가진 남자였다.

육 년 전, 육 년 전…. 시간이 어찌나 빨리 지나가는지! 흡사 어제 일어난 일 같다. 사장은 얼굴에서 양손을 내렸다. 혼란스러웠다. 자신에게 문제가 있는 듯했다. 느끼고 싶은 감정을 느낄 수 없었다. 사장은 일어나서 아들의 사진을 보았다. 사장은 이 사진을 좋아하지 않았다. 아들의 표정이 부자연스러웠다. 차갑고, 심지어 엄격해 보이는 그 표정은 생전의 아들과 전혀 닮지 않았다.

그때 사장은 널찍한 잉크병에서 기어 나오려고 힘없이, 그러나 절박하게 애쓰고 있는 파리를 발견했다. 도와줘요! 도와줘요! 파리가 버둥거렸다. 그러나 잉크병의 옆면은 젖어서 미끄러웠다. 파리는 또다시 빠져서 잉크 속에서 헤엄쳤다. 사장은 펜으로 파리를 건져 내고, 흡묵지에 털었다. 아주 잠시 파리는 종이에 번져가는 얼룩 위에 가만히 있었다. 곧 파리는 앞다리를 흔들어 종이를 짚고, 축축하게 젖은 작은 몸을 끌어 올린 다음에 날개에서 잉크를 씻어내는 막중한 업무에 착수했다. 위에서 아래로, 위에서 아래로, 숫돌이 낫의 앞날과 뒷날을 오가며 갈듯이 파리는 다리로 쉼 없이 날개를 비벼댔다. 그러고는 움직임을 멈춘 것처럼 보였지만, 사실 파리는 발돋움을 한 듯한 자세로 날개를 한쪽씩 펼치려 애를 쓰고 있었다. 파리는 마침내 성공했고, 다시 앉아서 조그마한 고양이처럼 얼굴을 씻기 시작했다. 이제 앞다리를 비벼대는 파리의 움직임은 제법 명랑하고 쾌활했다. 끔찍하게 위험했던 순간이 지나갔다. 탈출했다. 다시 살아갈 준비가 되었다.

그러나 그때 어떤 생각이 사장의 뇌리에 스쳤다. 사장은 펜을 잉크에 담갔다가 두꺼운 손목을 흡묵지에 대고, 파리가 날개를 퍼덕이려는 순간에 큼직한 잉크 방울을 떨어뜨렸다. 파리가 이제 어떻게 하려나! 과연 어떻게 할까! 조그만 녀석은 얼이 빠지고 충격을 받은 듯했으며, 다음 순간 무슨 일이 벌어질지 두려워서 몸이 굳은 것 같았다. 그러나 잠시 후 파리는 고통스러운 기색으로 몸을 앞으로 끌었다. 앞다리를 흔들고, 종이를 짚고, 이번에는 한층 천천히, 처음부터 다시 몸을 씻기 시작했다.

 강단 있는 놈일세, 사장은 파리의 용기에 감탄했다. 저것이야말로 고난에 맞서는 올바른 자세다. 바로 저런 정신이 필요하다. 절대 포기하지 마라. 모든 것은 전부…. 그러나 파리가 고생스러운 업무를 다시 한번 끝마치자마자 사장은 펜촉을 잉크에 적셔 검은 잉크 한 방울을 새로이 깨끗해진 몸 한복판에 떨어뜨렸다. 이번엔 어쩌려나? 조마조마한 순간이었다. 그러나 보라, 앞다리가 다시금 흔들렸다. 안도감이 물밀듯이 밀려왔다. 사장은 파리를 굽어보며 다정하게 말했다. "재간 좋은 녀석…." 사장은 파리가 몸을 빨리 말릴 수 있게 입김을 불어 도와줄 생각까지 했다. 그렇지만 이제 파리의 움직임은 어딘가 소심하고 허약했다. 사장은 이번이 마지막이라고 생각하며 펜을 잉크 깊숙이 담갔다.

 과연 그것이 마지막이었다. 마지막 잉크 방울이 축축한 흡묵지에 떨어졌고, 잉크에 흠뻑 젖은 파리는 쓰러진 채로 두 번 다시 움직이지 않았다. 뒷다리가 몸통에 붙어 있었다. 앞다리는 보이지 않았다.

 "일어나." 사장이 말했다. "어서 일어나!" 사장이 펜으로 파리를 건드렸지만 아무 소용 없었다. 아무 일도 일어나지 않았고 앞으로도 일어나지 않을 것이다. 파리는 죽었다.

 사장은 페이퍼나이프 끝으로 사체를 들어서 쓰레기통으로 날려 버렸다. 그러나 끔찍이 비참한 기분이 가슴을 옥죄어서 두려움마저 들었다. 사장은 문 앞으로 걸어가 종을 눌러 메이시를 불렀다.

 "흡묵지를 새로 한 장 가져오게." 사장이 매섭게 말했다. "빨리빨리 못 하나." 조용히 걸어가는 늙은 개 뒤에서 사장은 조금 전에 자신이 무슨 생각을 하고 있었는지 기억하려 했다. 무엇이었지? 그건…. 사장은 손수건을 꺼내 목깃 아래를 훔쳤다. 아무리 머리를 쥐어짜도 그는 기억할 수 없었다.

결혼한 남자의 이야기(미완)

저녁이다. 식사를 마쳤다. 우리는 작고 추운 다이닝룸에서 난롯불이 있는 거실로 돌아왔다. 모든 것이 평소와 다름없다. 나는 구석 책상에 벽을 등지고 앉아서 거실을 보고 있다. 녹색 등갓을 씌운 램프에 불이 켜져 있다. 책상에는 참고 자료로 쓰는 커다란 책 두 권이 펼쳐져 있고, 종이가 수북이 쌓여 있다…. 그러니까, 매우 열심히 일하는 사람의 구색을 갖추었다고 말할 수 있다. 아내는 어린 아들을 안고 난로 앞의 낮은 의자에 앉아 있다. 내일 아침에 하녀가 씻을 수 있게 설거짓거리를 상에서 치우기 전에 아이를 먼저 재우려는 것이다. 그렇지만 따뜻하고 고요한 거실에서 졸고 있는 아이를 다독이고 있자니 자기도 나른해지는 모양이다. 아기의 빨간색 털실 양말 하나가 발에서 떨어졌다. 아내는 앞으로 몸을 기울여 아기의 작은 맨발을 손에 쥔 채로 불길을 응시하고 있고, 난롯불이 빠르게 솟구쳤다 사그라졌다 다시금 타오르기를 반복함에 따라 아내의 그림자가—거대한 성모와 아기 예수가—벽에 가물거린다.

밖은 비가 내리고 있다. 나는 블라인드 뒤에서 차갑게 젖어 있는 창문을 생각하기를 좋아한다. 또한, 창밖 정원에서 비를 맞아 싱그럽게 살아난 넓은 잎사귀들과, 울타리 너머 빗물에 젖어 빛나는 도로의 양쪽에서 콸콸 흐르는 도랑물, 그리고 물웅덩이에 떨어져 물고기 꼬리처럼 퍼덕이는 가로등의 불빛도. 거실에 앉아 있으면서 나는 저 밖에서 흐린 하늘을 올려다보고 있다. 온누리에 비가 내리는 것 같다―온통 비에 젖은 세상에서 빗소리가 울린다. 부드럽고 빠르게 후두둑 떨어지거나, 거세고 쉼 없이 쏴쏴 쏟아지거나, 웃음소리와 흐느낌이 뒤섞인 듯이 꿀렁거리거나, 잔잔한 호수나 흐르는 강에 퐁당퐁당 떨어지는 장난스러운 빗소리. 그와 동시에 그리고 단숨에 나는 낯선 도시로 들어간다. 숨을 가쁘 몰아쉬는 말의 눈가리개를 벗기는 마부 뒤에서 마차 지붕 아래에 잠시 서 있다가, 이 사람을 비껴가고 저 사람을 돌아가며 비를 피해 거리를 뛰어다닌다. 밤이 되어 창문의 셔터와 문을 꽉 닫은 높은 집들과 그 집들의 발코니에서 떨어지는 빗방울, 축축이 젖은 발코니의 화분을 나는 의식한다. 텅 빈 정원들을 가로지르고 물 냄새가 물씬 나는 여름 별채들을 들여다본다. (비가 내릴 때면 이런 별채들의 목재는 무너질 듯이 무르다.) 나는 어둑어둑한 선창에 서서, 유포 방수코트를 입은 늙은 선원의 빨갛고 젖은 손에 배표를 건네주고 있다. 코를 찌르는 바다의 비린내! 부두에 묶여 있는 배들이 서로 부딪히며 삐걱거리는 소리! 이제 나는 낡은 포대를 뒤집어쓴 채 남포등을 들고 비에 젖은 건조 들판을 걷고 있다. 옆에서 강아지 한 마리가 흥건히 젖은 발깔개 같은 모습으로 폴짝거리고 이따금 몸을 부르르 턴다. 다음 순간에 나는 인적 없이 황량한 길을 걷고 있는데―물웅덩이를 피해 가기란 불가하며 나무들은 쉴 새 없이 가지를 나부낀다.

이런 이미지의 목록을 계속, 끝없이 이어갈 수 있겠지만―결국에는 한 송이 칼라 백합의 잎사귀를 들췄다가 그 뒤에 다닥다닥 매달려 있는 조그만 달팽이들을 발견할 테고… 그것들이 얼마나 많은지 세고… 그럼 어떻게 하나? 하지만 이것들은 그저 내 감정의 흔적 혹은 자취가 아니던가? 이슬에 젖은 잔디를 거니는 사람이 남긴 또렷한 녹색 발자국처럼? 감정 자체는 아니다. 이렇게 생각하고 있노라면 가슴속에서 구슬프고 영광스러운 목소리가 노래를 시작한다. 그렇다, 어쩌면 이것이 내가 뜻하는 바에 더 가깝다. 저 목소리! 저 강렬함! 벨벳처럼 부드럽다! 황홀하다!

돌연 아내가 나를 홱 돌아본다. 지금 내가 '일'하고 있지 않다는 것을 그녀는 안다─언제 눈치챘을까? 아내는 눈을 동그랗게 뜨고 똑바로 바라보는데, 그런 시선에 안 어울리게 미소는 몹시 소심하며 목소리에서도 망설임이 느껴진다. "무슨 생각 해요?"

난 미소를 짓고 늘 하듯이 두 손가락으로 이마를 문지른다. "아무것도요." 내가 조용히 답한다.

그 말에 아내는 움찔하지만, 짐짓 예사로운 척 다시 묻는다. "아, 그래도 무슨 생각을 하고 있었을 거 아니에요?"

그제야 난 시선을 들고 제대로 눈을 마주친다. 아내의 얼굴이 떨린 것 같다. 일상적이라고 할 수 있는, 이토록 사소한 거짓말에 아내는 영영 익숙해지지 못하려나? 속내를 감추는 법을─자기 마음을 방어하는 법을 끝까지 못 배우려나?

"정말로, 아무 생각도 안 했어요."

저기! 내 말이 화살처럼 날아가 박히는 것이 눈에 보인 듯하다. 아내는 고개를 돌리고서 아기의 빨간 양말을 벗긴 다음에 일으켜 세우고, 등의 단추를 풀어 옷을 벗기기 시작한다. 앞뒤로 몸을 까닥거리는 저 부드러운 뭉치가 무엇을 보거나 어떤 감정을 느끼는지 궁금하다. 이제 아내는 아기를 무릎에 거꾸로 눕혔는데, 이 불빛 속에서 보니 부드러운 팔다리를 꿈틀거리는 꼴이 조그만 게와 똑 닮았다. 이상하게도 난 아기를 나와 아내와 연관 지을 수 없다—우리의 것이라고 믿을 수 없다. 홀에서 유모차를 볼 때마다 이런 생각이 머리를 스친다. '흠, 손님이 아기를 데려왔나보군!' 아기 울음소리에 잠에서 깰 때면 난 웬 아기를 데려왔냐고 아내를 탓하고 싶은 기분이 든다. 사실을 말하자면, 아내가 모성이 강해 보일지는 몰라도, 난 그녀가 자기 몸에 아기를 밸 수 있는 여자라고 도무지 생각할 수 없다. 그 두 가지는 하늘과 땅처럼 다르다! 우리 사회가 젊은 엄마들에게 으레 기대하는 동물적인 자연스러움과 장난기, 아기에게 쏟아붓는 열렬한 입맞춤과 포옹은… 어디에 있는가? 아내가 그러는 모습을 본 적이 없다. 아기의 보닛을 묶어주면서 아내는 어머니가 아니라 이모 같은 심정일 거라고 난 확신한다. 하지만 물론 내가 틀렸을지도. 어쩌면 아내는 온 마음으로 아기에게 헌신하고 있을지도…. 난 그렇게 생각하지 않지만. 하여간에, 자기 아내를 이렇게 생각하는 자체가 몹쓸 짓 아닌가? 몹쓸 짓이건 아니건, 그런 생각이 드는 건 어쩔 수 없다. 그리고 또 한 가지. 아내처럼 마음이 산산조각난 여자가 아기랑 노닥거리며 하루를 보내리라고 내가 어떻게 합리적으로 기대할 수 있겠는가? 그러나 그건 요점이 아니다. 마음이 성했을 때도 아내는 아기를 데리고 노닥거리지 않았다.

  이제 아내는 아기를 침대로 데려간다. 단호하고 조용한 발걸음이 접시들이 달그락거리는 소리에 맞추어 다이닝룸과 부엌을 오간다. 이제 온 집이 고요하다. 지금은 무얼 하고 있을까? 아, 난 직접 가서 본 것처럼 뻔히 안다. 아내는 비가 내리는 창문을 마주하고 부엌 한

결혼한 남자의 이야기(미완)

복판에 덩그러니 서 있을 것이다. 고개를 떨군 채, 손가락 하나로 테이블 위의 무언가를 무심코 만지작거리고 있겠지. 부엌은 춥다. 가스등의 불꽃이 탁탁 튄다. 수도꼭지에서 물이 뚝뚝 떨어진다. 을씨년스러운 광경이다. 그리고 아무도 그녀를 뒤에서 끌어안으며 부드러운 머리칼에 입을 맞추고, 불가로 데려와 손을 따뜻하게 비벼주지 않을 것이다. 아무도 그녀 이름을 부르지 않고, 거기서 무얼 하냐고 묻지 않을 것이다. 아내 또한 그것을 잘 안다. 그렇지만, 여자이기에, 가슴속 깊디깊은 구석에서 그녀는 기적이 일어나길 정말로 기대하고 있을 것이다. 정말로 그녀는 그 시꺼먼 거짓을 두 팔로 끌어안을 것이다—이렇게 사느니.

이렇게 사느니…. 나는 이 구절을 아주 정성스레, 아주 아름답게 썼다. 왠지 문장 아래 서명도 하고 싶다. 아니면 이렇게 적거나—새로 산 펜을 써보는 중. 하지만 정말로, 더없이 단순해 보이는 이 짧은 구절에 함축되어 있을지도 모르는 것들을 생각하면 아찔하지 않은가? 알아내고 싶은 유혹을 느낀다. 강렬한 유혹이다. 장면. 저녁 식사 자리. 아내가 조금 전에 차를 가져다주었다. 나는 차를 젓고, 티스푼으로 조그만 찻잎 부스러기를 재미 삼아 쫓다가 조심스레 건져내고, 상당히 부드럽게 중얼댄다. "대체 얼마나 더 우리가 이렇게—살아야—할까?" 그러면 즉각 흔히들 표현하듯이 '번쩍거리는 불빛, 귀청 찢는 굉음. 커다란 파편이 사방으로 날아갔다. (사실 난 파편을 좋아한다.) 검은 연기구름이 흩어지자….' 그러나 이런 일은 절대 벌어지지 않을 것이다. 난 끝내 알 수 없을 것이다. 그 구절은 내게서

'온전히' 발견될 것이다. '내 가슴을 열면 심장에 새겨져 있으리….'

왜냐고? 아, 바로 그것이다. 가장 어려운 질문이다. 왜 사람들은 상대 곁에 머무를까? '자식들을 위해', '오랜 세월 습관이 되어서', '경제적 이유' 따위는 변호사의 헛소리로 간주하고—사실이 그렇다—사람들이 서로를 떠나지 않는 이유를 파헤쳐보면 미스터리를 발견한다. 단순히 그들은 못 떠나는 것이다. 묶여 있다. 그들을 옭아맨 굴레가 무엇인지는 자신들만 안다. 내 말이 모호한가? 글쎄, 이 문제가 애초에 대낮처럼 명백하진 않지 않은가? 이렇게 말해보겠다. 당신이 처음에는 남자의 완벽한 진심을 전부 듣고, 그다음엔 여자의 진심을 들었다고 가정해보자. 그리고 그들의 상황을 속속들이 안다고 치자. 그들 상황에 깊이 공감하면서도 공명정대하게 분석해본 결과, 당신은 아주 차분하게 (그렇지만 다소 신이 난 기색으로—왜냐하면 우리 가운데 가장 고결한 사람들도 무언가를 파괴한다는 즐거움에 팔짝 뛰며 '야호!'라고 외치고 싶은 충동을 품고 있으므로—정말이다.) 이렇게 말한다. "글쎄, 내 생각에는 너희 두 사람이 헤어져야 할 것 같아. 같이 살아봤자 좋을 게 없어. 정말로, 상대를 자유롭게 해주어야만 해." 그다음에는 무슨 일이 벌어질까? 두 사람 모두 동의한다. 그들도 그렇게 생각한다. 간밤에 자기들이 마음속에서 내린 결정을 당신이 확인해주었을 뿐이다. 곧바로 두 사람은 당신의 조언을 실행하러 간다…. 그리고 다음번에 두 사람 소식을 들으면 그들은 여전히 함께하고 있다. 그러니까—당신은 한 가지를 놓쳤다. 두 사람을 잇고 있는 비밀스러운 관계, 즉 그들이 원해도 남에게 보여줄 수 없는 미지의 수를 고려하지 않았다. 그래서 당신은 그렇게밖에 조언하지 못한 것이다. 아, 오해는 하지 말기를! 그들이 같이 자는 것과는 무관하다…. 그런데 이렇게 쓰다보니 꽤 자주 내 머릿속을 스치는 생각이 떠오른다. 결국에 우리 인간은 자기 의지로 짝을 고르지 않는다는 생각이다. 우리 내면에 살면서 우리의 행동을 지배하는 또 다른 자아가 자신의 특정한 목적에 부합하는 선택을 내리면—어처구니없게 들릴지 모르지만—상대 속에 존재하는 또 다른 자아가 그에 반응한다. 그들의 존재를 우리는 희미하게, 아주 희미하게나마 느낀다—적어도 난 그렇게 생각한다. 하여간에 그것의 선택에 저항할 수 없다고 느낀다. 그러니까 종국에는, 아내와 나의 일시적인 자아가 행복하다면—*tant mieux pour nous**—만약 불행하다면—*tant pis*** …하지만 모르겠다. 난 정말 모르겠다. 어쩌면 나만 이런 건지도. 우리 인간은 그야말로 껍데기 같은 존재라고 감각하는 것은 나뿐인지도. (그렇다, 단순히 느끼는 것이 아니라 감각한다.) 입구의 조그만 초소에서 작은 유리문을 통해 입구를 열심히 지켜보고 있지만… 주인이 안에 있는지 없는지조차 끝내 확신하지 못하는, 지친 하인 같은 하찮은 생명체들….

문이 열린다…. 아내다. 아내가 말한다. "난 자러 갈게요."

난 애매하게 시선을 들고 애매하게 답한다. "자러 간다고요."

"네." 짧은 침묵. "잊지 말아요—알았죠? 홀의 가스등 끄는 거요."

그리고 다시 내가 되풀이한다. "홀의 가스등 끄는 거요."

한때는—그 일이 있기 전에는—이런 내 말버릇이 (이제는 완전히 굳어버린 버릇이다—그때는 버릇이 아니었다) 우리 사이 다정한 장난이었다. 물론 처음에는 내가 무언가에 골몰하느라 아내의 말을

---

* 모두에게 잘 된 일이다.
** 어쩔 수 없다.

수차례 못 들으며 시작되었다. 정신을 차리면 아내가 고개를 설레설레 저으며 웃고 있었다. "내 말 한마디도 못 들었죠!"

"못 들었어요. 뭐라고 했어요?"

그것이 뭐가 그리 우습고 매력적이었을까? 그때는 그랬다. 아내는 진정 즐거워했다. "아, 여보. 정말 당신다워요. 너무—너무—" 아내가 나의 그런 면을 사랑한다는 것을 나는 알았다. 아내가 그것을 기대하고 방에 들어와 말 거는 것을 알았으므로 난 늘 그렇게 반응해주었다. 매일 밤 10시 30분마다 난 무언가에 엄청나게 집중하고 있는 척했다. 하지만 지금은? 왠지 난 이 연기를 중단하는 것은 옳지 않다고 느낀다. 늘 하던 대로 하는 것이 편하다. 그런데 오늘 밤에는 왜 아내가 안 나가고 기다리지? 왜 안 나가지? 대체 왜 이 시간을 질질 끄는 거야? 아내가 나간다. 아니, 아내는 문손잡이를 잡은 채 나를 돌아보며, 몹시도 이상하고 숨 가쁜 목소리로 조용히 말한다. "안 추워요?"

아, 저렇게 가련해 보이는 건 반칙이다! 저건 심했다. 난 온몸으로 몸서리치고서야 간신히 "아아뇨."라고 천천히 말을 내뱉었고, 그러는 동안에 왼손으로는 참고서를 구기고 있었다.

아내가 나갔다. 오늘 밤엔 다시 오지 않을 것이다. 그 사실을 나뿐만이 아니라 거실도 안다. 거실이 변한다. 늙은 배우처럼 긴장을 푼다. 천천히 화장을 지운다. 바짝 집중한 표정이 우울하고 무거운 상념의 표정으로 풀어진다. 모든 선과 주름에서 피로가 흘러내린다. 거울의 반짝임이 흐려진다. 재가 하얗게 바랜다—수줍은 램프만 계속해서 타오른다. 그러나 이 모든 물체가 내게 어찌나 냉소적인 무관심을 표하는지! 아니면 내가 우쭐해야 하나? 아니, 물체들과 나는 서로를 이해한다. 늑대의 젖을 먹고 자라서 나중에는 동족으로 받아들여졌다는 아이들에 관한 이야기가 있다. 오래오래 그들은 날랜 잿빛 형제들과 자유로이 살았다고. 나는 이와 비슷한 경험을 했다. 하지만 잠깐! 늑대들에 대한 표현이 영 마뜩잖다. 이상하군! 글로 쓰기 전에는, 머릿속으로 생각만 할 때는 마음에 쏙 들었는데. 내가 말하고자 하는 바를 표현하기만 하는 것이 아니라 적절히 암시한다고 생각했는데. 그런데 글로 쓰자마자 거짓의 악취를 맡았다…. 그 냄새는… '날랜'이라는 단어에서 풍겼다. 당신도 동의하지 않는가? 날랜 잿빛 형제들이라니! '날랜.' 내가 평소에 쓰는 단어가 아니다. 다만, '늑대들'이라고 쓰자마자 이 단어가 머릿속에 번쩍 떠오른 탓에 유혹에 넘어가버렸다. 알고 싶다! 알고 싶다! 단순하게 쓰기가—단순하면서도 *sotto voce**로 쓰기가 왜 이리 어려울까? 무슨 말인지 이해하는가? 난 그렇게 쓰고 싶다. 어떤 효과를 노리거나 기교를 부리지 않고 쓰고 싶다. 단순하게 진실을 말하고 싶다—오직 거짓말쟁이들만 할 수 있는 방식으로.

담배에 불을 붙이고 의자에 기대앉아 연기를 깊이 들이마신다—아내가 잠들었는지 무심결에 궁금해하고 있다. 아니면 아내는 싸늘한 침대에 누워서 혼란에 빠진 순진한 눈으로 어둠을 응시하고 있을까? 아내의 눈은 실려 가고 있는 소의 눈을 방불케 한다. '왜 나를 데려가는 거죠—내가 무슨 잘못을 했다고?' 그렇지만 맹세코, 그런 표정이 내 책임은 아니다. 아내 본연의 표정이다. 언젠가 한번 아내가 찬장을 정리하다 자신의 학창 시절 사진을 발견했다. 견진성

---

* 조용한 목소리.

사 의복을 입고 찍었다고 그녀는 설명했다. 그때 눈빛도 지금과 마찬가지였다. 난 물었다. "언제나 이렇게 슬픈 표정이었어요?" 아내는 내 어깨에 기대며 가볍게 웃었다. "내가 슬퍼 보여요? 내가 보기에는 그냥… 나 같은데요." 그리고 아내는 내가 사진에 대해 무엇이라 말하기를 기다렸다. 그러나 난 그런 사진을 내게 보여준 용기가 감탄스러울 뿐이었다. 참으로 못난 사진이었다! 자신이 얼마나 못생겼는지 아내가 알기는 하는지, 아니면 사랑하는 사람들끼리는 아무 비판 없이 전부 수용한다는 생각으로 자위하는지, 그것도 아니면 자기 얼굴을 정말 좋아해서 내가 칭찬하기를 기다리는지 궁금했다. 아, 비열한 생각이다! 아내가 얼마나 자주 빛을 피해 고개를 돌리고 내 어깨에 얼굴을 묻었는지 어떻게 잊겠는가. 무엇보다, 어떻게 그날을 잊어버렸을까. 결혼식 날 우리는 식물원의 녹색 벤치에 나란히 앉아서 악단의 연주를 듣고 있었는데, 연주 사이에 아내가 갑자기 나를 보더니, '잔디가 젖은 것 같아요?' 혹은 '이제 차를 마실까요?' 따위 질문을 하는 말투로 물었다. "저기, 당신은 겉모습의 아름다움이 매우 중요하다고 생각하나요?" 그 질문을 입 밖에 내기 전에 혼자 마음속으로 얼마나 많이 연습했을지, 난 상상하고 싶지 않다. 내가 무어라고 답했을 것 같나? 때마침 내가 명령이라도 내린 양 악단이 귀 따갑고 요란한 곡을 울려대기 시작한 덕에 난 쾌활하게 소리칠 수 있었다. "뭐라고요? 못 들었어요!" 잔인하다! 그렇지 않나? 아주 잔인한 건 아닐지도. 그때 아내는 의사로부터 이런 말을 들은 딱한 환자의 표정이었다. '수술이 필요하긴 합니다만 당장 할 필요는 없습니다.'

이렇게 쓰니까 마치 나와 아내가 처음부터 불행했던 것처럼 들리는데, 그건 사실이 아니다! 전혀 아니다! 우리는 믿을 수 없을 정도로, 눈부시게 행복했다. 우리는 이상적인 부부였다. 우리가 함께 있는 모습을 당신이 언제 어디서 봤더라도, 우리를 쫓아오고 미행하고 엿보고 뜻밖의 순간에 덮쳤어도 인정했을 것이다. "이렇게 잘 어울리는 부부는 처음 보는군." 지난가을까지는 그랬다.

지난가을의 일을 제대로 설명하려면, 그보다 먼, 훨씬 먼 과거로 돌아가야 한다―내가 계단 난간보다 키가 작았던 시절로, 머리 위 난간의 손잡이를 고사리손으로 붙잡고 칸살 사이로 아버지가 조용히 계단을 오르내리는 모습을 훔쳐보던 시절로 말이다. 계단참의 창문은 스테인드글라스였다. 아버지가 올라오면서 대머리가 빨간색에서 노란색으로 변했다. 무시무시했다! 잠자리에 누우면 나는 우리 가족이 아버지의 커다란 색색 유리병 속에 사는 꿈을 꾸었다. 아버지는 약사였다. 난 부모님이 결혼한 지 구 년째 되던 해에 태어났다. 외아들이었는데, 조그맣고 시들시들한 새싹 같았을 것이 분명한 나를 출산하는 일조차 어머니의 기력을 바닥내서, 어머니는 다시는 자기 방에서 나오지 못했다. 내 평생 어머니는 침대, 창가, 소파 사이만 옮겨 다녔다. 그래, 창가에 머무르는 날의 어머니 모습이 눈에 선하다. 창가에서 한 손으로 뺨을 괴고 밖을 내다보고 있다. 어머니 침실에서 바깥 거리를 내다볼 수 있었는데, 도로 건너편 담벼락에 순회공연이나 서커스 따위의 광고 전단지가 덕지덕지 붙어 있었다. 어머니 옆에 서서 나는 빨간 드레스를 입은 늘씬한 아가씨가 양산 손잡이로 어떤 신사의 검은 머리를 때리는 그림, 빽빽한 정글 잎사귀 사이로 노려보는 호랑이의 등잔불 같은 눈과, 그 옆에서 코끝에 병을 올리고 있는 광대, 혹은 챙 넓은 무명 모자를 쓴 늙은 흑인의 무릎에 앉아 있는 금발 소녀 등을 보았다…. 어머니는 아무 말도 하지 않았다. 소파에 앉는 날이면 어머니는 내가 질색하던 플란넬 가운을 걸쳤고, 딱딱한 소파에서 쿠션 하나가 자꾸만 미끄러졌다. 난 쿠션을 집어주었다. 쿠션에는 꽃무늬와 글 한 토막이 수놓여 있었다. 그 구절이 무슨 뜻이냐고 묻자 어머니가 속삭였다. "달콤한 휴식!" 침대에 눕는 날이면 어머니는 입술을 얇게 당기고 손가락으로는 퀼트 이불 가장자리의 장식 술을 꽉꽉 꼬고 있었다. 어머니에 대한 기억은 이게 전부다. 나중에 벌어질 몹시 기묘한 마지막 '에피소드'를 제외하면….

나의 아버지에 대해 말하자면—나는 약국의 한쪽 구석에서 스펀지를 보관하는 둥근 통의 뚜껑에 앉아 아버지를 쳐다보곤 했는데, 너무도 많은 나날을 이렇게 보냈던지라 카운터에서 허리가 잘린 아버지의 상반신이 머릿속에 새겨졌다. 머리털 한 올 없이 반드르르 빛나는 길쭉한 달걀형 대머리, 주름진 크림색 얼굴, 눈 아래 늘어진 조그만 주머니, 커다랗고 창백한, 손잡이 모양의 귀. 아버지에게서는 은밀함과 교활함이 느껴졌고, 다소 비웃는 듯한 표정에 오만함이 서려 있었다. 그런 성질의 조합을 이해할 수 있기 오래전에 난 알아보았다…. 심지어 구석 자리에서 나는 몸을 앞으로 살짝 기울이고 아버지의 엷은 비웃음을 흉내 내기도 했다. 저녁에는 대개 젊은 여자들이 찾아왔다. 그중 몇몇은 아버지의 유명한 5페니짜리 강장제를 사러 매일같이 왔다. 그 여자들의 요란한 옷차림과 목소리, 무람없는 태도에 난 매혹되었다. 그들이 게걸스레 들이켜는 파란 액체가 담긴 유리병을 카운터에서 밀어주는 아버지가 되고 싶었다. 그 약에 무슨 성분이 들었는지 누가 알겠는가. 수년 후에 나는 순수한 호기심으로 한번 마셔봤는데, 머리를 한 대 세게 얻어맞은 기분이었다. 충격적이었다. 어느 저녁이 생생히 기억난다. 추웠다. 티타임이 끝나고 곧 가스등에 불이 들어왔던 것으로 보아 가을이었던 것 같다. 난 구석의 내 자리에 앉아 있었고, 아버지는 무언가를 혼합하고 있었다. 가게에는 우리밖에 없었다. 갑자기 종이 딸랑거리면서 젊은 여자가 황급히 들어왔다. 여자는 울고 있었는데, 진짜라고 믿기 어려울 정도로 격렬하게 오열하며 울부짖었다. 여자는 가장자리에 모피를 덧댄 초록색 망토를 입었고, 모자에는 체리 모양 장식이 달려 있었다. 아버지가 제조실 가림막 뒤에서 나왔다. 그래도 여자는 울음을 바로 그치지 못했다. 여자는 가게 한가운데에 서서 손을 비틀며 신음했다. 그런 울음소리는 그 후에도 들어보지 못했다. 이윽고 여자가 가까스로 말을 내뱉었다. "강장제 주세요!" 그리고 여자는 숨을 크게 들이쉬며 뒤돌아서더니, 사시나무처럼 몸을 떨었다. "끔찍한 일이 있었어요!" 타오르는 가스등의 불빛으로 난 여자의 얼굴 한쪽이 보랏빛으로 부어 있는 것을 보았다. 입술이 찢어졌고, 눈꺼풀은 마치 축축한 눈동자에 풀로 붙여놓은 것 같았다. 아버지는 카운터 위로 약병을 밀어주었고, 여자는 스타킹에서 지갑을 꺼내 돈을 냈다. 그러나 여자는 약을 삼킬 수 없었다. 여자는 약병을 붙잡고, 자기 눈앞에 있는 것이 믿기지 않는다는 표정으로 정면을 응시했다. 여자가 고개를 젖힐 때마다 눈물이 새로이 흘렀다. 끝내 여자는 약병을 내려놓았다. 마실 수 없었다. 한 손으로 망토를 여미고 여자는 아까 들어온 것과 똑같이 격렬하게 뛰쳐나갔다. 아버지는 어떤 반응도 보이지 않았다. 그러나 여자가 떠나고 한참 뒤에 나는 구석에서 몸을 웅크렸고, 이제 와 돌이켜보면 그때 온몸을 떤 것 같다. '밖은 저런 거구나.' 나는 생각했다. '세상은 저런 거였어.'

어린 시절을 잘 기억하는가? 책을 읽다보면 자신의 어린 시절을 '모조리' 기억한다는 작가들의 믿기지 않는 이야기들을 종종 마주치는데, 난 전혀 그렇지 않다. 드물게 반짝 떠오르는 기억 몇 개가 있을 뿐, 대부분 까맣게 잊어버렸다. 난 어린 시절을 찬장 속의 식물처럼 보낸 듯하다. 때때로 해가 나면 무성의한 손이 나를 꺼내 창턱에 놓았고, 무성의한 손이 다시 찬장에 집어넣었다. 그게 전부다. 하지만 어둠 속에서 무슨 일이 일어날까? 그런 어둠 속에서도 성장할 수 있을까? 창백한 줄기… 조그만 잎사귀… 마지못해 튼 허연 싹. 내가 학교에서 미움을 받은 것도 당연하다. 선생들마저 나를 피했다. 그들이 나의 조그맣고 소심한 목소리를 역겨워한다는 것을 난 직감했다. 깜짝 놀란 듯이 빤히 보는 나의 시선을 피한다는 것도. 난 조그맣고 비쩍 말랐으며 약국 냄새를 풍겼다. 내 별명은 그레고리 파우더*였다. 학교는 황량한 언덕 비탈에 붙어 있는 양철 건물이었다. 운동장의 흙무더기에서 피처럼 검붉은 녹물이 새어 나왔다. 나는 코트를 보관하는 어두운 통로에 숨지만 교사 한 명에게 걸린다. "어두운 데서 뭐 하니?" 그 무시무시한 목소리가 나를 죽인다. 그가 보는 앞에서 난 죽는다. 나는 고개를 쑥 내민 얼굴들에 둘러싸여 있다. 어떤 얼굴은 히죽거리고, 어떤 얼굴은 탐욕스럽고, 또 어떤 얼굴

---

* 19세기에 발명된 변비약.

은 침을 뱉는다. 그리고 그곳은 언제나 춥다. 찌부러진 커다란 구름들이 하늘을 덮고 있다. 학교 탱크의 녹물은 얼었다. 종소리는 둔탁하다. 어느 날 그들은 내 코트 주머니에 죽은 새를 넣었다. 집에 막 도착했을 때 난 주머니에서 새를 발견했다. 오, 한없이 부드럽고 차가운 작은 몸과 바늘처럼 가는 다리와 구부러진 발가락을 본 순간 가슴이 어찌나 묘하게 두근거렸는지. 난 뒷마당 계단에 앉아 새를 모자에 넣었다. 목둘레 깃털이 젖은 것처럼 빛났고, 감긴 눈 바로 위에 깃털이 살짝 솟아 있었다. 부리는 꽉 닫혀 있어서 윗부리와 아랫부리가 갈라진 부분이 보이지 않았다. 나는 새의 한쪽 날개를 펼치고 그 아래 부드럽고 비밀스러운 곳을 만져보았다. 내 작은 손가락에 발가락을 감으려고 해봤다. 그러나 연민을 느끼지는 않았다─아니! 난 궁금할 따름이었다. 부엌 굴뚝에서 연기가 아래쪽으로 흐르자 탄가루가 공기에 부드럽고 가볍게 떠돌았다. 탁한 붉은빛 꽃이 달린 시들시들한 식물이 마당의 시멘트 바닥 틈새를 비집고 고개를 내밀고 있었다. 난 죽은 새를 다시 보았다…. 내 기억으로 그때 난 태어나서 처음으로 노래를 불렀다… 라기보다는, 나라는 작은 새장에 갇혀 있던 침묵의 목소리를 처음으로 들었다.

그렇지만 이런 기억이 내 결혼생활의 행복과 무슨 상관일까? 이것들이 내 아내와 나에게 어떤 영향을 끼치는가? 지난가을에 일어난 일에 대해 이야기하려고 그렇게 먼 과거로 파고들어갈 이유가 무엇이란 말인가? 과거─과거란 무엇인가? 내게 과거는 시들시들한 잎사귀에 떨어진 별 모양의 탄가루와, 모자의 퀼트 안감에 누워 있는 죽은 새와, 아버지의 절굿공이와, 어머니의 쿠션이다. 그렇지만 이것들이 내가 직접 보고 만지던 시절보다 요원해졌다는 뜻은 아니다. 아니, 오히려 더 가까워졌다. 내 속에 살아 있다. 그러니까, 지금 책상 앞에 앉아 있는 나 자신이 나의 과거가 아니면 무엇이겠는가? 과거 없이는 나도 없다. 자신의 일생을 유년시절, 아동시절, 청년시절 등으로 구분하는 것은 일종의 허세다. 나이대에 따라 선을 긋고, 유년시절은 초록색, 그다음은 빨간색, 사춘기 시절은 보라색으로 쓰면서 자신이 중요한 인물이 된 듯한 만족감을 느끼려는 짓거리에 지나지 않는다. 내가 살면서 배운 것이나 믿는 게 하나라도 있다면, 그 어떤 일도 그냥 느닷없이 일어나지 않는다는 것이다. 그래, 이러한 믿음을 나는 종교로 삼았다….

예를 들어, 우리 어머니의 죽음을 이야기해보자. 그 일이 이제는 아득하게 느껴지는가? 아니, 그때와 똑같이 익숙하고, 이상하고, 당혹스럽다. 수천 번 그 상황을 반추해보았건만 그날보다 더 잘 이해하지 못하며, 내가 꿈꾼 것인지 실제로 벌어진 일인지 여전히 긴가민가하다. 내가 열세 살 때 일이다. 난 층계참이라고 불리는 공간에 있는 아주 조그만 방에서 잤다. 어느 밤에 내가 화들짝 놀라 일어나니 어머니가 그 흉측한 플란넬 가운도 없이 잠옷만 입고 내 침대에 앉아 있었다. 내가 겁을 먹은 이유는, 이상하게도 어머니가 나를 보고 있지 않았기 때문이다. 어머니는 고개를 푹 떨구고 있었다. 짧고 숱 없는 말총머리가 어깨 사이로 내려왔다. 어머니는 양손을 무릎에 포개고 있었고, 내 침대가 떨렸다. 어머니는 떨고 있었다. 어머니를 침실 밖에서 보는 것은 처음이었다. "어머니?" 내가 말했다. 혹은 말했던 것 같다. 어머니가 고개를 돌렸고, 달빛이 비춘 어머니는 몹시 기묘해 보였다. 어머니의 얼굴은 작고—평소와 달랐다. 학교 수영장에 들어가고 싶지만 무서워서 계단에 앉아 떨고 있는 남자아이 같았다.

"일어났니?" 어머니가 물었다. 어머니가 눈을 크게 떴다. 미소를 지었던 것 같다. 어머니가 내게 몸을 기울였다. "엄마는 독살당하는 거야." 어머니가 속삭였다. "네 아버지가 내게 독약을 먹이고 있었단다." 어머니는 고개를 끄덕거렸다. 그러고서 내가 무어라 말할 새도 없이 어머니는 가버렸다. 문이 닫히는 소리를 들은 것 같았다. 난 꼼짝도 하지 않고 앉아 있었다. 움직일 수 없었다. 무슨 일이 벌어지길 기다렸던 것 같다. 무슨 소리가 들려오길 오래, 아주 오래 기다렸다. 아무 소리도 들리지 않았다. 양초는 침대 옆에 있었지만, 성냥에 손을 뻗기가 무서웠다. 어떻게 해야 하나 고민하는 와중에도, 심장이 쿵쿵 뛰는 와중에도—모든 것이 혼돈에 휩싸였다. 난 다시 누워서 이불로 몸을 감쌌다. 잠이 들었고, 다음 날 일어나니 어머니가 심장 발작으로 죽었다고 했다.

어머니가 정말 나를 찾아왔었나? 꿈이었나? 왜 나한테 그 얘기를 했을까? 아니, 만일 정말로 내게 왔다면 왜 그렇게 빨리 떠났지? 게다가 어머니의 표정—공포 아래 비친 강렬한 환희—그게 진짜였나? 장례식날 오후에 머리부터 발끝까지 자기 역할에 들어맞게 차려입은 아버지를 보고 난 확신이 들었다. 길쭉한 원통형 모자는 까만 봉랍 왁스를 바른 코르크처럼 까맣게 반들거렸고, 아버지 몸의 나머지 부위는 무서우리만큼 병과 닮았으며, 얼굴에는 치명적 독극물(*Deadly Poison*)이라는 딱지가 붙어 있어야 할 것 같았다. 홀 반대쪽에 서 있는 아버지를 건너다보는데 그 단어가 머릿속에 떠올랐다. 그날부터 난 마음속으로 아버지를 치명적 독극물, 혹은 *D.P*라고 불렀다.

밤이 깊었다. 야심한 밤이다. 난 밤을 좋아한다. 밤의 물결이 천천히, 천천히 밀려와 어두운 해변에 널려 있는 것들과 부스러진 바위 구덩이에 숨겨져 있는 것들을 적시고, 거듭 뒤집고, 띄우고, 쓸고 가는 느낌이 좋다. 둥둥 떠서 흘러가는 듯한 묘한 기분이 좋다—어디로? 어머니가 죽고 나서부터 난 잠자리에 들기가 싫었다. 무릎을 껴안고 창턱에 앉아서 하늘을 올려다보았다. 달은 태양보다 훨씬 더 빠르게 움직이는 듯했다. 그리고 환하게 빛나는 커다란 녹색 별을 내 것으로 정했다. 나의 별! 그러나 별이 나를 위해 반짝인다거나 내게 손짓한다고 상상한 적은 없다. 냉정하고, 무심하고, 아름다운 별이 부드러운 밤에 타오르고 있을 뿐이었다. 상관없었다—내 것이니까! 그렇지만 창문과 더 가까운 곳에서는 분홍빛과 보랏빛 꽃이 무리 지어 피는 담쟁이덩굴이 자랐다. 이들은 나를 잘 알았다. 밤에 이 꽃들은 내 손길을 반겼다. 더없이 연약하고 섬세한 덩굴손들은 내가 자신들을 해치지 않으리라는 것을 알았다. 바람이 이파리를 흔들 때면 난 내가 그들의 떨림을 이해한다고 믿었다. 내가 창가로 나가가면 꽃들이 자기들끼리 속삭이는 듯했다. "소년이 왔어."

달의 주기가 거듭될수록 아래층 아버지 방에 점점 더 자주 불이 들어왔다. 목소리와 웃음소리가 들려왔다. '여자랑 같이 있어.' 난 생각했다. 그러나 내겐 아무 의미 없었다. 명랑한 목소리와 웃음소리를 듣고 있자니 한때 늦은 오후에 약국에 오던 여자들 중 한 명일 거라는 생각이 들었다—그중 누구일까 추측해보기 시작했다. 빨간 코트와 치마를 입었던, 한 번은 내게 페니를 주었던 검은 머리 여자였다. 명랑한 얼굴이 나를 굽어보았고 따뜻한 숨결이 내 목을 간질였다. 기다란 속눈썹에 까만 방울이 맺혀 있었고, 여자가 나를 안고 입을 맞추려 팔을 벌리자 황홀한 향기가 흘러왔다! 그래, 그 여자다. 시간이 흐르며 난 달과 녹색 별과 수줍은 담쟁이들을 잊어버렸다—창가에 앉아서 난 아버지 방에 불이 들어오고 웃음소리가 들려오기만을 기다렸고, 그러다 어느 밤에는 까무룩 잠이 들었는데, 꿈에서 그 여자가 돌아왔다—그녀가 다시 나를 끌어안자 부드럽고 향기롭고 따뜻하며 즐거운 무언가가 구름처럼 나를 덮었다. 그러나 내가 눈을 뜨고 보려고 하면 그녀는 눈빛으로 나를 조롱하며 빨간 입술 사이로 내뱉었다. "꼬마 염탐꾼! 꼬마 염탐꾼!" 화가 난 말투는 아니었다—전부 이해한다는 듯한 그 미소는 왠지 쥐를 닮았다—혐오스러웠다!

이튿날 밤에 난 양초에 불을 켜고 창가 대신 테이블에 앉았다. 차츰 촛불이 꼿꼿해졌고, 촛농이 녹아내리며 하얗고 부드러운 벽에 에워싸인 호수가 생겼다. 난 바늘로 하얀 벽에 구멍을 뚫었다가 촛농이 새기 전에 얼른 다시 메웠다. 한동안 그렇게 놀다보니 촛불이 놀이에 동참한 것만 같았다. 촛불이 위로 솟구쳤다가 몸을 떨고 흔들거렸다. 이따금 웃음도 터뜨리는 듯했다. 미소를 띤 채로 나는 하얀 벽 위로 솟아오르는 조그만 봉우리를 살짝 떼어 호수에 둥둥 띄우며 촛불과 놀았다. 그런데 돌연 끔찍한 우울함이 나를 붙잡았다—그래, '붙잡았다'라는 말로밖에 표현할 수 없다. 우울함이 내 무릎을 타고 허벅지로 올라오고 팔로 스며들었다. 비참함에 온몸이 욱신거렸다. 기분이 너무 이상해서 움직일 수 없었다. 무언가가 나를 꼼짝 못 하게 붙들고 있었다. 심지어 난 엄지와 검지로 들고 있던 바늘도 떨어뜨릴 수 없었다. 말하자면 난 잠시 정지했다.

그 순간 말라비틀어진 꽃눈의 비늘잎이 벌어지며 떨어졌고, 찬장 속의 식물이 꽃망울을 터뜨렸다. '난 누구지?' 나는 생각했다. '이건 다 뭐지?' 그리고 내 방을 둘러보았다. 찬장 위에 놓여 있는, 하네만*이라는 남자의 망가진 흉상과 봉투 모양의 베개와 작은 침대를 보았다. 그때까지와는 전혀 다른 시선으로 그것들을 하나하나 살펴보았다. 모든 물체가 살아 있었다. 단 하나도 빼놓지 않고. 하지만 그게 전부가 아니다. 나 역시 똑같이 살아 있었으며—이 말로밖에 표현할 수 없다—우리 사이의 장벽이 무너져내렸다—내가 나의 세상에 들어온 것이다!

장벽이 무너졌다. 그때껏 평생 난 이방인으로 살았다. 아무도 나를 '받아주지' 않았다. 난 찬장—혹은 동굴 속에 쓸쓸히 누워 있었다. 그러나 이제 난 받아들여졌으며 내 자리를 찾았다. 내가 의식적으로 인간의 세상으로부터 돌아서진 않았다. 그것은 경험해보지도 못했다. 그러나 그날 밤부터 나는 말 없는 동족들에게 의식적으로 돌아갔다…

---

* 사무엘 하네만. 동종요법을 창시한 18세기 독일 의사.

옮긴이의 말

"온갖 종류의 삶을 살아보고 싶지 않니? 하나는 너무 부족해. 바로 그래서 글 쓰는 것이 즐거워. 수많은 사람이 되어볼 수 있거든."
(1906년 사촌 실비아에게 보낸 편지에서)

자신의 모든 가능성을 실현하고 단 하나의 경험도 놓치고 싶지 않았던, 삶에 누구보다 큰 열정을 품고 있던 아이는 성장해 작가로서, 그리고 한 사람으로서 한창 꽃을 피우던 시기에 결핵에 걸려 서른네 살에 사망했다. 그러나 질병이 초래한 고통과 상실에도 그는 삶에 대한 사랑과 작가로서의 사명감을 끝까지 잃지 않았다. 섬세한 바이올린의 현처럼 남들보다 몇 배로 민감하게 아름다움과 추함에 반응했던 맨스필드는 삶의 부조리함과 고통, 그리고 인간의 악한 일면을 똑바로 응시하면서도 '그럼에도 삶은 너무도 아름답다'는 신념에 따라 예술의 힘을 빌려 타락과 거짓에 맞서 싸우고자 했다.

캐슬린 맨스필드 보섐 (Kathleen Mansfield Beauchamp)은 1888년 10월에 뉴질랜드 웰링턴에서 태어났다. 야심차고 기민한 사업가 해럴드 보섐과 애니 버넬 보섐의 셋째 딸이었던 맨스필드는 부유하게 자랐지만 격식을 중시하는 집안에서 종종 소외감을 느꼈으며 학교에서도 마음 맞는 친구를 쉽게 찾지 못했다고 한다. 대신 그는 시력이 나빠져 안경을 써야 했을 정도로 책을 좋아했고, 글쓰기에 남다른 열의를 보여 아홉 살 때부터 학교 신문에 글을 발표했다.

맨스필드가 열네 살이었을 때 해럴드 보셤은 맨스필드와 두 언니를 퀸스칼리지에 입학시켰다. 런던의 다채롭고 풍부한 문화 속에서 자신의 열정과 적성을 찾은 그는 학교 교수와 친구들을 통해 접한 책들을 탐닉하고 매일매일 글을 쓰며 예술가가 되겠다는 꿈을 키웠고, 사랑하는 외할머니의 처녀적 성 맨스필드로 필명을 지었다. 이 시절에 맨스필드는 자신의 인생에 매우 중요해질 두 사람을 알게 되었는데, 한 사람은 그가 깊이 공감하여 인생철학과 예술관을 흡수한 작가 오스카 와일드고, 다른 한 사람은 그가 죽는 날까지 헌신적인 우정을 바친 친구 아이다 베이커다.

스무 살 여성이 고향을 떠나 낯선 도시에서 홀로 작가의 길을 걷는다는 것은 당시 뉴질랜드의 관습적인 사회에서 충격적인 스캔들이었을 것이다. 그러나 런던에 가서 작가가 되겠다고 단단히 마음먹은 맨스필드는 끝끝내 부모를 설득해서, 1908년, 뉴질랜드로 돌아온 지 이 년 만에 런던으로 떠났다.

런던에 대한 맨스필드의 환상은 금세 무참히 깨졌다. 그는 퀸스칼리지 학창 시절에 홀로 동경했던 고향 친구 아놀드 트라웰의 쌍둥이 동생 가넷과 사랑에 빠져 열렬히 연애했지만, 가넷의 부모가 그들 관계를 반대하자 만난 지 얼마 되지도 않은 테너 가수 조지 보우덴과 충동적으로 결혼했다. 곧바로 자신의 실수를 깨달은 그는 결혼식 당일 저녁에 새신랑을 떠났고, 며칠 뒤에 스코틀랜드에서 투어 중이던 가넷을 찾아갔다. 그리고 가넷의 오페라 악단에서 코러스로 일하며 투어를 따라다니는데, 이때 가넷의 아이를 임신했다.

결혼 소식을 전해 듣고 잉글랜드로 온 애니는 딸이 임신한 사실을 알아차리고 독일의 온천 휴양지로 데려갔고, 맨스필드를 수속시키자마자 곧바로 뉴질랜드로 돌아갔다. 뉴질랜드로 돌아간 뒤에 애니는 맨스필드를 상속에서 제외하지만, 모녀는 계속해서 편지로 소통했으며, 이후에 어머니가 죽었을 때 맨스필드는 그가 용감하고 사랑스러운 여자였다고 추모했다.

사랑하던 남자와의 이별과 충동적인 결혼에 대한 후회, 예상치 못한 임신과 뒤따른 유산. 일 년 만에 수많은 사건을 겪고 낯선 독일 도시에 홀로 남겨진 맨스필드가 어떤 심정이었을지는 상상밖에 할 수 없지만, (맨스필드는 이 시절의 일기와 편지를 모조리 없애버렸다.) 작가가 되겠다는 그의 결심은 흔들리지 않았다. 런던에 돌아온 그는 독일에서 경험하고 목격한 것을 토대로 집필한 신랄하고 재치 있는 소설들을 실험적인 문예지 〈뉴에이지 *The New Age*〉에 발표하기 시작했고, 이 소설들을 모은 『독일 하숙에서』를 1911년 12월에 출간했다.

1911년 말에 맨스필드는 옥스퍼드 대학생 존 미들턴 머리가 야수파와 앙리 베르그송의 철학에 영감을 받아 창설한 문예지 〈리듬 *Rhythm*〉에 글을 투고했다. 처음 투고했던 작품이 거절당하자 맨스필드는 문예지의 색깔에 맞추어 뉴질랜드를 배경으로 살인과 광기를 소재로 한 소설을 다시 보냈는데, 이 소설에 크게 감탄한 머리는 작가를 만나고 싶다는 바람을 밝혔고, 공통 지인의 주선으로 만난 두 사람은 친구에서 동료로, 그리고 곧 연인으로 사이가 발전하였다. 맨스필드는 머리를 통해 19세기 전통과 인상주의에서 벗어나 새로운 표현을 추구하던 예술가들과 친분을 쌓았고, 강렬한 색채와 단순한 선으로 본질을 표현하는 야수파의 영향은 세세한 묘사나 서

술 없이 이미지와 인상으로 많은 것을 전달하는 맨스필드의 기법에서 찾을 수 있다.

1913년 〈리듬〉의 운영자 찰스 그랜빌이 파산하고 해외로 도주하는 바람에 머리는 〈리듬〉이 인쇄소에 진 빚을 고스란히 떠안았다. 두 사람의 노력과 새로운 후원자의 도움에도 문예지는 오래 버티지 못했고, 이후에 〈블루 리뷰 *The Blue Review*〉라는 이름으로 잠시 부활하였으나 이 또한 삼 호 만에 폐간되었다. 끝내 머리는 파산을 신청했고, 1913년과 14년에 맨스필드와 머리는 경제적인 압박에 시달리며 파리를 포함해 이곳저곳을 옮겨 다녔는데, 두 사람의 기질적 차이와 어긋나는 기대가 낳은 갈등 속에서 헤어질 위기를 맞기도 했다.

1915년에 맨스필드의 삶과 작품세계를 송두리째 뒤흔든 사건이 일어났다. 보셤가의 유일한 아들이자 맨스필드와 사이가 유달리 각별했던 막냇동생 레즐리가 군사 훈련 중에 일찍 폭발한 수류탄에 문자 그대로 '산산조각' 나서 사망했다. 크나큰 충격을 받은 맨스필드는 런던을 떠나 프랑스 방돌에서 동생을 애도하며 '두 사람 모두 살아 있던 아름다운 시절에 진 빚'을 갚기 위해 글을 쓰겠다는 각오를 다지고, 뉴질랜드를 배경으로 한 소설 〈알로에〉를 완성하는 데 심혈을 기울였다.

1916년에 맨스필드와 머리는 친밀한 친구였던 D. H. 로런스와 프리다 부부의 초대로 콘월로 이사했지만 잦은 다툼 끝에 몇 달 만에 갈라섰고, 머리가 군사 정보국에서 일하기 시작하며 두 사람은 런던으로 돌아왔다. 이때 맨스필드는 블룸즈버리 그룹과 인연이 닿았는데, 특히 버지니아 울프와는 상호 존경과 유대감, 그리고 라이벌 의식과 질투가 뒤섞인 복잡한 우정을 키워나갔다.

1917년 말에 맨스필드는 심하게 앓은 뒤에 오른쪽 폐에서 결절이 발견되었다. 이전에 늑막염을 앓은 적이 있는 그는 온화한 곳에서 요양하면 금세 나으리라 생각하고 프랑스 방돌로 떠났다. 그러나 이듬해 2월 처음으로 객혈을 하며 병세의 심각함을 깨닫고, 의미 있는 작품을 남기지 못하고 죽을지도 모른다는 두려움과 초조함에 쫓기기 시작했다. 또한, 프랑스에서 목격한 전쟁의 참담함은 맨스필드에게 큰 영향을 끼쳐서, 그는 전쟁으로 인해 세상은 돌이킬 수 없게 달라졌으며 예술가들은 그 변화를 반드시 작품에 반영하고 새로운 세상에 어울리는 표현법을 찾아야 한다는 신념을 굳혔다.

1918년에 맨스필드와 머리는 드디어 법적으로 부부가 되었고, 각자 작가와 편집자로서 확고한 위치에 올랐다. 호가스 프레스가 〈서곡〉을 출간했고, 조지프 콘래드, 토머스 하디 등의 작품을 다룬 명망 있는 문예지 〈잉글리시 리뷰 *The English Review*〉에서 단편 〈환희〉를 발표했으며, 머리는 문예지 〈애서니엄 *The Athenaeum*〉의 편집자로 발탁되었다. 두 사람은 바라 마지않던 자신들만의 집을 햄프스테드에 구매했고, 맨스필드는 창작활동에 지장을 받을 정도로 〈애서니엄〉의 평론에 힘을 쏟는 한편 버지니아 울프를 포함한 여러 지인과 친구들을 집으로 초대해 활발히 교류했다. 그러나 1919년에 또다시 요양하러 해외로 떠나야 했던 그는 이탈리아, 프랑스, 스위스 각지를 전전하다 다시는 자기 집에 돌아오지 못했다.

1920년 겨울부터 1922년 여름까지 스무 개월 남짓한 짧은 기간에 맨스필드가 때로는 침대에서 일어나지 못할 정도로 무서운 질병에 시달리며 해낸 일은 실로 놀랍다. 이 시기에 그는 스무 편에 가까운 단편을 완성했는데, 특히 1921년 여름부터 겨울까지 스위스에서 머리와 함께 평화로운 생활을 하는 동안에는 〈만에서〉, 〈가든 파티〉, 〈인형의 집〉 등 걸작을 연달아 집필했다. 짧은 겨울 오후를 최대한 누리려는 사람의 맹렬함으로 그는 글을 써나갔지만, 1922년에 큰 희망을 품고 시도한 방사능 치료가 효과가 없다고 밝혀지자 신체가 아닌 영혼의 치유를 찾아 프랑스 퐁텐블로의 구르지예프 요양소에 들어갔다. 그리고 1923년 1월, 그의 초대를 받고 머리가 찾아온 첫날 저녁에 계단을 올라가다 객혈을 시작했고, 삼십 분 만에 사망했다.

이 단편집은 맨스필드가 〈뉴에이지〉에 처음 발표한 작품 〈피곤한 아이〉를 시작으로 미완으로 남긴 〈결혼한 남자의 이야기〉까지, 십 년 남짓한 시간에 그가 이룬 발전과 다양한 시도를 보여주는 작품들을 선별하여 집필한 순서로 엮었다. ('결혼한 남자의 이야기'는 1921년에 집필되었지만 미완작이므로 마지막에 넣었다.) 여러 편집판이 있을 경우에는 맨스필드가 직접 수정했거나 허가한 원문을 찾아 번역하려고 노력했다. 예를 들어, 〈만에서〉는 원래 총 열두 장으로 이루어졌지만 미국판 『가든파티와 그 외 단편들』을 출간할 때 맨스필드가 마지막 문단을 독립적인 장으로 분리했다. 〈나는 프랑스어를 못합니다〉의 경우, 1919년에 맨스필드와 머리의 출판사 헤론 프레스에서 단권으로 출간한 원고와 1920년에 컨스터블에서 출간한 『환희, 그 외 단편들』에 수록된 원고에 상당한 차이가 있다. 컨스터블에서 출간한 원고는 출판업자 마이클 새들리어의 주장으로 성적인 암시나 노골적인 표현이 포함된 문장 몇 개가 삭제되었는데, 요양 중에 남편 머리로부터 이 제안을 전해들은 맨스필드는 격분하며

"40파운드를 받자고 작품의 눈을 도려내라고요? 새들리어한테 정말 화가 나네요. 절대 허락할 수 없어요. 차라리 다른 작품을 줄게요. 윤곽이 전부 흐리멍덩해질 거예요. 그 이야기에는 날카로운 선들이 필요해요."라고 반대했다. 그러나 이튿날 머리에게 결정을 일임했는데, 출간 뒤에 이것을 크게 후회했다. 이 작품을 누구보다 먼저 읽은 머리는 도스토옙스키의 『지하로부터의 수기』를 읽었을 때와 비슷한 느낌을 받았다고 했다. 나르시스트적인 자기도취와 자기혐오를 오가는 '믿을 수 없는' 화자 라울 뒤케트는 확실히 도스토옙스키 작품의 이름 없는 화자를 연상시키는데, 삭제된 부분들은 라울의 타락한 면모와 잔인성을 명백히 드러내는 데 과연 중요한 역할을 한다. 삭제되었던 부분은 다음과 같다.

그녀는 나직이 신음하며 상의를 벗어젖히고 나를 끌어안았습니다. (p. 57)

어떻게 나는 원하면 아무나 가질 수 있을까요? (p. 59)

그리고…. "좋은 밤 보내, 귀여운 고양이." 질척한 길에서 물구덩이를 피해 돌아가고 있는 투실투실한 늙은 창녀에게 난 건방지게 말했습니다…. 대꾸할 시간은 주지 않았죠.(p. 88)

게다가 처녀고요." 난 손끝에 입을 맞추고―처녀요―내 심장에 가져다 댑니다. (돋움체 부분)

사실 난 마담과 식사하고 싶습니다. 그다음엔 같이 잠도 자고 싶습니다. 속살도 온통 저렇게 창백할까요?

하지만, 아니, 마담의 몸엔 커다란 점이 있을 거예요. 저런 피부는 으레 점이 많기 마련인데, 난 그것들을 참을 수가 없습니다. 왠지 그것들은 내게, 역겹게도, 버섯을 상기시키거든요.(p. 90)

수록된 작품들의 제목은 〈영원한 사랑〉만 제외하고 원제목을 직역했다. 〈영원한 사랑〉의 원제목은 'The Man without a Temperament로,' (성격이 없는 남자) 맨스필드가 이탈리아에서 요양하던 시기에 집필되었는데, 당시 그는 1차세계대전 이후 영국인들에게 적대적이었던 이탈리아에서 질병뿐 아니라 런던에 남기로 한 남편에 대한 원망과 의심, 질병이 유발한 분노, 그리고 곁에서 자신을 돌보는 아이다 베이커를 향한 비합리적인 증오에 시달리며 고통스러운 나날을 보냈다. 남편 머리가 자신의 삶을 포기하고 요양에 따라왔으면 어떠했을지를 상상하고 쓴 듯한 이 작품에서 맨스필드의 전기 작가 앤서니 앨퍼스는 비난을 감지한 반면에, 머리 본인은 애정 어린 존경을 느꼈다며 세일즈비 씨로 후세에 남을 수 있다면 기쁘겠다고 말했다. 한국어 번역문의 제목 '영원한 사랑'은 소설에서 세일즈비 부인이 남편에게 꽂아주는 페루향수초의 꽃말로, 세일즈비 씨의 모습을 독자가 어떻게 해석하냐에 따라 그 뜻이 다르게 다가올 것이다.

이 단편집에서 가장 긴 작품이자 맨스필드의 최고 걸작 중 하나인 〈만에서〉는 〈서곡〉이 출간되고 오 년 후에 집필된 후편이다. 〈서곡〉과 마찬가지로 에피소드 형식을 취한 이 소설은 아침부터 밤까지 버넬가 사람들의 평범한 일상을 그리는데, 하루가 흘러감에 따라 변화하는 만의 모습과 각 에피소드에 담겨 있는 감정이 어우러져 마치 한 편의 긴 시를 읽은 듯한 울림을 선사한다. 맨스필드의 뉴질랜드 작품들을 특히 높이 평가한 윌라 캐더는 평범한 가정에 존재하는 다양하고 미묘한 인간관계와, 우리의 일상을 이루는 기쁨과 슬픔의 풍부한 음영을 맨스필드처럼 포착해내는 작가는 드물다며 이렇게 덧붙였다.

"〈인형의 집〉에서처럼 맨스필드가 뉴질랜드 가족과 그 아득한 기억을 아주 살며시 건드릴 때면, 그의 다른 걸작들에서도 찾아볼 수 없는 마법이 일어난다. 이 주제로 쓴 작품에서는 종이에 찍힌 글자 자체가 살아난다. 맨스필드는 글자로 쓴 것보다 훨씬 더 많은 것을 독자에게 전달한다. 독자는 린다나 버넬이나 베릴에 대해 자신이 알게 된 것을 찾으려고 책장을 뒤적이지만 그런 문장은 찾을 수 없다. 무언가가 분명 존재하지만, 글자로 보이지는 않을 것이다. 그 암시는 인쇄기로 찍기에는 너무 섬세해서 글자의 힘을 빌리지 않고 나타나며, 이것을 발견한 독자는 저자가 글쓰기에서 가장 희귀하며 가장 소중한 재능을 지니고 있다는 사실을 깨닫는다."

맨스필드의 작품을 한마디로 표현하는 데 윌라 캐더의 '마법'이라는 단어보다 적절한 것은 없을 듯하다. 그의 작품에는 복잡한 인물의 발달이나 손에 땀을 쥐게 하는 플롯은 없지만, 독자는 무언가에 홀린 듯이 이야기에 빠져든다. 그리고 모호한 결말과 함께 이야기가 끝나면 꿈에서 깨어난 듯이 어리둥절한 기분으로, '이상하다'라고 (맨스필드의 작품에 유난히 자주 등장하는 형용사다) 중얼거릴지도 모른다. 이 '이상함'은 우리의 실제 삶에서 마주하는 가슴 벅찬 신비와 미스터리와 일맥상통한다. 온갖 종류의 삶을 경험해보고 싶었던 소녀는 시간이 흐를수록 자신의 진정한 자아와 진실을 찾는 것에 몰두했고, 예리한 관찰력과 섬세한 감성으로 포착한 것들을 아름답고 정확한 언어로 독자에게 전달하였다. 덕분에 그의 작품을 읽을 때마다 우리의 감각과 감성이 눈을 뜨고, 우리의 삶은 그만큼 더 풍요로워진다.

캐서린 맨스필드 (1916-1917)

캐서린 맨스필드와 존 미들턴 머리

〈만에서〉의 배경인 데이스 베이에서 맨스필드 가족이 머물던 방갈로.

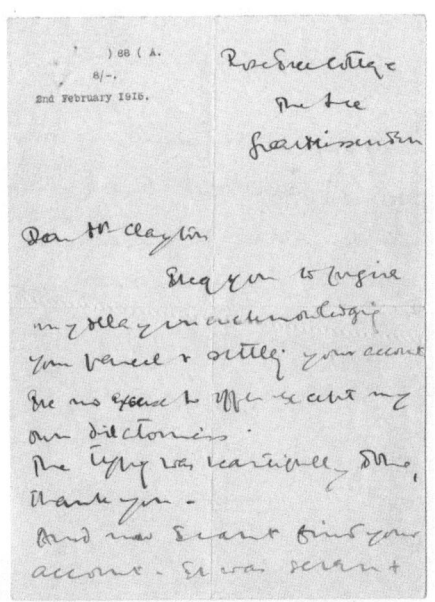

캐서린 맨스필드의 필체

옮긴이 : 구원

독립출판사 코호북스에서 기획과 번역을 담당하며 프리랜서 번역가로 활동하고 있다. 『뉴 그럽 스트리트』, 『짝 없는 여자들』, 『셔기 베인』 등을 우리말로 옮겼다.

차 한 잔

1판 1쇄 발행 2022년 4월 28일

지은이: 캐서린 맨스필드
옮긴이: 구원
편집: 김수현

펴낸곳: 코호북스(coho books)
주소: 강원도 홍천군 두촌면 한계길 84
출판등록: 제2019-000005호
팩스: 0303-3441-1115
전자우편: cohobookspublishing@gmail.com
인스타그램 coho_books23
ⓒ코호북스, 2022

ISBN: 979-11-91922-03-5 (03840)
값은 뒤표지에 있습니다.